我一定要去寻找，就算无尽的星辰令我的
探寻希望渺茫，就算我必须单枪匹马。

——［美］艾萨克·阿西莫夫

鲲鹏
青少年科
幻文学奖

蓝色眼睛

王刚 著

中国大百科全书出版社   知识出版社

图书在版编目（CIP）数据

蓝色眼睛 / 王刚著 . -- 北京：中国大百科全书出
版社，2025.1. --（鲲鹏科幻文学奖丛书）. -- ISBN
978-7-5202-1664-7

Ⅰ. I247.5

中国国家版本馆 CIP 数据核字第 2024C0K748 号

LANSE YANJING

蓝色眼睛

王　刚　著

出 版 人　刘祚臣
策 划 人　姜钦云　张京涛
责任编辑　王云霞
责任校对　李现刚
封面设计　罗　艳
美术编辑　侯童童
责任印制　吴永星
出版发行　中国大百科全书出版社　知识出版社
地　　址　北京市西城区阜成门北大街 17 号
邮　　编　100037
网　　址　http://www.ecph.com.cn
电　　话　010-88390725
印　　刷　文畅阁印刷有限公司
开　　本　710 毫米 × 1000 毫米　1/16
字　　数　216 千字
印　　张　15.5
版　　次　2025 年 1 月第 1 版
印　　次　2025 年 1 月第 1 次印刷
书　　号　ISBN 978-7-5202-1664-7
定　　价　55.00 元

目 录
CONTENTS

一

不要沮丧，这是一个充满爱与阳光的世界。

我明白死亡近在眼前，再没有什么事比这还要荒诞了。就这样吧，先不提这些了，我还有个荒唐的故事要讲。

"山那边有一片海，每当这世上有一个人出生，就有一颗星星坠入那里。海底是它们的墓地。"

男孩认为这世上又有许多人在此刻死去，女孩眼中腾起的亮光，不正是那沉入海底的星星重新升起的模样？尽管如此，男孩仍旧欣喜不已，这是女孩第一次迎上他的目光。许多年前，男孩的祖母曾不止一次为他讲述星星和大海的故事。每次只要一听到破旧的帆船，他就会央求祖母换一个新故事，可过不了多久，它还是会出现在男孩的枕边。祖母像一座记录他岁月的时钟，伴着男孩的成长在时光里兜兜转转。后来，男孩在 8 个故事 19 种结局的重复中慢慢适应了黑暗，学会了安静地入眠，也学会了厌倦，逐渐疲于故事的循环。

此刻，男孩将旧的故事拾起，他惊讶于它的新奇，惊讶于讲故事时的毫不费力，也惊讶于女孩眸子里散发出的迷人花香。如果有人告诉男孩，女孩的眼泪如花蜜般甘甜，他丝毫不会怀疑，但他并不期望有人知道这一真相。

沫子从未听过这些，她对男孩所讲的故事深信不疑。他的嘴唇上生着炊烟般稀薄的胡髭，棕褐色的脸颊散发着成熟的麦香，一旁的背篓满是与岁月磨合的伤痕。最重要的是，男孩看自己的目光中没有恐惧和厌弃。男孩所展现的一切无不证实沫子的猜想：他是个游历于世界各个角落的智者，正如他能够来到这里一样。但男孩只是个普通人，沫子的这种幻想与憧憬在他们第三次见面时才被现实打破。

其实早在一个月前，男孩就已经发现这里，那时的他被这里高耸的围墙斥退。半个月前，男孩被未通电的电网和铁栅后的坍塌声斥退，直到今天，一个黑发蓝眼的女孩出现在铁栅对面，他这才颤抖着拽回了已然原路返回的视线。

40多年前，在男孩成长的那片土地上，"后山禁区"就已经是人们的共识。后山也因此有了许多故事，男孩的父母是听着"后山关了一只巨大无比的野兽"的故事长大的，令高山震颤的呼噜声使得他们轻易就相信了。男孩则是在"后山居住着一只吃人的野兽"的故事中长大，身边的伙伴都相信野兽吃人，因为有胆大的孩子曾在这附近听到过婴儿的哭泣声。

青冈树下漏雨的房子里曾住着一位知晓所有野兽故事的老者，他曾是这里的村长，人们都叫他老万。这个名字大概来自423.56块钱里，这是他那节俭却不识数的妻子死后仍清晰记得的数字。他死去的父母为他取的名字叫赵开山。担任村长的那些年，他常常自掏腰包给村里独居的老人送去必需的生活物资，老万这个名字正是在他那被针线缝死的口袋彻底空瘪后传开的。他当村长的头几年，关于野兽的许多故事都是由他的口中传出的。后来，众人开始相信后山有野兽时，又是他亲自领队为后山的"野兽"辟谣，不过这都是20多年前的事了。自卸任村长以后，他又在那栋破旧的房子里生活了 10 余年，直到他的老伴在忧心中去世，老万也从村里消失了。除了一个 30 多岁的壮汉和药师老李外，再也没有人见过老村长，壮汉说老万将自己献作了野兽的口粮，大人们便知晓了他的去处，从此不再过问。现今，老万已消失 5 年，村里再没哪个孩子提起这件事，但野兽是否存在仍然是孩子们热衷的话题。

男孩自知不能继续待在这里，再待下去即使背篓里满是枯柴也架不住祖母的唠叨，并且他还要趁着天黑之前将这个消息告诉自己的双胞胎弟弟和村里的其他人，回去太晚的话只会令他的竹木床在深夜发出"咯吱咯吱"的难眠声响。与沫子短暂的告别后，男孩就匆匆离开了，回去的路上，男孩好似看到祖母故事中的沼泽深林，借着瘦弱的暮光走出了后山，原本闭着眼都可以穿越的树林，如今却因黑暗融出的沼泽举步维艰，夜色拖住了男孩回村的脚步，而恐惧早已填满男孩战栗的身躯。

树梢上成群的山鸟接连从吞吃肥虫的梦中惊醒，男孩呼出的急促音符像是它们对美梦终结的宣告，山风如被猎狗追赶的瞎眼囚徒般四处逃窜，隐约间能够听到来自山林的呼喊，男孩也发了疯似的奔跑起来，宛如一头饥饿的野兽奔向近在咫尺的猎物。祖母的声音在山林间回荡，沙沙的落叶循着轮转的时光于钟声响起时划过落日破碎的红霞，穿过泥沼幽深的黑暗，落在了洒满晨辉的窗台。

阳光越过玻璃的裂缝，穿过米色的窗帘挤入满是书籍和文稿的房间，可怜的晨光才刚刚来到这个地方，就被屋内女人的喧嚷扰乱了方向。老者笔尖的沙沙声变得急促且锐利，像是要为晨光讨个公道，不料女人的声音愈发响亮，旋即败下阵来，灰溜溜地脱开了白纸与笔尖的束缚，欲与晨光一同藏身于红木的桌角、铁质书柜与木质台的夹缝和印花地毯的毛绒里。

女人见老者站起身，便不再说话。短暂的安静过后，老者的一声闷咳震散了金光下的浮尘，它们四处逃窜，却并不仓皇，它们舞姿轻盈，却尤为短暂，终是寻得了细缝里潜逃的微光相伴。

"这是国联会议的决策，我们无权决定也无权干预。上级已经重新下发公文，拒绝终止这项实验，我们有责任，也必须坚决执行。"老人的声音铿锵有力，似丝毫不给女人缓和的余地。"难道一次爆炸还不够吗?! 还要多少人死在这项毫无意义的实验里？您该是最清楚的啊！"女人的话里夹杂着难掩的哽咽，眼神却变得愈发坚毅，可一想到这话也起不了什么作用，胸中苦水翻涌。她耷拉着脑袋，叹了口气又抬起头，接着说道："现在的情况早就已经超出国际科研理事会（ICSR）规定的安全标准，他们该去征求理事会的意见，而不是要求我们，我们也不该保持沉默，牺牲的是我们的人，不是他们！那群人怎么就是不明白……再这样下去，只会有更多的人牺牲！"两个月前，女人还对自己从事的事业抱有崇高的敬意，她曾热衷于这个不可能完成的项目，对实验的热爱丝毫不亚于此刻她对亡夫的思念。

她是在大学的图书馆和她的丈夫相遇的，图书馆的那段时光为他们两人架起了余生的长桥。记得有张递给女人的纸条中这样写道："我要你知道，即便这世上没了月亮，只要有你在，我的黑夜怎也不缺光亮。"被折成千纸鹤的纸条像是在掩饰男人早已兵荒马乱的心绪，女人读后暗暗看向男人，许是想看魁梧男子娇羞的一面，谁想男人也正看着自己，二人相觑成诗，仅是一眼，便定了春秋。

男人的内心倏地平静下来，该是已有了答案。女人是这样回复的："今晚的月像是有毒的，能浸到人骨子里去，可它落在你身上时，却又成了我的解药。"愉悦如潮水般将男人淹没，幸得不至于头昏蠢笨，虽早已猜得女人的心意，但也不忘揣测此中含义，立时将大褂披在了女人的肩上……

"我不过是黑夜里的瞽者，你的轮廓才是世界予我的颜色。"昏暗的夜色，是月与乌云的低语，那件深棕色大褂至今仍留在女人的衣柜里，也许那才是他们的定情信物。

　　之后 6 年的别离换来的是 18 年的携手并进，他们成了实验室里最默契的搭档，也是学生们羡慕的对象，但这看似坚不可摧的爱情却在爆炸中被轻易折断。

　　这场爆炸似乎是女人厄运的根源，但也正是这场爆炸，在未来将为人类历史的延续创造可能。然而这些至今没人能够察觉。正如国联组织 E.G.A 的刘参谋最后对杨继德说的那样，幕布后的哑剧才是生存的希望。不过这在女子的眼中已不再重要，那场爆炸犹如枯死的藤蔓将女人连同她的床榻缠绕，梦境成为现实后带来的不是对预感准确的惊叹，而是悔恨的梦魇。从那以后，女子便不再与人交谈，阳光与人潮通通被她关在了屋外，只有莲姨日日前来为她送饭，并祈祷她不要将自己饿死，殊不知她在不分日夜的孤独中以手稿饱腹。直到昨天收到那则通知前，她一步都没有迈出那个看似杂乱的房间。

　　当女人踏出圈养了自己 49 日的房间时，苍白的面容令曦光失了颜色，散乱的头发引得鸟雀盘旋，手中攥着的稿纸，上面写着密密麻麻的公式，他们曾因为缺少变量于无数次的机器演算中出错，曾因验证缺失的变量致使 172 人在爆炸中身亡。

　　同实验开始前她所推测的那样，这场实验已进行了至少 200 年的时间，不完善的理论、不完整的模型、不完全的算式、不完备的技术，无一不在告诉他们这项实验不该在此时展开，她为这个项目仍要招人愤慨，为所有在爆炸中死去的人愤懑，为自己的无力愤恨，她因怫悒辗转难眠，她不得不来到这里，因为她知道成功的概率渺茫，就在她的那张纸上，连同她微不足道的愤怒。可命运似乎从不偏爱于她，同年轻时父亲要求她搞文学一样，叶秀华得到的回答如剃刀般锐利，一次次将她的驳斥斩断。因此，青年时起，她就与家中断了联系。如今，她再难做到当年的果决与坚定，提供预设变量参数范围的她与这场爆炸有着脱不开的干系，而叶秀华却是为数不多的幸存者。真实的回忆一次次闯入虚幻的梦中，她早已无力驱赶，一切反驳都裸露着被梦魇蚕食后的苍白，叶秀华的解脱大概只有爆炸再次从梦中回到现实的那刻。

"你的担忧正是我们所忧虑的。这段时间，我们也多次讨论关于计划是否继续执行的问题；但你应当清楚，外星科技的强大，我们所面临的早已不是手持棍棒的屠夫。"叶秀华布满血丝的眼中迸出了殷红的火光，不过，随着缓缓挪移的晨光脱出窗帘的刹那，屋子再也没了喧嚣，"我不会再带任何学生，直到你们将他公布的那天。"女人只字未提她的丈夫，因为在她的心中，这位青年才是最大的受害者。他本可以因自己的成就参与国际最高奖项角逐，却在爆炸中于灰烬与血肉交融的隐秘里被埋葬；不过，青年似乎对自己的成果并不在意，他不知疲倦地沉浸在实验中，直到死前仍在为新的发现欢喜雀跃。

"付怀民、葛正国、王程硕、刘国安、欧阳清远……（杨继德一连串说出了24个人的名字）我虽无法记住他们所有人的名字，但你也清楚，这场爆炸带走的不是一个人。当年，我们的国家有无数为科学事业献身的人，他们每一个人都值得我们铭记，历史不会忘记他们。"叶秀华听他说完，本来想说点什么，可话到嘴边又咽了回去。杨继德脑际闪过那些人在实验室埋头工作的场景，继续说道："不过，你今天提出的要求，我们无法满足。这项实验本就是机密，而且是国际机密，我们无权将任何相关信息向外界透露，即便是实验结束……我能理解你此刻的心情，我们同样也为他们的离去痛心，但如果悲伤不能化作前进的动力，他们的牺牲也将变得无意义。"

杨继德虽然无意伤害她，但那句"这场爆炸带走的不是一个人"却再次刺痛了叶秀华。她再也找不回来时的凌厉了，无力地发泄般补充了句："你们这是在杀人。"这声音听起来就像是有人在发声的喉咙里堆满了细碎的枯叶，她没有讲出下一句，"而我们不过是帮凶"，便离开了。

叶秀华离开时，有条不紊地将稿纸放在整洁的桌上，打开桌前的窗帘，跨出房门时不忘轻轻地将门关上，和走出自己房间时一样。杨继德看着那扇门，久久挪不开视线。曾几何时，叶秀华的丈夫王博森也以这种方式离开。王博森曾是杨继德的学生，尽管在这里，他们以同事相称，但王博森对杨继德仍保持着学生时代的尊敬，并且王博森也是杨继德在这个研究基地里为数不多的打心眼儿里认可的人，还有一个就是叶秀华口中的"他"，那个本有机会参与国际顶尖奖项角逐且理应获得国家褒奖的青年。

其实，没有人知道青年的出处，他的光环已然将他所有的隐私掩盖，与他交谈的唯一话题就是实验，没有人与他闲谈家常。因为他的热爱，也因为别人的尊重，大多数人往往过于热忱而忽视了他的年龄，抱着面对白发老者时的尊敬与他谈论，他性情中的质朴和对科研的纯真如山石间的松柏令人着迷惊叹。也因无人探究他来自哪里，很多人常常误以为他是山里走出的孩子，只有杨继德知道，杨苛是他的儿子，是他正当而立之年却为科研迟迟没结婚的儿子。

三个月前，他们还在一张餐桌上吃着红烧排骨、青椒鸡蛋、芹菜炒肉和粉蒸茼蒿，喝着烫嘴的蛋花汤。那时的杨苛半边手掌还同常人一样健全，小指也未被暴躁的能量熔断，没有寒夜的阵痛，也没有闲暇时入骨的燥痒。只不过，那时的他与死前没什么两样，正在为新的发现兴奋不已。

杨苛缓缓放下筷子，咀嚼声仍在耳蜗游离，思绪却已换了天地。杨父表示理解，并没有因进餐的失礼打断他，而是示意杨母将饭菜放回锅中等待重新加热。自从接手这项实验后，杨继德就经常与儿子探讨，有时候，杨苛会突然沉浸在这种状态。虽然他的感悟并不一定都是对的，不过这正是杨家奉行的准则——有想法而不去做，是可耻的，知识始终都摆在那儿，它需要你大胆地提出疑问，即使你问的问题不着边际，也不能什么都不去做。只见杨苛拿出随身携带的纸和与基地服务器相连的电子设备，开始写入长串算式，并在纸上记录着传回来的数据，演算从18：30一直持续到23：00左右，八张稿纸被他写得满满当当。杨继德站在他身旁观看，丝毫不担心这会影响到他，杨母虽不懂这些，但从杨继德不时的点头和眼神中的震惊也能看出一二。

　　杨苛放下纸笔，说自己现在要回基地去。杨父未加阻拦，但杨母指着厨房凉透的饭菜说："菜都还没吃上几口呢，吃了饭再去也不迟。"这次是好不容易争取来的家庭聚餐，如果他出了这扇门，门外看守的士兵就会立刻带他离开，下次再在一起吃饭不知要到何年何月了。杨苛听后又转身坐回餐桌前，因为他正好可以借此机会与父亲探讨些问题。杨母径直走向厨房，留他们父子俩在这里谈天说地。

　　杨苛接下来讲的虽是为什么量子可以实现无视距离的信息传递，实际却是在讨论时间作为一种工具在信息传递中的作用，这个设想虽以量子理论为切入点，却有别于量子——如果说量子是幽灵，那么说这个猜想衍生出的轻附子理论是幽灵们的躯壳也不为过，即便其中的错误导致了未来科学进展的延缓，却也因此在某个时期拯救了许多人。

　　"时空间能值泛化"，这是杨苛刚才得到的结论，但这并不是杨继德为之震惊的地方，他所震惊的是这些算式间的联系。

　　杨苛从身后书桌抽出一本书来，动作娴熟自然。他将书页翻开放在桌上，开始徐徐阐述。这本书并无特别，它只是被作为一个整体的概念，当翻开它时就像三维空间的一次水平切分，不过它们现在仍是一个整体，就如同我们看到的一样，假设这本书每一页都一模一样，我们的翻页切分从二维平面上看更像是一次分裂，因为从平面视觉上讲，就好似我们只从它的正上方这一个角度看，不过这是以我们观察不到它的厚度变化为前提条件的，同时这也正是其本身拥有的叠加态与我们所了解的单态同时存在。对于构成粒子的基本组成单元，其自身的成像特点是四态，二维可观测角度成像特点是二态，所以三维观察者可发现的是二态，而二维观测者可发现的是单态。其实它本质并没有发生变化，除了这本书被我们翻开之外。是的，除翻开书的作用力之外，它本身的性质是没有发生改变的，这个比喻的确有些牵强。

　　假设我们对二维世界不做任何动作——观测也不失为一种动作，这本未翻开的书就处于叠加态放在那儿，但当我们以二维视角对它的性质进行分析时，由于二维的世界不存在书页的厚度，此时恰是认知单态。所以，就观察者而言，它们的本质并没有发生变化。量子纠缠的超光速传播也许不是我们所认识的那样，它并不是某种信息形式的超光速传播，而是一种分岭时间的信息同位现象。

"时间信息同位"，那些算式的确都指向时间，但这要怎么解释纠缠发生的异域现象？这种就连想象出来都会觉得荒谬的东西，他又是以怎样的逻辑列入计算中的？杨继德直到现在仍不清楚。

可以假设量子纠缠的异域表征源于时间和速度，并不是真实的用物理量可以衡量的速度，只是与时间轴相互关联的第五世界速度。它们的位置关系应属于未知场作用下的成像原理，如同一个物件摆在桌子上，从不同角度看，我们可以看到不同的像，而"像"在我们的意识中就是事物本身。正如桌上放着一个苹果，不会有人因换了一个视角就说它不再是苹果一样。

未知场是指传统意义上的时空信息场吗？不是的，我们的科学史上没有它的名字，但我不愿为它命名，因为我并未将它计算出来，对于它的性质也知之甚少，与其说它并非无处不在，不如说它本就不存在，因为它不为构成物质的质与形而存在，不为宏观乃至微观的运动存在，像是与我们的时空脱节的产物；但它在任何地方都可以被激发然后表现出来，因此它又是存在的。未来会有人将它计算出来的，用那个人的名字命名吧，相信能够计算出它的人肯定也能用它发现更多的东西。

我们无法如观察实物特征般直接研究量子，而它们的特征性质在我们看来就是一种"像"，因为我们只有通过这种手段才能得知其存在。将发生纠缠比作分开的书被胶水黏合在一起，它们则是被时间黏合了。"时间态黏合（时子分裂）"，就像黏合书页会出现高度差一样，它们存在小到近乎不存在的比零邻时间差，时间信息同位是建立在正反时差不确定性的基础上的，因此这是另一种"像"——（时）异位像，又可以看作时空像。可以推广得知，我们的时空也存在第二类时子关联度，时子即为时间像，它与时空像不同，时间像为物质像提供观测角度，也为分离物质像的无限回归时间提供特征关联。不过，时间像的存在是因为物质像的产生，所以二者没有级别的区分，有的只是与上维关联方式的不同。

用一种较为粗浅的方法进行解释的话，时间像提供的观测角度就是，如果我们在这本书上剪出一个顺时针旋转的箭头，假设书是没有厚度的，即这本书每一页都将被裁出一个顺时针旋转的箭头，若是有人要打开书，准备翻看时，被翻开的两页也将出现方向相反的箭头，而我们真正看到的只能是某一侧，正如我们始终行走于时间的一端，至于看到的会是哪一侧，应该取决于我们是如何翻开它的。但实际上并没有什么箭头或者方向，书始终是一个整体，它的状态本来就是叠加的，只有在它成像时才表现出"箭头"。

无论如何，纠缠发生后，它们必将遵守时间定角守恒，因此，可以做出物与像之间这样一个矛盾的假设。之所以在不同的位置可以观测出相互纠缠的粒子，是因为它们在此之前所发生的时间态黏合，又因我们同一时间所处的时间轴位置相同，但三维空间位置不同，从而导致呈现出的像位不同，像也不同；但又因时间的态势同步，其非同位像又趋于关联，因此两个发生纠缠关系的粒子无论间隔多远，只要它们在同一时间内，且未被破坏衔接致时间态平衡的平衡点，它们就仍是时间态黏合下的一个没有"断时性"（三维立体横断，第四轴衔接）的时空内微质单体（无限靠拢的双平衡时间物质），同时因表现出不同的像而被看作一种缠结关系，不过此间存在的矛盾关系不可避免，而找到能够解决矛盾的普遍方法才是通往新世界的钥匙。

"时间态黏合和它们所处的时间位置。"杨继德沉思着，慢条斯理地重复道，像是在思考演算结果的真实性，又像是在质问自己与岁月的关联，"我们在时间和空间共同作用下的同一个位置永远不可能重复出现，却因时间的延展不停地看到重复的物体。"早在百年前，人们就认识到了这个问题，却少有人将它置于随机的森林。故作聪明的商人也许会为此欢呼雀跃，希望有朝一日可以将时间同步所成的不同的像用在商品上。这样，他们就可以毫无节制地复制拥有相同性质像的商品——那是他们没能明白，桌子上的书只有一本。

"不，照你这么说，黏合态时间差是极小的才对。可我们意识中的时间概念却是跳跃性的，就好比那个经典的模型，我们提前知道有一黑一白两个小球，将它们分别放进不同的盒子里，假设两个盒子分别在银河系的两端，我们打开一个盒子就能知道另一个盒子里装的是什么，这个认识是因我们在之前的某个时间内知晓了一黑一白这个信息，而打开盒子的这一刻，我们获得了信息并与其比对，二者并不能以黏合态简单解释。"

"是的，但您应该明白，我们知道一端小球颜色的时候，是无法在前一刻知晓另一端小球颜色的，而在下一刻知晓小球颜色后同时也就知道了另一端的小球颜色，它们之间几乎没有时间差。也许您应该将理论放在此刻，而非关系时间上。不过这也正是我不能做出解释的地方，兴许它们真的不是同一种现象吧。"

"是的，我可以确定，它们不一样，又或者说是同一体系下的不同分支。量子纠缠是将非定域性的特征赋予微观粒子，而非定域性是量子力学基本假设的结果，是独特的量子效应。这是传统粒子概念所没有的，你的这些解释依托于非量子特征数据，因此只能作为幻想假论，而不能作为新假说的前提，不同于质能转化、时空弯曲、时间膨胀和长度收缩作为相对论基本假设的结果，异域性有别于传统的非定域性特征，所以这些不能作为量子范畴的研究，也许它们仅是建立在某种相似特性上，或许是宇宙本有其共通性。

"正因如此，我们容易忽略掉另外一种原因：'引力缺陷'；引力是不会存在缺陷的，如果引力存在缺陷，就不会存在空间，我们就不会在这里对话，如果你是在讲量子力学，我要提醒你，量子引力的低维假说也有它的合理之处；的确如此，它没有缺陷，所谓的缺陷大概是'已存在'的时间，如果我们能证实过去是以同此刻常态化的形式存在的，那么我们的宇宙在高维度空间就该是单数形式延续的，即一个有序并列的整体，只是我现在还不能确定；那为什么要称其为缺陷；因为它们本是同族，只是我们将其定义为不同的方向；你是想说既是统一也是对立，对吧？我不知道，我不知道。照你这么说，量子特性岂不是无处不在？甚至说'什么都没有'的太空也应该存在。我不确定，不过它一定遵从某种形式，无论是微观还是宏观，极端情况下应该更容易表达出耦合缺陷存在的意义。什么才算极端情况？黑洞算是一种，它存在量子现象。爸，我们需要数据，不，我们没办法离开多粒子的静态聚集，对，是它，也许用它就可以代替黑洞测量，它们都可以算作极端。"

"坐回你的位子，孩子，这个结果正如早些年人们发现超导体之间也存在纠缠一样，这并没有什么可奇怪的，宏观物体本来就是由服从量子力学规律的微观粒子组成的，只是宏观物体空间尺度太大，其特性被掩盖了，如果遇到温度降低或者粒子密度变大这类特殊情况也是可以表现出来的。这些已经有理论预测，不过令我好奇的是，你的切入点与我所知道的不同，这些我们可以以后再谈，直接告诉我你的想法吧。"

"纠缠-量子镜像延迟并不一定是自然形成的，但也有可能是三维的增量延迟，是三维宇宙本身的性质，而四星虫洞则是一种一次性但可以稳定形成的易操控虫洞，其自身的反普森桥接结构可以提供足够多的负能量物质产生稳态斥力以维持虫洞的稳定；我大概能从你的理论中看到这些，但它与你的双对抗系统有矛盾的地方，所以只能作为一个探讨方向；如果加上这个呢，那这里的时间 t 不该存在，岂不是要违背这张时空引力角点图？它的虚节点抽离会出现倒置，进而打破上方实节点的平衡导致断环，但空间不存在是不可能的，所以上一条公式的证明是错的，要从一开始就抹除时间计算均值才正确；现在，我们如果无法突破知识的局限，就迎不来新生，可有些证明到最后却只是为了圆谎。我们没有时间了，父亲。无论结果如何，都要努力去尝试，这不是你一直说的吗？而且我们在证明它的过程中得以成长，文明的蜕变也正是建立在无数假想与真相之上，不要成为努力过的人，要做持之以恒的家伙呀。那如果说时间只是我们假想的持续'正向'，人们会相信吗？他们会觉得你是个疯子，你是已经掉进山洞里的孩子；可我始终都在山洞里，不是吗？我不能确定，我仅看到了你。"

热腾腾的饭菜挥舞着薄薄的白纱，忽明忽暗的窗台开满了月季花，三人将重新开始他们的晚餐。青椒没了力气似的蜷曲在鸡蛋金黄的香气里，杨母为使排骨不失咸香又重新炒了一遍，只是茼蒿的柔嫩已无可挽回地流失殆尽，芹菜炒肉反而变得更加爽口，蛋花汤烫得人舌头发麻，没有人觉得这顿晚饭有何特别，他们一如往日。

二

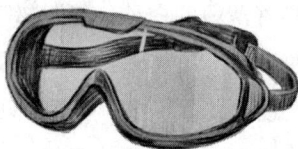

男孩循着祖母的声音回到村子，祖母正蹲坐在门口的方石上，手里拿着半块馒头喂两只四处游荡的野猫，一只是狸猫，另一只是三色花猫。"莫抢哩！"这是男孩听到的第一句话。祖母见男孩回来，缓缓站起身来，那只三花小猫也随同祖母向男孩走近。祖母接过男孩的背篓，也不多说什么，只是催促男孩进屋吃饭，若是凉了便自己端去灶台加热。男孩并没有向祖母讲述后山女孩的事，也没有出门向伙伴们宣扬，更没有提及在山上听到了祖母的呼喊。

男孩走近方石门槛，脚下忽地传来"呜呜"的震颤声。男孩这才发现脚边有只狸猫正在咀嚼着什么，夜色已完全将狸猫吞没，只留下它幽灵般的声音在黑暗中游荡，像极了男孩惶恐中的幻听。声音在潮湿的空气里徘徊，终是没能寻得去处，融化在了荒芜的夜色。对于远方的人来说，在那声音消失的地方，他们便与黑暗没了区别。

女孩的存在如同丁一梦中的皎月，成了他慰藉心灵的秘密，这个秘密还有一人知道，那就是丁一的双胞胎弟弟——丁二。

丁一与丁二小时候经常玩换名游戏，以至于祖母时常将二人搞混，只有他们的母亲分得出他们各自是谁。后来，母亲为了抚养二人长大，到外地打工再也没回来过，但并没有失踪，每年都会有钱从外地寄来，只是寄出的地址总是不固定，兄弟二人也因此断了前去寻找母亲的念头。母亲走后，二人就很少再玩换名游戏，因为有时他们自己也分不清自己是谁了。最后一次换名游戏持续了一年左右，结束的前一天，二人索性以第二天早上随意摸起的棉服衣角所绣的名字来确定彼此未来的身份。这一切，祖母从开始的时候便不知晓。岁月渐长，二人的样貌也有了些许区别：丁一虽有些瘦弱但勇敢勤快，令祖母十分喜爱；丁二稍显壮硕，不过由于懒散，时常被祖母训斥。

饭菜微凉，丁一没有去加热，因为他从来都是如此。屋外的老桑树上残存着几片枯黄，屋内只剩下床腿吱呀的焦躁和床脚鼠洞的不安。月光似已将这里遗忘，声音成了世界仍存的证据，仿若丢掉呼吸，只管融入这黑暗便可存活一般。

寂静的天地如同黑暗里融化的生命，每一缕微风都伴着心脏的跳动，两人的被褥被黑夜染成了墨色，万物随之堕入了夜的泥泽。丁一躺在床上，无聊至极又不敢动弹，无从消遣的他开始与丁二讲述今天在后山看到的东西。下山时，他为自己的壮举满心欢喜，觉得自己成了故事里的英雄，在遇到野兽后安全逃脱，并在野兽的山洞发现了美丽的公主。他会成为一众男孩的国王，带领他去参观高墙和电网铁栅。

丁一决定不将此事告诉任何人，但直到深夜，他都难以入睡。因此，他将丁二唤醒，给他讲述后山的野兽、高墙和铁栅。丁二昏昏欲睡，因为这些故事早已被老人们讲烂，实在没什么听头。即便是丁一亲眼看到，可半个月前，他已经听丁一给自己讲过一次。丁二的呼声又在枕边响起，丁一仅忍耐了几分钟便再次将他拍醒，说他睡得比猪都快，鼾声比鸡鸣还要烦人。丁二没有理他，而是将头脚换了方向，继续自己的美梦，香甜的鼾声又一次压过带队大老鼠吱吱的异样。

丁一再也无法忍耐，他从床上站起身来，险些将糟旧的自制蚊帐顶破。再过几日就将它拆除，丁一如是想。声音和巴掌再次齐齐落在丁二身上。丁二嘴里如鸽子般咕哝着，像是在骂人，但因声音太过混浊，以至于丁一也没能分辨出是年老的蟋蟀、被噩梦惊醒的鸟雀、来脚底串门的老鼠又或是睡熟的丁二发出的声音。丁一此时再也顾不得丁二是否能够听到，闭着眼睛开始讲关于蓝眼女孩的事情。丁一说得遮遮掩掩，发现竟连自己都不知道在说些什么，但丁二却如同在熟睡的梦中劈柴时一样清醒，一字不落地将丁一在后山的发现听至结尾——女孩变成了野兽。

丁二不相信小女孩会变成野兽，丁一也不相信美丽的沫子是野兽，但丁一认为至少丁二会因此害怕沫子而不敢接近她，不过沫子变成野兽也并不是毫无根据。丁一对自己编造的结尾也有几分狐疑，尽管这是他自己编的，但他仍不禁为这种幻想背脊发凉。

村里有条不成文的规定，未到20多岁是不允许进后山的，这个"多"到底是几岁没人知道，但大家向来都遵守这个规定。第二天，从清晨起，丁二就始终缠在丁一身旁，想让丁一带着自己去往后山，不只是因为他不知道要怎么找高墙与铁栅围着的城堡，更多的是从小他们就听着野兽的故事长大，幼时产生的恐惧早已根植于心灵深处。直到西边的云彩被一层层地涂上金粉，丁一都在忙自己的事情，没有理会他。丁二眼看夕阳被山峰寸寸遮挡，自觉今天已经没有希望，就一屁股坐在冰冷的方石门槛上，呆呆地望着后山的方向。

"文明是自然宇宙的反叛者，未来宇宙的引领者。"
——耶兰人，尼兰卡翟。

从耶兰人（耶兰星原名莫比T星，编号泰木-B240，后因耶兰星人皮肤为夜空的深蓝色，因此被称为耶兰人，其星球多被大众称为耶兰星）的主飞船在这座城市上空出现时起，这座城市就已染上了名为"黑色黄昏"的恶疾。

黄昏时分，江边的大桥被落日的红光装点得神圣庄严，桥头两个狭长的人影在月与夕阳的辉映下与大地如梦般相融。

当我们还在为寻得高功率武器暗自窃喜，为质能转化率的提高欢欣鼓舞时，他们竟已用小小粒子摧毁了一整颗星球。"乱弦粒子"，这是个怎样的武器？自然规则？熵增定律？"万物终将走向无序的混乱"，这才是它的规则，不是以暴制暴，而以共性引导。游行活动虽然已经结束，但随之而来的一系列问题都还没有解决，又或者说是少数人知晓的真相还未发挥其作用。"向国际联合办公室交份申请报告，提议星海国际联盟（国联'I.A.'）安全理事会取消 N-阿达拉星毁灭的探究项目，告诉他们，我们不可能短时间内造出耶兰人使用的那类武器。"

话未落，人影已淡，月渐明，树影萧萧，刘参谋站在桥头正与眼前的青年交代工作事项，桥上车辆稀疏，恍惚间有一辆白色轿车飞驰而过，犹如一颗耀眼的流星划破了四季的昏黄。

"这样一来，耶兰人拦截地球向外太空发射的信号也就说得通了。"刘参谋声音低沉，视线缓缓落在正翻开资料的青年男子身上。

"先说说两年半前的新闻调查得怎么样了。"

"报告参谋，外星飞船坠毁事件的第一发现时间为 7 月 18 日 19：56。从笔记记录的部分事件推测，时间上是吻合的，且坠毁地点与笔记中所写一致。我们从资料库中调取了当年飞船残骸的视频图像，与笔记中描述的情况类似。"刘参谋微笑着打断了他的话，因为他已经知道青年之后要说些什么了，无非是那艘爆炸的飞船落地后有幸存者被笔记的主人及其家人偷偷运走了。不过，令刘参谋感到疑惑的是，当年耶兰人不是封锁了那片区域吗？视频是从哪里来的？

"是第一批消防人员拍摄的。其实，还有不少人拍摄了视频，只是拍摄距离有些远，都是飞船坠毁的那天晚上拍的。另外，消防人员到达的时间与笔记中记录的推测时间基本一致。所以，笔记中记录的内容有很大可能是有效的。"

听到此，刘参谋悬着的心也终于放下了。

"刘参谋，您认为这件事可信度高吗？"

"什么可信度，你不觉得它就是真的吗？"

"难道……这个学生的笔记里写的都是真的？"

"不全是，也许不全是。"

"您这……我可是糊涂了。"刘参谋向来不喜欢重复，男子接着说道，"难道是因为他的笔记对外星事件记录得太详细？"

"这并不是根本原因。如果你身边多出来这么一个人（飞船爆炸事件幸存者——具有生命的耶兰星智慧型机器人——小安），很可能会仔细观察，只是记录得能否像晨明这样细致，可就难说了；并且，故事的真实性还要看写笔记人的心性如何。写笔记不是撰史，会带有很多个人情感，某些情况下有可能导致真相的扭曲。所以这些笔记里写的东西，我们虽不能一股脑儿全信，但的确有必要将笔记的部分内容纳入针对耶兰人的未来行动策略中进行探讨。"

年轻男子左手拿着一个黑色档案袋，右手还捏着几张军用复写纸，上面打印的内容正是晨明的笔记（刘参谋他们拿着的笔记均为复印版，原稿已经送还它的主人）。刘参谋站在青年男子对面，又与他讨论了一会儿刚才与晨明谈话的内容。虽然刘参谋心里已经认定晨明的笔记真实可信，但还有些问题需要进一步确认。

"皓宇，其余的资料整理得如何了？"

"都在这里，那边也已经派人过去了。"皓宇从档案袋第二个夹层（暗层）中拿出两份资料，从中抽取两张递给了刘参谋。

"刘参谋，晨明目前是一名大三学生，以前并没有与精神类疾病相关的病史，无心理咨询史。这本笔记记录的时间开始于他的高三暑假。晨明高中学习成绩优异，但没有参与过任何竞赛，在校期间没有异常行为表现，据他高三的班主任说，晨明不是坏学生，看起来很老实，甚至还有些木讷。"

"问过吗？"

"您是指？"皓宇稍做迟疑，"问过了，他高三的班主任看样子是被吓到了，且不太相信晨明会吸毒行凶，没过一会儿又唉声叹气，倒像是不确信。综合他对晨明的认识和了解，我认为，您的推断是正确的。"

"不过照这样看来，晨明高中时期的确只是一名普通学生，那么这本笔记就更有说服力了。"

"谢谢参谋，还有他在大学期间……"听到刘参谋的夸奖，皓宇脸上露出一抹难掩的笑容。

刘参谋将胳膊搭在大桥两旁的扶手上，左手捏着关于晨明的两张信息记录表，看着右手上的那张通话记录，缓缓说道："不着急讲这些，先谈谈你的看法。"

"明白！"皓宇的声音与江水一并涨高了些许，"晨明确实是一个普通的大学生，除参与此次游行活动外，没有什么可疑的地方。"

"他的那些异常通话记录和聊天记录都查过吗？"刘参谋抖了抖手里的两张纸。

"已经查过了，除了一些诈骗记录外，均无异常。"

"诈骗记录？都是些什么人？查过没有？"

"都已经彻查清楚，嫌犯共有9人，窝点在一个山村里，我们的人到那儿的时候正巧遇上治理局的人收网逮捕，目前一人在逃，其余8人均已缉拿归案。根据审问结果，他们没有进行过针对性诈骗，并表示不认识晨明也不清楚他的情况，同时也没有保留相关记录，目前还没有定案。"

"这件事要慎重对待，做好后续处理工作。除此之外没有其他异常吗？笔记里提到的虚假号码和那个什么型虚拟数据库有没有什么线索？"

"目前没有任何进展，如果记录的这些都是真的，我们和耶兰人之间技术的差距也是非常明显的，调查组也很难从这方面确认信息的真实性。"

"也好，倒是省得给人擦屁股了。派出去的人现在到哪儿了？"

"还在路上，大约一小时后到达葵南村（晨明的住址）。"

"'维和派'最近有什么动静吗？"

"尚未发现异常。"

"这可不像他们的做派。近几日正值关键时期，盯紧那群人，里边可不止一只老鼠。"

"刘参谋，我们真的要去接触那个……生命吗？"

"如今我们必须这么做，既然窗户纸已经捅破，也就没别的办法了；但是我们还非得戳破不可。晨明那孩子还太年轻，如果我们不介入，早晚有一天他会因此惹祸上身的，那时候等待我们的只会是更加渺茫的未来。"

"既然如此，就让他们立刻把她（小安）带过来。"

"不，让他们暂时不要靠近葵南村，留在织茂县城内待命。"

"收到。"

"现在你我都没穿制服，不必这么规规矩矩的。"

"收到，参谋叔。"

刘参谋抬起手掌，又气又笑地骂道："你小子是越学越欠管教了。"皓宇站着没动，后脑勺结结实实地挨了刘参谋一巴掌，随即咧嘴笑道："这不都是跟刘参谋您学的嘛。"

"我看都是你爹没管教好，回头我可要好好跟他说道说道。另外有一件事，你可别忘了，所有的信息确认之后，等审批下来，部分以摘抄的形式送去420科研中心，由他们分发下去，其余记录立即销毁。今天是我心急，晨明差点儿就说漏了嘴，不过也正因为这点，我才能确信这些内容的可靠性。"

"您是担心他们有那个？"

"这天可是要黑了。"刘参谋点点头。

"参谋，您看，路灯亮起来了。"皓宇指着刚亮起的路灯说道。

"这灯能一直通到你的新家吗？"

"可以的，一路上都是亮堂堂的嘞。"

"那就好，那就好。"刘参谋欣慰地微笑着。也不知是因太阳落下，还是因路灯亮起，在张皓宇眼中，刘参谋没来由地衰老了许多，恍惚间又听到刘参谋说："每一盏灯可都有自己的使命。皓宇，总有一天，你也要独自面对这一切。那时候，我希望你清楚自己在做什么。你要明白，灯火不是为黑夜点亮，而是夜色藏不住光芒；要坚强，即便夜路崎岖难行，你也要坚持走下去，要有属于自己的信念，才能在死亡面前拿出与之抗衡的胆量；要懂得如何保持清醒，拥有信任他人和自己的勇气，而不是试图蒙骗自己；要有能力去相信，终有一天会有人在灯火通明处与你相遇，我们从不是孤身一人。"

"皓宇，我好像从没问过你，你为什么要来这里？"

"我也说不清楚，不过，来以前，我的确是想弥补父亲的遗憾，为人民，为国家，或许是有的，但我不觉得自己有那么伟大……"

"那现在呢？你的心里有答案了吗？"

"有，因为有了信仰。"

刘参谋会心地笑了，看出了皓宇心里的那股劲儿，等笑声远去，又说道："在这里第一次认出你时，我担心你盲目追寻你的父亲，而摒弃了本心，看来我的担心倒是显得多余了。"

"谢谢您的关心，其实我的确有过一段时间，那时的我一直躲在父亲的影子里出不来，看不清自己，也没有想过未来……到这里以后，日复一日的训练叫人觉得思考都是在浪费力气，头脑慢慢变得懒惰。不知道从什么时候开始我逐渐与自己疏离，不过，忽然有一天，我无比茫然，不知道自己为什么来到这儿，也是那个时候，我才真正开始思考。"

"皓宇，有时候答案并不重要，一道谜题带给人们最多的往往是解谜的过程，而不是解开谜题后的片刻欢愉。时间是没有尽头的，所有谜题的'最终答案'，是我们永远解不开的谜。人生亦是如此，我们带着各自的谜语来到这个世上，直到死去才得以明晰，而每个人的谜底则各不相同。"刘参谋看见皓宇眼底夕阳的光辉，嘴角泛起一抹微笑，接着说道，"我所认为的答案便是'完整'。人生来虽是自由的，生活却很难如此，我们一生常常要饰演无数个角色，有虚假，有真实，我们时而迷茫，时而清醒，然而，如若没有经历过这样那样的约束，也就无所谓自由。"

张皓宇仍旧笔直地站着，刘参谋见他不答话，又向前迈了半步，继续说道："我们的护卫军（即E.G.A，耶兰人进驻地球前，国联就已在各国建立起的新组织）不是为战争储备的，我们的职责是守护国家和人民、守护心中的正义。护卫军并不是某种职责的象征，而是坚守正义的信念，是守护精神的传承，是根植于灵魂的信仰，是不屈于死亡的决心，拥有E.G.A身份的你，或许已经具备了站在未知危险的最前线的觉悟，但更应具备的是前者。我想你要找的答案一直都在这里等你。"刘参谋的拳头宛如一把铸剑的铁锤，重重地敲在皓宇胸口。

落日隐入江海，霞光从人们的衣领上拂过后，在白色的灯光下渐渐敛去。

"刘参谋，我能问您一个问题吗？"

"想问我怎么知道这群人里有人存在问题，是吗？"

皓宇满心敬佩地点了点头，没有说话。

"这和我最开始的目的并不一样。"

"什么？那您开始是怎么考虑这件事的？"

"起初，我只是怀疑这群人里有耶兰人的'模子'，没想到会查出这种事。"

"怎么会？"皓宇脸上却是一副原来如此的表情，"这种事是大家都没有料想到的，虽然您这么说，但您的怀疑和提议也非常重要，您立刻给出了判断，才没有错过，还好有您在。"

"皓宇，晨明母亲病史表最后那几条核实过了吗？"

"是的刘参谋，没有问题，"皓宇郑重地说，"没有复诊记录。"

"我们真的没有办法了吗？识得秋水落长天，生亦难时皆独行。唉，老了，真是听不得心念撑起的铁壁铜墙，却只是个匆忙看客。"刘参谋的手掌从桥栏上滑落，双手背于身后，左手紧紧握着右手的手腕，右手还拿着那两张被折了页角的纸张。这虽算不得什么坏习惯，但刘参谋的确因这个小毛病被训斥过，因为他有时候会拿到一些需要上交的秘密资料。其实现在已经好很多了，只是偶尔还是会不由自主地将页角折起。刘参谋不自觉地仰头往天边望去，视线缓缓落在了夕阳消逝的地方。

"皓宇，G-83临时实验室有新消息吗？"刘参谋抬起胳膊，用右手食指顶住了张开的左手掌心位置，做出类似噤声的手势。顺着刘参谋食指的方向望去，正是太阳没入江海的地方。

"有的。上周二，杨院士带着我去了一趟，但您比较关注的光子越域项目进展得似乎并不顺利，并且实验室研究侧重的方向有所变化，所以最近调整了部分人员，预计下个月将与420科研中心达成合作，国联那边好像也准备借此机会调派一批专家学者过来。"

刘参谋狠狠踢向了皓宇的腿，由于太过突然，皓宇双膝一软，差点儿跪倒在地。

"问什么实验了吗？"

皓宇眨了眨眼，目光投向头顶的高空，心想他们估计早就知道了，装作理解后认错的模样，并没有开口道歉或者辩解。不得不说，张皓宇刚刚仰头张望的动作活像一只等待训斥的警犬。

"一个月前的爆炸现在处理得怎么样了？"

"报告参谋，我们没有接到这方面的通知。"

"没有接到通知报告还打得这么响亮……催促那边尽快修缮 G-83 实验基地，完成实验调度工作，我们可没多少时间了。"刘参谋像是要从江中寻找沉没的夕阳，眼神里多了些许慈祥，"你要是宏毅，早把你踹江里去了。"

"我这不是才跟您没两个月，只顾着完成从宏毅哥手里接过来的任务了。这件事的确是我的疏忽，稍后我就去确认。"

"虽然实验室管理不在我们的职责范围内，但如今形势严峻，一定不能马虎。"

"收到，我这就去准备申请材料。"

"让你现在去了吗？浑小子！"

"报告，跑不了。"

"别在我这儿耍嘴皮子。"

"收到。"

"这就是你做的照片？"刘参谋从档案袋里抽出一张照片，仔细端详了一番照片里这个不存在的女孩，下意识略微对折了一下。

"是的，叔。"皓宇挠了挠头，接着说道，"照您说的，是用 6 个人合成的。"

刘参谋点点头，刺啦一下把照片撕成了两片，皓宇的笑容也被这突如其来的尴尬定在了脸上。看着面无表情的刘参谋，张皓宇神色忧愁，眼神却很倔强，丝毫不愿挪动看向刘参谋的笔直视线，就这样直勾勾地望着；但张皓宇并没有等来训斥，因为在刘参谋看来，这张合成照片并没有什么问题，只是他有不得不撕的理由。不过他并不打算解释，便不再多说。

最后，刘参谋的视线落在不远处停着的黑色车子上，故意抬高了声调，说："走，去趟面馆。"皓宇下意识回复了一声"收到"，笑容又浮现在脸上。

皓宇朝着停车的位置走去，身后的刘参谋则顺手将上半张照片丢进了江中。等照片飘入水中，皓宇也已开着那辆黑色商务车停在了刘参谋的身后。刘参谋上车坐到后座靠右的位置，二人在车上唠起了家常，径直朝着面馆的方向驶去。

三

"沫子的眼睛是蓝色的。"

"沫子，你的眼睛看得到黑色吗？"

"沫子，你的眼睛里会冒出云朵吗？"

"沫子，你的眼睛里会长出蓝色的小花吗？"

孩子们将沫子团团围住，纷纷伸出小小的手掌。有一个孩子靠得最近，他用手指将沫子的眼皮扒开。一群人在围观，沫子的眼珠险些被一个胡闹的男生抠下，最后也没有看到花，更没有看到白色的云。

"看吧，沫子的眼睛是不会长出花的，也没有云，只有往下淌的水珠。"

"让沫子闭上眼睛吧。"

"它们肯定还没有发芽。"

"云朵在地上时是看不到的，老师说那是天上的水汽。沫子要是到了天上，你们就能看见她眼里有云在飘。"

"谎话精，人怎么上天？"

"老师说铁皮大鸟能驮人上天。"

"那叫飞机！"

"是叫飞机，但你知道他们坐上去为什么不会掉下来吗？"

"我怎么知道，我又没坐过！"

"因为他们可以抓住飞机的羽毛啊。"

"你又没坐过怎么知道？你说铁皮上要怎么长出毛来?！"

"铁皮，有石头硬吗？石头里还能长出草呢！"

"你们不要吵啦，快看沫子！"

"沫子，沫子，你怎么哭啦？"

"蓝眼睛是爱流泪的，沫子总是哭。"

"都是你们把沫子惹哭的，不要围在这儿了，走开，都走开！"

孩子们一哄而散，房间里只剩下沫子和莫贝。每隔一段时间就会有人来确认沫子眼里的种子是否发芽，确认沫子的眼睛是不是从天上摘下来的，确认蓝色的眼睛能不能看到黑色的物体，确认沫子眼睛的颜色会不会变化，确认沫子是否同他们一样走不出这座大大的城堡。

沫子的嗓子像是被人打了结，在那里不停地抽搐，自从老者来后，沫子的哭声便不再如从前那般响亮，现在的沫子哭声小到甚至托不起一粒尘埃，却能将老者从远处引来。老者循着孩童四散的声音，踏着石板的落叶与青苔的荒芜来到沫子身旁，如期而至的脚步声，似乎成了解开沫子心结的一双妙手。她将双眼埋入老者的臂膀，回到了那个"爱流泪的蓝眼女孩"时光。沫子知道，每当自己难过时，无论是否哭泣，老者都会来到自己身旁。他就是老万——将余生献予野兽的老人。

与此同时，四散的男孩和女孩们开始筹划今天的活动。今天有三个男孩要向一个女孩学习编草，尽管他们早已学会，并且他们很少在地上拔起新草进行编织，大多数都是将之前编好的拆开来继续编，直到那些草不能用为止，以此拖延至太阳下山。四个女孩要随同两个男孩去抓蚂蚁，抓蚂蚁的活动从春天蚂蚁出洞那天起一直持续到地面上再也没有一只蚂蚁。他们捏起蚂蚁放进一个破罐子里，蚂蚁不断从罐子里爬出，他们一刻不停地捏，不知疲倦。一个女孩和两个男孩要去探险，从前这是大多数孩子的活动，但随着他们走遍各个角落，这个活动也与其他活动一样，成了循环里的内容。不过，有一个男孩是例外，他隔三岔五就会选择或者带头冒险，虽然他也是围观沫子的人之一，但别人不知道的是，男孩阿伍一直在为有一天能带着沫子到外边的世界而努力，其余人的冒险则大多是为了探寻"城堡的真相"。今天就只有这三个活动，只剩下小女孩雪儿还不知道自己要干什么，于是，雪儿蹲坐在原地，与自己下起了三子棋。

刘参谋和皓宇二人来到面馆，刚推开玻璃门就听到"欢迎光临"的电子铃声，不大的空间整齐地摆放着 7 张原木桌和一些木质靠背椅，棕色的地板、卡其色的墙壁在暖色的壁灯下显得格外温馨，天花板上装着两排白色吊灯，很是干净。

"老张，这天都凉了，还没下班呢？"

"皓宇电话里说你要来，这不正等您的嘛。"老张放下拖把，拍了拍衣袖上看不见的灰尘，微笑着说道。

"今天，我把这'小特务'也给你带过来了。"

"这兔崽子没给您添麻烦吧？"

"皓宇这孩子聪明，在我这儿也省了我不少事。"

"都是自家孩子，该打就打，该骂就骂。"

"我们小时候可没少打架，这又让我来打你孩子，我不成了'欺负完老的又欺负小的'的孬种了？"

"都多少年了，怎么还老惦记着那些有的没的。"老张笑着说道。

"那时候，我个子大，可总让着你。"

"嘿！那时候，咱可没少挨你那铁腿的功夫。"

一旁站着的皓宇忍不住笑了起来。皓宇刚来这个家时，一直以为面前的这位只是父亲的老伙计，从来没想过他竟是这样一位大人物。父亲和刘参谋从小就是邻居，一起光着屁股长大的，两人也是一起加入护卫军的，刘参谋当时留在东区，父亲一心想去边境守卫国土，之后进了工程兵地雷爆破分队，只是父亲进分队的第三年，在塔拉伊玛区扫雷任务中不幸被炸伤，这才回来开了这家面馆。

"老板，牛肉面钱转过去啦。"最后一位顾客也走了。

"先生慢走。"娴熟的回应，看来老张也已经开始享受这种生活了。

刘参谋看向老张，说道："老样子，三两半，多放点儿香菜。"

"爸，我也来一碗，可饿死我了，最近长口疮，不要太辣的。"

"你明叔还没说饿呢，你这臭小子猴急什么，还挑上了？"

"皓宇，以后你可得多跟你爹学学。"刘参谋目光犀利，朝四下里打量了一番后微笑着看向老张。

老张也注意到了刘参谋那一瞬间不同往日的机警的目光，但并未询问，而是一本正经地拍着张皓宇的肩膀说道："跟着我哪儿学到什么好去，有什么不懂的，要多向你政明叔请教。"

"跟你爹学学这做牛肉面的技术，我以后就能随时吃上热乎的了。"

老张擦擦手，回应道："倒真有这打算，就等着你放人呢。"

"不瞒您说，其实我也会做，只是没您做得好吃，以前我回家的时候，可是经常给宁宁做来吃的。"皓宇嘟囔着，眼神时不时瞟向被玻璃窗隔开的厨房。

"这倒是头一回听说，还没吃过你做的面呢。老张，今儿可得让你儿子露一手。你也站一天了，过来坐下歇歇脚。"刘参谋从餐桌下拉出一张凳子，招呼着让老张过来坐下，接着说道，"皓宇，你去厨房吧。"

老张歪歪斜斜地走过来的样子像是踩在海绵上，坐下后转头对着刚进厨房的皓宇高声说道："回头你也回去看看宁宁，再不回来一趟，我把你那新房子给拆咯。"

"好的，爸，我过两天就回。"

"老张，你儿子表现不错，工作上有你的作风。"

"嗯，唠点儿正事吧。"虽是这么说，但老张听后脸上的笑可是一刻没停。

"嗨，又给您看出来了。"

"你这一脸'有事找我'的模样，隔着十里八村的都能知道。"

"老张啊，这要是天黑了，离我近些的可不就只有你？"

"合着你那儿就没一个能交托的？"

"有倒是有，但这事儿还得你来做。"

"啥事？"

"养个闺女。"

"啥？养个闺女？"

"对，养个女儿。"

"你也知道，我家有宁宁这孩子在，再养一个不就是对孩子不负责吗？"

"你放心，她和宁宁待在一起不会有事的。"参谋拍了拍老张的肩膀，"刚好宁宁也有个伴。"

老张其实一直想给宁宁找个能够陪伴她的家人，所以心里是应允了的，嘴上却开起了玩笑："还能是个外星人咋的（如今人们所说的外星人常指耶兰人）。"

"那倒不是，但也差不多，能留你这儿吗？"

空气骤然一滞，老张脑海中极力回想耶兰人的样貌以及关于他们的传言，果断拒绝道："老家伙，那玩意儿，我可养不了。"突然又想到这是刘政明的请求，也许真的是迫不得已，转而说道，"得考虑考虑。"

"行，这也不是什么小事，你考虑好了再联系我，不过尽量快些吧，这边时间怕是不多了。"

"老刘，这事儿可还糊涂着呢，不打算多说点儿？我看你可是认准了。"

"这可说不得。"接着，只见刘参谋从口袋拿出一张浅黄的纸片，又不知从哪儿掏出一支笔，在纸上写了一行字符。

"当真?!"老张看了一眼，失声叫道。皓宇在厨房问道："怎么了，爸?"

"好好做你的饭，今儿店里来人多，浓汤可不怎么够了，给你明叔做好点儿，别偷偷往自个儿汤里头加。"老张快速平复了心境，对皓宇说道。

"知道啦。"一股子失落随同厨房里的热气一同从狭窄的门缝溜了出来。

"这么好的笔，写的东西乱七八糟，这么多年怎么就没个长进。"老张看着刘参谋写的东西，心里好一阵慌乱，说出来的话却很平缓，"那东西，他们真有?"

"这我可不确定，据目前的了解来看，他们不会缺。"

"这可不好办咯，不过那孩子我倒是能养。"老张似乎想到了什么，又说道，"就留在我家吧，等回去我跟宁宁沟通沟通。"

"多谢啊，老张，不过我还得再叮嘱你一句，可别怪我多嘴。你也知道，孩子饭量小，吃不了你那大碗面。"

"这您放心，按需分配。"

"好，有你这句话，我就放心了。"

"皓宇他……今儿吃面吗?"老张想起厨房的皓宇，问道。

"孩子身体可得调理好，东西不能吃杂了。"

"行，孩子交给你，我也放心了。"

老张心想，这纸像政明之前提到过的军用碳字纸，今天算是见着了，就是不知道是不是。还未来得及说出心中疑惑，只见刘参谋微笑着说道："墨迹待会儿就没了。"说着，刘参谋拿出打火机，黄纸瞬间被火焰包裹，落到地上时已化成灰烬，轻轻一踩就成了粉末。

老张思忖着："还真是，从颜色上看，像是只用了这一次，怕是事情大了，毕竟这纸是可以重复使用的，非必要情况下并不需要烧掉。"之后，他缓缓说了句，"这不是糟践东西嘛。"

"东西造出来前就已经有了去处，和人一样，拥有生命的那刻也意味着有了死亡，没什么可惜的，只是糟蹋了你这地板，刚拖过……"

……

两人正聊得起劲儿，皓宇端着两碗牛肉面走了过来，听见刘参谋正在说："馨予的孩子明年都要上小学了，这日子可是越过越快咯。"

"是啊，一转眼，孩子们都长大了，当年你一年都回不了一趟家，嫂子那时候在医院也忙得很，可苦了馨予妮子了。"

"这可忘不了，在外边我心里也时常挂念着，馨予小时候开家长会，您可没少帮忙呢。"

"妮子讨人喜欢，还经常来我家玩，也添了不少乐儿，可也是我半个闺女嘞。"

"如果不是当年的事，你家孩子也要有馨予这么大了，是国家亏欠你的。"

"这话可不能这么说，政明，那地雷又不是咱们埋下的，这生娃儿的本事是老天拿去的，都是命。"

"之兴……"刘参谋双手紧握着老张的手，半天说不出话来，眼中流露出多年未见的感慨和欣慰。或许这就是老友吧，将每一次的相见都当作最后一面。

"面也端过来了，吃完这顿，可有的忙咯。"两碗面正摆在旁边的餐桌上，皓宇一动不动站在那张桌子旁，离两人有些距离。老张说着便要起身，欲将刘参谋扶起，不过他们的手仍旧握着。刘参谋在老张站起来的那瞬也迅速起身，两人一同走到旁边的餐桌，但老张并没有坐下，而是示意皓宇坐下吃饭。皓宇坐下后，老张将刚才自己坐过的凳子抽了过来，坐在刘参谋旁边，两人一副没有聊尽兴的样子。

"皓宇现在都这么大个子了，第一次在部队碰见的时候，我都没认出来，刚来你家那会儿可还是个小不点嘞。"刘参谋坐下后看了眼皓宇，又对着老张说道。旁边的皓宇挠了挠头，又看了看父亲，随后低下头猛地往嘴里塞了一团面条，因为他知道，这话不是说给他听的，所以皓宇就在一旁自顾自地吃了起来，三人又回到了旧时光。

"你这小子，怎么还这么不见外，你明叔可不是你当年的叔了，这可是你的大领导。"老张像在训斥又像在打趣，听得一旁的刘参谋也笑出声来。

饭毕，父子两人将餐馆简单地打扫了一番。其间刘参谋是想擦擦桌子的，但被老张拦了下来。仅20多分钟就清理干净了，比平日要少近半个小时的时间。刘参谋迈步向外走去，老张也走到门口，吩咐身后紧随的皓宇锁上了面馆的门。

"走吧，我也很久没见宁宁了。"提起宁宁，刘参谋说话的声音都温和了许多。

"宁宁可想你嘞，天天跟我念叨哩。"说话间，老张已走到电动车旁。

"老伙计，还骑车干什么？今天让皓宇带你回去。"

"那哪成！公家的车，我可不兴坐。"

"有什么不行的？明天给他放假一天，回家好好陪陪你。"刘参谋眼中带着一抹肃然，表面上波澜不惊，但老张却觉得他完全不似刚才说笑的模样。

"还不谢谢你领导？"

"谢谢明叔。"老张瞪了皓宇一眼，皓宇声音提得更高了，"谢谢刘参谋！"

"快上车吧，老张。"

车辆在灯火煌煌中穿行，驶过青江街，穿过静水桥，进入白沙街，越过曲临门，拐入上京道，转回金峰路，最后停在名为"无名"的小巷。

一个黑发蓝眼的女孩听到门锁打开的声音，欢快地从卧室跑了出来，看到刘政明，看到张之兴，又看到张皓宇，一把抱住了皓宇。四人在客厅聊起家常，刘参谋说宁宁变漂亮了，皓宇说宁宁长高了，只有老张看着宁宁未发一语，目光里交杂着被爱意冲淡的*丝丝凄凉*。刘参谋像是之后还有什么要事，简单闲聊后便自己开车离开了，临走时还不忘调侃老张家的烧水壶，什么指示灯不亮了啊，换个新的吧之类的，就跟老伙计串门会说的一样。尽管闲聊对于最近忙于要事的刘参谋来说是浪费时间，但来老张家这趟显然是非常重要的，因为在此之后，小安——来自耶兰星的人工智能"生命"，找到了在这个星球最后的去处。在刘参谋之后走的是皓宇，虽然他明天不需要工作，但今天还有些必要的申请和文件需要处理。短暂休息期间，宁宁一刻都没有离开皓宇身边。二人走后，老张也将收养小安的事告诉了宁宁，她答应得很是干脆。

"会议开始后，立即行动。"刘参谋估算，也许两天后就能召开会议，这是本国的一次小型会议，但没人知道此时的刘参谋是在和谁通话，人们只知道特派小组没有接到这项命令。

G-83 实验基地的爆炸已经过去半个多月的时间，爆炸带走了 100 多人的生命，也带来了关键的数据——"亚引擎"线控尾端湮灭参数，这种结果是始料未及的。首先，发现这一现象的是科研中心高能物理研究所的人，杨继德在会议上对此次爆炸事故进行说明后，他们主动派遣人员去往基地进行调查，随后表示有必要介入他们的部分成员以保证实验人员的安全，同时共享实验数据。申请通过后，这批人即刻展开了人员的调整。能压、衰变、叠加和爆炸？这是道填空题。它带走了生命，也带来了希望，有人质疑，有人疯狂，有人高歌，有人悲伤，只有死者沉默不语。虽然只是可能的预测，但对于猎人而言，足迹便是猎物延展的根系，因此只是看到脚印就已经足够了。他们不必等上太久，这一猜测被证实的日子已经摆在了桌上，就在叶秀华留给杨继德的稿件之中。

杨苛第一次进 G-83 实验基地时，就已怀揣着一种新奇的想法——更换实验工具，但这种实验工具在杨苛进入基地之前并不存在。

"杨苛教授，您的证件。"

"谢谢，先生。"

　　杨苛在实验员刘国安的带领下来到更衣室，换上白色的实验服，那时的刘国安看杨苛年纪尚轻，摆出一副老前辈的模样，当然，刘国安也有资格做杨苛的老师，因为他在这领域内已经耕耘10余年，杨苛来这里之后也曾向他请教过许多问题。杨苛是被叶秀华的丈夫王博森招进实验室的，其间王博森只是对实验室里的研究员说带来了一位很好的学生，并没有过多提及杨苛的独到之处，不过杨苛在王博森心里可不只是一个"好"字，而是个厉害角色，杨苛会用行动告诉他们自己擅长什么。王博森听过杨苛的设想，他知道其可行性一定能够达到要求，目前只需耐心等待审批流程结束，在那之后，实验室恐怕就要"翻天"了。

　　杨苛换上实验服，刘国安递来一副黑色眼镜，宽厚的边框跟游泳镜很是相像，但它可不是防水的，而是护眼防激光的。走进实验室，杨苛看到，宽敞的房间、洁净如洗的地板，白色的墙壁上唯一突兀的地方就是"当心激光"的标识，四台大型机器全都泛着漆黑与银白的光泽，上面没有一粒灰尘，机器四周被方形的铁架包围，其外观如同家用的蚊帐支架，那是仪器的"窗帘"，关闭仪器后必须拉上"窗帘"。有两台仪器旁竖着指示牌，内容和墙上的一模一样，再往里走是一个铁质书柜，第一排放了一台矩形小仪器和一个蓝色箱子，第二排是一些文件，第三排是三个大小不一的蓝皮塑料箱，上边贴着不同的标签，柜子旁边不远处是一台立式的显示器，房间里还有一个小房间，像根粗大的柱子一样杵在房间的偏角，那是机器操作室。

　　需要用的仪器大多在铁皮上方，排列复杂而有序，但露在外边的十几根线至少有七八根都找不到来路和终点，一堆元器件让普通人看得头皮发麻，不过这倒是令杨苛生出了别样的亲切感。虽然激光器发出的是不可见光，但机器上仍有许多器件都冒着莹莹的绿光，这台机器就是光镊的主要部件。

　　早在多年前光镊就被人们投入使用，它看似简单，其原理却十分复杂：它和我们日常生活中用到的镊子一样，可以固定物品。不过它用的是"光压"，同风压类似，光也存在光压，就如同学物理时经常会做的一个实验：将纸片放在开着的水龙头旁，纸片就会贴过去，因为水流带动空气流动产生气压差，将纸片压了过去。如同低速吹风机上放一个乒乓球，小球会在风的作用下悬停在空中，这要比光压实现起来更加简单，但其仍是一个复杂的物理现象，因为它与湍流有关，吹风机带动空气流动时上方会出现湍流，而湍流则会产生较低的气压，我们日常所说的漩涡即保有这种状态。从现象上看，如果我们此时在水平方向上轻触小球，它就会在左右摆动之后回到原来的中心位置，这是自然带给我们的神奇现象，想要更多了解它的话，就去问问伯努利吧。同样，产生光压的仪器原理大致可以类比为吹风机，要求激光的中心光强，外围弱，粒子就会由于光压的作用而被水平"固定"，就像小球在吹风机上方被施加水平方向的力，仍能回到中心位置一样。

水平方向上可以困住粒子，垂直方向就有些难度了，但其实很好解决，只需要在中间加一片透镜，激光在通过透镜后会形成沙漏般的光锥，此时粒子只需在光锥的中间点，它在竖直方向上也会受到光压所带来的力的作用，全方位都可以由光压来平衡，这样就能靠光捕获粒子了。它们已经普遍用于基因学和物理学等方面。这个实验室本是为了研究弱力学方向并进行精密测量的，但如今已经更换了新的课题。

而这一新课题的目的，正是为了对抗耶兰人的红光障壁，那是个大型光学感知屏障。自从耶兰人来到地球的那天起，这层屏障就被布置在地球上了。那时，耶兰人的主飞船中飞出了一群如同小型无人机一样的东西，因为主飞船在万米高空，所以无人发觉，只有一个天文机构发现了异常，"无人机"四散开来，他们只得选择其中一台进行观察。"无人机"发出的微弱红光以光速延伸，它们共同构成的"蜂巢屏障"迅速将地球包裹，之后就没了动静。

除了这些发现者之外，没有人感知到异样，如果他们进入太空，就会发现这层屏障其实是透明的，微弱的红光只是地球的探测显示器上展现出来的模样，并且"屏障"可以随意穿过，那些所谓的"无人机"只是研究人员为了表述探测到有飞行器散布在地球的太空的一种说法，其实称那些飞行器是看不见的微型卫星更为贴切；但如果仅是将它当作隐形卫星的话，却又限制了人们的想象——扭曲中的方锥，它的表面就如同一群孩子不停胡乱拍打的水面。

又过了很长一段时间，科学家们才给出较为合理的解释——间歇式能量负聚向释放现象。由于光可以轻易穿过这些方锥，地球附近的太空也就与之前没什么两样了。唯一不同的是，当我们的一颗卫星为了这个目的脱离轨道，对这个屏障进行一番测试后，卫星非但没有按照原定计划自毁，反而不受操作人员控制，重新调整了轨道，并最终成了众多被摧毁卫星中的第二个"受害者"。虽然屏障没有摧毁物件的能力，但不可否认的是，它具有观测功能。

起初，那个国外的天文机构为此事接连撰写了五份报告，并第一时间暗送到国家机关后转交至国联的分支机构——星际战略合作组织（ISCO-E）审理，政客们跑去与耶兰人理论，得到的回复却是"这不是武器"。相信若不是他们中有人看过耶兰人交给国联的视频——N-阿达拉星的毁灭，那些人定会如同律师般振振有词。

谈判失败后，那个天文机构所在的国家迅速组织各国的物理学家、数学家、天文学家、工程学专家等一众国际顶尖学者就红光屏障的作用展开研讨，但他们对此毫无头绪，只得出这样的结果：机器依靠引力维持，甚至可能是由高倍率场能获取功能的特殊物质设计而来，同时它会对光在一定距离内的非自然反射等现象做出反应且伴随异常能量波动。

其他方向的研究都好似游走于混沌的迷雾，没有理论前提，也得不出什么可靠结论。这可不仅仅是凭着毁掉一颗卫星就能得到的，更是这群人连续一个月探讨、观测与计算的结果。对此，政客们谈论间丝毫没有讽刺的意味，其缘由自然不必多讲。虽然结果不甚理想，但仍有人相信这次各国联合研讨是有价值的。短短一个月时间，他们从无到有的理论或将成为人类未来得以延续的基石，事实也正是如此。

真正知道屏障效果的那天，是他们在得知太空信号发射站被禁止使用，部分太空的光学望远镜、深空探测器、太空信号发射站以及在外星执行任务的探测器被摧毁后，终于得出结论——我们被囚禁在了地球上。耶兰人的目的竟是如此清晰明了，而在当时有人提出这种猜测时却被断然否定，被大多数人接受的猜测是，这是可以观察地球每个人活动的监视器，这听起来令人毛骨悚然，但大多数人却都倾向于接受这一猜测。真是荒唐，让他们看了场笑话，我们宁愿接受屏障能够监视我们的一举一动并为此惊恐不已，也不愿相信它只是个光透牢笼，奥尔雷诺·拉莫·卡恩迪曼教授的自嘲更像一种讽刺，孩子们也许更容易理解这些，因为草丛的躁动令他们首先想到的是蛇而不是兔子，直到兔子从里边钻出来，他们才放下心来，相较之下，捕蛇人就很少因这种情况而张皇失措。

以结果来看，不管它是什么，都不被允许向外界透露，想象一下就能知道它会引起多么大的恐慌。到那时，也许不必耶兰人动用武力，我们就足以毁掉自己。

思考不等同于理性，我们不能仅凭一位智者的思考就将其当作公理。公理该是建立在无数实践之上，我们个人能做到的只是接近理性的认识，"所谓理性认识通常是以感性认识为起点，对感性认识的发展和深化，并以丰富且合乎实际的感性材料为依据进行去粗取精、去伪存真、由此及彼、由表及里的处理加工后获得的"。

谎言掩盖不了真相，但沉默可以。如果因避讳虚伪而怯于遵从内心对理性追求的诉说，人们自己都不愿再为自己的自由承担相应的责任，这又成了另一种问题，一种更为致命的麻烦，它才是外星文明压迫下我们最不想看到的局面，那将是一场以地球为舞台的木偶剧开场的前奏。因此，在这个时代，聪明人才更需要一个帮他们保管真相的笨蛋。

再三考虑下，地外太空的红光屏障仍不能公之于众，这是一个精明的抉择，它并不是因为利益或者权柄受到威胁的隐瞒，而是出于对公众安全的忧虑。世人虽有强弱之分，但在真正的灾难面前，却是人人平等的。

四

　　阿伍是第五个来到这里的孩子，同其他人一样，都是父母中有一人或两人因病逝去。阿伍来时正值立秋时节，那时的他像只死去的绵羊般趴在男人的背上，许是因为在孩子们心里这就是一场献祭仪式。

　　阿伍在村子的最后几天，一直躲在床下，就是他父亲病死的那张床，床板的木竹里还散发着久未散尽的腐臭。第一天躲在床下时，阿伍几乎没怎么吃饭，他还什么都不懂，就连不吃饭会饿死都不知道，但尸体的腐臭涌入阿伍的肺腔和胃囊，他已经不需要吃饭了。母亲为他的少食忧虑，第二天心底却生出了一丝不该有的恐惧——阿伍的"嗜睡症"发作了。

　　阿伍被发现时，浑身灰尘，颇似墙角的蜥蜴，那时他正在屋外与同龄的孩子玩耍，床底实在令他难以忍受，同他的父亲不愿待在床上那样。他的父亲被发现时，空气里不再是甜腥的腐烂气味，浓稠的腐臭如洪水般吞没了整栋房子，他父亲的身子比以前大了一圈不止，四肢格外臃肿，像是被注满了沟底的污水。人们将草叶揉搓出的汁水涂抹到破布上，用它缠住鼻子扛起家伙，这才将他的父亲下葬。等他们要找阿伍时，母亲说阿伍去了山上。他们没有强求也没有蹲守，便每日前来询问，每日都在山上。

床下的那几天，每日清晨醒来，阿伍都要先把身上的蛛网清理干净，虫子们将阿伍当作了石板，白天在他身下活动，晚上在他身上嬉闹。阿伍的母亲最后一次看到他时，阿伍已被一个大汉牵在手上，他的母亲没有发疯似的上前拉扯，也没有阻拦，她回到家中，独自一人痛哭流涕。

路上，大汉为阿伍解释后山没有野兽的事情，但阿伍仍旧怕得骨头发软，喘息间肺腑呼啸作响，胸膛成了山林里最幽深空荡的地方。他想要挣脱男人厚实的手掌，因为这种解释在阿伍听来就如同行刑前的饱腹餐，他在此之前从来没听人讲过这种事情，即便是自己的母亲——没有野兽，只有三个和他一样的孩子。

阿伍走在去后山的路上，看着这个平日仅见过几面的熟悉又陌生的大汉，一切"新奇"都令他生出了往日不曾生出的惊疑。他指着一棵30多米高的树，高声说这么高的树他从没见过。他指着即将被壮汉踩踏的野菊花，高声说这花他从未见过。他指着地上绿中带枯黄的落叶，高声说这颜色他从未在这个季节见过。他指着面前的车轮草，高声说这草他从未见过。

男人看着眼前成林的高树、随处可见的野菊、无处不在的车轮草和林间满地的落叶，恍然明白了老者的话语。回忆只是回忆，就像夏日林间的枯叶，是岁月堆积的遗藏，于它们而言，被看到既是新生，也是死亡。男人指向即将走近的小土坡，说道："明年，那里将会开满野菊花。"土坡上没有杂草和落叶，光秃秃的土堆像极了大地被蚊子叮咬后留下的证据，久远而新鲜的土壤从地下翻起，这片新土便是第四个孩子的沉眠之地。事情就发生在前两天，将他安放在那里的正是男孩面前这个男人。

男孩的身体变得轻盈，或许是想起了那个瘫软在地的母亲，想起了母亲望向自己时悲伤的眼神。他想回到满是尸臭的床底，那里有他的草编玩具，他想那个玩具一定还在那里，它会一直留在自己随意摆放的位置，直到像父亲那样与大地融为一体。这像是所有生命的归宿，但男孩认为自己逃开了这一切，他将在野兽的腹中腐烂。

阳光如雨水般从男孩的脸颊滑落，顺着污泥堆积的脖颈流进脊背和胸膛，膝盖成了积聚雨水的海绵，贪婪地吸收着上身流逝的温暖而变得愈发松软，双腿好似脱离了男孩的灵魂，竟偶尔走在男人的前面，像是担心男人跟丢了自己又猝然止步。男人似乎是看惯了这一切，并不为此感到诧异。突然，男孩大哭起来，也不说话，和他的母亲一样，大概只剩下哭泣能理解他们的孤独和恐惧。

男孩站起身来，怔怔地望着村子的方向，也不知心里在想些什么，时间无力地绕开了他柔软的躯体，男孩就这样一动也不动地站在那儿，他再也走不动了，又或者说那个男孩已经不在这里。许久，男人蹲下身子让男孩趴在自己的背上，男人起身的刹那便老去了，许是山林间凌乱的西风在作祟，他步履沉重，佝偻的身子像是怀里还抱着一个早已死去的婴孩，他步步蹒跚又如同刚学会在泥潭行走的孩童。男人的双脚踩在那条无尽而狭窄的长廊，它徘徊又平静，前行也彷徨，沉稳却迷茫。或许不久后男人将迷失方向，但不会是现在，因为接下来的山路所剩不长，他们离开土坡后很快就来到了"野兽的城堡"。

沫子和阿伍有着些许的不同，沫子来到这里时才刚刚断奶，这也造成沫子吮吸手指的习惯，他们中只有莫贝是同沫子一样的年纪被送来，其他的孩子对外界都有或多或少的认识，但这所谓的外界，也只止步于他们的村庄。同一片土地上，世界却分了层，就连天边的彩虹都在教人们学个三六九等，蓝色的眼睛如同野兽的蓝卵，将沫子的内里与外界分隔。

沫子是第一个来到这里的。没错，沫子来时这里一个孩子都没有，是的，她是"第一个"。当人们选择了遗忘，活着便也没了证据，直到小女孩离开的那天他们才幡然醒悟，开始思考和探寻过去的事情。不过沫子可不是年龄最大的，第二个来到这儿的是莫贝，第三个是阿南，第四

个是死去的石头。阿南是年龄最大的那个，她来时已经 7 岁，第一次见
到沫子时，她吓得躲在墙角哭了一整天，后来人们才知道，原来阿南将
沫子认作了野兽的幼崽，那时的沫子蓬头垢面，像只瘦弱、脏臭、可怜
的瞎眼流浪猫，污垢将她的头发缠成一根根粗实的长条，蓝色的眼睛潜
藏于散乱的黑色荆棘下若隐若现，旁边还跟了一个比沫子矮的莫贝，几
绺粗黑的头发在脸前晃来晃去，仰着脏兮兮的小脸望着阿南。

　　自那天以后，阿南就怯于同她们交流，两个月后石头的到来，成了
她们割裂的契机。石头总想接近沫子，但她们像是两伙势力，从不来往。
石头与阿南都知道些村子的事，也都听过野兽的故事。阿南认为沫子和
莫贝是野兽生下的，是受到诅咒的孩子。石头生性温和，心地善良，善
于观察，只是不够勇敢，来后不久，他就发现沫子与他们没什么不同，
但阿南像是将石头视作自己的物件般始终担心被沫子抢去，不让他与沫
子接触。后来，石头在床上死去，阿南认定是石头偷偷与沫子接触后沾
染了诅咒，因为石头日渐虚弱的身体和痛苦的哀号任谁都难以忘记。因
此阿伍来后，以及阿伍之后所有的孩子都与她们有了隔阂。阿南其实并
不讨厌沫子，将她们分隔开的，是阿南最初的恐惧和后来深藏内心的爱
怜，这才是阿南疏远沫子的原因。但当沫子知道这些时，已是离别的烟
雨黄昏。

　　这座城又回到了往日安宁，不再有摩肩接踵的人群的喧闹，不再有
砸烂橱窗的破碎声，不再有每隔一小时的警笛声，也不再有残秋里如蚊
蝇般在空中盘旋的垃圾的窸窣声，只剩下士兵们回归护卫队的踏步声，
以及没有呕吐物的干净街道，一切都如同暴风雨过后的海面般祥和平静。
不仅仅是这座城市的游行结束，与耶兰人长达一周的会议结束后，耶兰
人与国联在和平条约上又增加了三条内容并签名公告，维权的浪潮随着
那一纸条约迅速退去。这场全球范围的游行活动也就此宣告结束，好似
近期世界各地所发生的维权游行都只是人们的一时兴起。即便如此，此

次耶兰人拿人类死刑犯做实验的消息也已传遍世界各地。

"看吧，他们就是一群野兽。"远在高空主飞船上的一个耶兰人这样说道。当我们在为同类愤愤不平时，他们在看地球的飞禽走兽、山川河流；当我们在为同胞遭受残忍对待感到不公而示威游行时，他们在看一只吃垃圾的鸭子；当我们在为人类未来焦急忧虑时，他们在看一只被破旧线网勒住脖颈儿却仍能在大海畅游的濒死海龟。他们只看到了他们想看的东西，却要为我们的文明定下原罪，这听去是多么荒唐，可他们就是这样做了。也许是熟悉的丑陋更容易催生出厌恶吧，总有那么一群家伙，不知道自己站在高塔上，看不到头顶的黑暗，也看不到脚下的明亮，整日如鱼儿望水般向着幽深的黑暗处探求生命的意义。人活着为什么非要有意义，难道不是因为没死所以活着吗？

人都会死，即使毫无意义。死亡不过是浮尘遇了烟雨，在一片俗不可耐的历史里选择了安息。若美丽能够永恒，也不失为一种人性的缺失。

"看吧，他们只是比我们聪明点的怪物。"这句话不知是出自游行队伍里哪个人之口，也不知是在对谁说，也许只是在对直播间的网友们说吧，或许那人只是在说他们夜蓝色的皮肤是如何丑陋，但这都不重要，因为他们的确是野兽，和我们一样，"只是比我们聪明点"，不过未来的我们也许会变得更加善良，因为懂得这种被当作野蛮人的感受。

令人意外的是，游行被拘留的人中有个叫晨明的男孩，他的特殊之处就在于他被放在旅馆的背包里。他们这些前排的游行人员被拘留后，工作人员将他们的随身物品从酒店转移到拘留所时，依照上级的指令需要对这些物品进行检查。晨明的笔记被一个工作人员翻看了七页，又经过两个人的手到了刘参谋的手里。这三个人无疑是精明的，他们都没有多看里边的内容。后来三人均被调到了安全信息机关，与其说是升职，不如说是合理的监视。笔记中记录着耶兰人来到地球的真相，以及人类生存的另一希望——小安。

耶兰人认知中的最高级的"已证实"文明是通执律者的时空文明，

通执律者又称"律者",而小安身为耶兰星的"次星智慧生命体",是由律者直接提供的源公式进化而来,未来或将成为律者中的一员,同时小安也是耶兰星违反星际法规行为的记录者,如今她在地球上,就住在一个普通的小村庄——葵南村。白天,刘参谋来到拘留晨明这群游行者的地方,一番交谈后,刘参谋也确信了笔记的真实性。当天晚上刘参谋就去了老张的面馆,确定了小安的归处后,一场以死亡为开场的哑剧就此拉开帷幕。

刘参谋离开老张家后,便开始为会议的召开做准备,他将在会上展示耶兰人占领地球的真相,告诉他们一半以上的人类将要灭亡,但在此之前,刘参谋犹豫了,如若这些就是真相,毫无保留的展示也许只会加快毁灭的进程,但如果不将危险告诉那帮人,小安也许会失去重要的援助,最终刘参谋决定掩盖部分真相。他的思量不无道理,因为这场简短的会议,将带给这个世界巨大的变化。

这是一个老鼠横行的时代。

第二天早上,皓宇如期回到家中。宁宁此刻已在门口等候了一个多钟头,听到钥匙开门声,飞也似的过去抢先将门打开。皓宇来到客厅,将手中的盒饭放在桌上,告诉宁宁,这是给她带的早餐。因为父亲说宁宁等着自己回来一同吃早饭的,皓宇嘴里的半个包子俨然是他最后一口早饭。宁宁的笑容凝固,皓宇只得看着宁宁吃早饭,但在此期间他的眼皮变得愈发沉重。他斜躺在沙发上,只给宁宁留了小片位置,若是被老张看见,定是要挨上一顿训斥的,只可惜老张早早就去了面馆。即便如此,宁宁依旧没让他回到自己的房间,她半蹲半坐地吃完早饭。看皓宇实在困得可怜,已经完全睡死在沙发上,宁宁便从他的卧室拿来被子为他盖上,没再将他吵醒。

皓宇仅睡了三个小时,醒后便说带着宁宁出去玩,这正是几个月来宁宁一直期待的。宁宁的头发从来都是皓宇剪的,出门前皓宇给她修剪了齐肩短发,蝴蝶别针系着一根红色丝带拢在耳旁,仿佛出自人工的睫毛下蓝色的眼睛似冰湖的清晨般美丽，脚下黑色皮靴，白色长袜没过膝盖。若是这样走在街上，许是要被当作一位初出城堡的公主，但皓宇毫不意外地给她套了件厚厚的牛仔外套，倒也显得小巧别致。

巷子里旧铺子杂货老板看到皓宇带着宁宁出门，高声与他们打起招呼："十里铺的小菊展快要结束咯。"老茶馆的老板娘看到宁宁出来，高声说道："南明湖的红枫叶好看。"宁宁和皓宇笑着一一回应。走出无名巷，皓宇便带着宁宁来到老张的餐馆，店里此时有 11 人正在就餐，门口位置坐着一个名叫刘思铭的红发男子，他前额狭窄，面庞消瘦，焦黄的脸上还挂着几道淡淡的疤痕。一刻钟前他因拉面里有只苍蝇在那里吵闹，老张店里是没有苍蝇的，何况如今已是深秋，但老张想，皓宇和宁宁今天要来，不想多生事端就给他又做了一碗，若是放在往日老张是绝不纵容这种社会渣滓的。面对新出锅的拉面，刘思铭并未边吃边冷，而是在等待拉面完全凉下来。他纤细修长的手指摆弄着两双干净的竹木筷子，抬眼看到迎面走来的宁宁，立时定在了那儿。他的目光随着宁宁跑向厨房，随即被皓宇挡住了视线。

宁宁坐到最里边的位置，那是老张专门为宁宁空出来的，今天除了宁宁和皓宇外将不会有人坐那张桌子。宁宁的碗筷与其他人不同，她用的是陶瓷柳叶金边小碗和一双白玉青丝筷，与宁宁轻便的装束略有不合。

老张看宁宁戴着白色手套，心底不由生出一股酸楚，接着看向旁边的皓宇，他轻摇着低垂的脑袋一言不发。

关于手套，还要从宁宁的病说起。与山村里的阿伍他们一样，宁宁也患有"嗜睡症"，但在这个地方，人们常说这是"艾滋病"。在当时，他们的父辈那群人没有听过什么母婴阻断，孩子们出生后是有是无全凭一个"命"字。概率是从人群中统计来的，而个人只有 0 和 1 的区别。

宁宁曾有一个好朋友，也许现在依然是好朋友，但老张也说不准。她是小巷子里孙姨家的刘子仪，喜欢听别人喊她小仪。小仪是个非常可爱的女孩，比宁宁矮了一头。第一次见到小仪，便觉得这个女孩一定是在一个薄雾的清晨出生的，稚气中透出独有的朦胧气质。宁宁经常去她家玩，因为当时也只有孙姨不介意宁宁陪同自己的孩子玩耍，不过还是会时常在旁看着，以防宁宁磕着碰着或者小仪碰上了宁宁的血。其实他们都很感谢孙姨，因为当时只有孙姨愿意费心思去了解宁宁身上的病，她知道碰了艾滋病人的唾沫没事，也知道碰到她们的血液一般是没事的，但"一般是"却是一个母亲眼中揉不出的沙，因此孙姨要比其他母亲更加关注孩子们玩耍的过程。

昨夜大风忽起，今晨已不见朝阳，如灰海一般的乌云笼罩了大地，紧随而来的是温暖而猛烈的雨水，足足下了一天，到了第二天、第三天，雨依旧没有停歇的迹象。宁宁看着她独自完成的迷你手工小屋，心里美滋滋的，不过笑容在脸上仅停留了片刻，一抹难掩的忧伤又袭上心头。

制作期间，宁宁非常小心，生怕手指被扎破血沾到小屋的什么地方，这是要送给小仪的礼物，因为再过几天她就要开学了，她的父亲今年开春被调到国外工作。小仪说自己如果去了寄宿学校就不能经常回家了，但她不知道的是，她的母亲并不打算送她到寄宿学校上学，她会这么想完全是因为小仪曾偶然听到父母谈论过这个问题，心里不由就认定了。每次一想到自己将见不到宁宁和那几只新出生的狗崽，她都要偷偷哭上一会儿。宁宁也为此伤心了好一阵子，这几天一直在为小仪准备离别的礼物，好像去了寄宿学校就再也回不来一样。

雨还在下，宁宁本打算雨停之后再将礼物送去，可那迷你小屋就像一块富有魔力的磁石，牵动着两个生命忽远忽近的距离。其实，她们相距算是极近的，宁宁只需要走过小院，打开大门，向右走百余步，打开左手边的另一扇大门，就能见到小仪。可小巷地势低，又是个老巷子，整整三天的雨早就积水成河了，老张大概还要一个小时才能回来。宁宁想象着小仪收到礼物时的欢乐情景，于是打定主意再过五分钟如果老张还没回来她就去找小仪。宁宁看看时钟又看看房门，顺势躺在沙发上，屋子里豁然变得空荡，天花板的吊灯明晃晃的白光忽闪忽闪的，之后，世界顿然黑暗。

"大夫，我闺女不会有事吧？"远处传来一个男人焦急的询问，声音空洞绵长像是越过峡谷和深渊来到了时间的尽头，撕开了漫长的黑暗，但周遭的环境突然变得嘈杂混乱，她努力想要听清老张在询问些什么，但那个声音终是没能越过喧闹的高墙。忽地一阵哭喊落入耳中，一个女人在别人的搀扶下走了进来，宁宁吓坏了，以为自己已经死去，可她仔细看去才发现自己并不认识那女人。女人走到宁宁对面的病床，仍旧哭着，之后随同对面的移动病床向着门外走去。

急诊中心分诊台前，老张正在询问怎么用手机查看化验结果，宁宁提着吊瓶走了出来，老张下意识地回头，正巧看到宁宁向自己这边走来，便快步来到她身前。欢喜和惆怅的复杂神情在老张的脸上转瞬即逝，而后他一脸担忧地询问宁宁还有没有哪里不舒服，宁宁摇摇头，只想早点回去。很多时候，人们把这种下意识的反应称为第六感，就像平日里我们感觉有人在看自己结果抬头发现真的有人在看自己一样。不过第六感也许更偏向于神经生物学，是人们感知身体在空间中的位置的一种本体感觉，其神经元位于脊髓的背根神经节，通过遍布全身的神经纤维传递的信息使得肌肉被赋予特异性的分子程序，同时也为人们运动的协调机制提供了必不可少的助力。

雨已经下了四天，宁宁对老张说想去小仪家看看，孙姨这会儿应该是不在家的，老张犹豫了下还是同意了。小仪欣喜地接待了她们，老张本想送宁宁过来就回去的，但又想到宁宁还在低烧，就一起跟了进去。小仪家里只有她一人，本来小仪的爷爷奶奶也在的，但春节过后跟她叔叔回了趟老家，要过段时间才能回来。老张微笑着同小仪她们谈论昨天的事情，是宁宁先提起的。小仪慌张地抚摸宁宁额头的动作看得老张困意顿消，一直堵在胸口的最后一股子愁闷也悄然消失了。小仪领着宁宁到室内的狗窝旁去看她家土豆的崽子，老张站在一旁看了看，又想着为她们准备些点心。小巷尽头有家糕点坊，近几日也不知道开着没有，于是老张决定去那边看看。尽管已经提前与孙姨联系过，但女主人不在家，待在那里总有些不自在。

老张回来，看到宁宁她们正在用积木搭建狗窝，微笑着说道："孩子们，来吃点东西吧，我给你们买了桂花糕和茶糕，还有湘阿姨家老酸奶呢。"见两人没什么动静，老张只好将糕点放在餐盘上端了过去，别看老张腿是瘸的，但端盘送碗的活儿做起来可是稳得很。两人忙得几乎抽不出时间回答老张的问话。

小仪从狗窝里抱出狗崽，将它裹在襁褓里，又递给宁宁让她哄小狗睡觉，像是准备等哄睡着之后再放进积木搭建的狗窝里。可那狗崽在两个人怀里嗷嗷直叫，老张注意到柴犬土豆焦急的尾巴，正欲让她们将狗崽放回狗窝里，意外发生了——宁宁在沙发上坐着，土豆大概是想将狗崽叼回去，前脚踩在沙发上保持站立的姿势，嘴巴一开一合想要咬住襁褓，老张站起来刚要说话，土豆迅速退下沙发却意外划伤了宁宁的胳膊。一道三四厘米长的血痕，血液从那道看似浅浅的红印里汩汩流出。老张迅速抽出纸欲为宁宁止血，但那张毛毯上已经有了一块清晰的、扎眼的血痕。

小仪慌忙去拿医药箱，可药箱放得太高需要垫着板凳才能够到，越是慌乱就越要保持冷静，但小仪做不到，她想起妈妈曾对自己说过，宁宁和我们不一样，如果宁宁流血了会好得很慢很慢，所以小仪要保护好宁宁，不要让宁宁流血受伤，也要保护好自己，如果沾上了宁宁的血，以后受伤了就会很痛很痛的，那样宁宁也会难过的。药箱掉落在地，小仪从椅子上摔了下来，胳膊肘擦破了皮，体温计从药箱中掉落出来，被震断了。小仪站起身抱着药箱跑到客厅，老张也听到了里边的动静，但此刻看到药箱也没多说什么，拿出碘伏涂在宁宁胳膊上又熟练地为其缠上纱布绷带，这才问道："子仪，刚才磕到哪里了？"老张的手也没闲着，询问的同时又从药箱取出酒精喷液，将那些被宁宁的血滴到过的地方一一消毒。小仪摸了摸磕伤的位置，宁宁刚要伸手去拿碘伏却又将手缩了回去，眼眸低垂，嘴唇颤抖着。小仪不知道宁宁刚才为什么将手缩了回去，以为她还想用碘伏，微笑着说道："你要用这个吗？我现在已经不疼了。"小仪伸手准备将碘伏拿起递给宁宁，老张急忙在碘伏的瓶壁上喷了些酒精。门外传来一阵开门声，孙姨进来后看到老张，笑着打招呼，话还没说完便看到桌子上的药箱，神色慌张地看向宁宁，又向前迈了一步，看到小仪蹲在宁宁身旁，手里还拿着一瓶碘伏，一阵急促的脚步声伴随着一声来自糙汉子的垂头道歉："真对不起，真的对不起，小仪她没事，没碰到血。"

孙姨匆忙扫视了小仪的周身，这才稍稍放心地回了句："没事的张叔，宁宁没事吧？""血止住了，小仪刚才拿药箱时好像磕伤了，快看看有没有事儿，我刚给宁宁包扎也没能顾上。"老张不敢去看孙姨的眼睛，却又想从她眼里读出些什么。其实老张是因为手上沾了一点宁宁的血这才没有帮小仪处理伤口的，也是为了让孙姨放心。孙姨又将头转向小仪，抬起了手臂，找到胳膊肘内侧磕破皮的地方后，从盒子中取出一瓶新的碘伏。

老张见宁宁的手还在抖，坐在那里一动不动，眼睛直勾勾地盯着狗窝不知在想些什么，便准备离开，说："是那只狗不小心划伤的，这方毯沾了血，我都带回去吧？到时候给你们换上新的。"孙姨眉心微蹙，瞅了眼狗窝里的狗崽，又瞥见一旁摆放的积木，大概明白了是怎么回事，神情稍微缓和了些，沉稳地说道："土豆最近脾气差得很，怪我忘记提醒孩子，都怪我，弄伤了宁宁。"她低头怜悯地注视着宁宁，温柔地询问起伤势，接着，又对老张说道："我之前在网上看到说宁宁是能打狂犬疫苗的，但剂量可能要高点儿，钱多少算不了什么事儿，只是苦了孩子了。这狗也是怪得很，这钱该由我来出。这是给宁宁她们买的水果，您带回去点儿。"简短的寒暄过后，老张和宁宁离开了小仪家。老张觉得这是他的失责，所以最后疫苗钱也是由老张出的。

雨还在下，老张背着宁宁贴着墙往家门口走，路上老张问宁宁怎么样，还疼不疼，都没得到回复，也不知道她是装作没听到还是雨太大盖住了回答的声音。回到家后，老张吩咐宁宁回卧室将雨水溅湿的衣服换下，自己则去拿医药箱要为宁宁换上新的纱布。时间过去了十多分钟，宁宁还没有出来，老张着急地走到卧室门外问："衣服换好了吗，宁宁？"屋内传来宁宁那竭力压制着哽咽的轻快的回答："换好啦。"老张微微愣神，视线变得模糊，赶忙说道："换好了，出来吹吹头发，别感冒了。"

风儿吹散了乌云，只留得漫天夜色，大雨初歇，星空格外澄澈。宁宁走出房门，眼眶还盈着未干的眼泪。老张上前将手掌置于宁宁的额头，确认没有发烧后，又轻轻揉了两下宁宁的脑袋，发觉头发并没有想象中那么湿潮。

"子仪不会有事吧？"

这突如其来的问话令刚刚还沉浸在悲伤中的老张有些张皇失措："怎么会有事呢，子仪不会有事的。"

"可是我的血……有……有毒。"宁宁顿时涨红了脸，眼眶溢满泪水，遏制着呜咽才将话语全部吐出。老张爱怜的目光与她的蓝眼睛交汇时，宁宁似嗅到了痛心的味道，慌忙改口说："没有，没有的，对不起爸爸，对不起。"

宁宁说话时，老张努力让自己直视着她的眼睛，他俯下身子亲吻宁宁的额头，低声呢喃："不怪宁宁，这不怪宁宁，那不是你的错……"

雨停的第二天清晨，青白色的雾霭弥漫了大地。直到黄昏时候，浓雾渐渐消散。粉色的卧室里传来小仪倔强且生气的声音："我就不出去！就不！"电话那边是小仪父亲的声音："让她自己在房间待着吧，但最好这几天把土豆送回老家去，我还是不放心，而且过段时间你们也要来了，只是提前把它送回去而已。"孙姨轻叹了一声，说道："我已经问过医生了，土豆没什么伤口，它是不会携带病毒的。"小仪父亲的回应却显得很是烦躁："它经常在饭桌前转来转去的，怎么叫人放心？它嘴里不知道还有没有呢，我已经跟妈说过了，等周六就把它送回去。"小仪趴在门上听着外边的谈话，还没等孙姨回答，小仪直接冲了出来："土豆是我的！我的……"声音洪亮而尖锐，却又像一团棉花塞进了喉咙里，说完就大哭了起来。

父亲又同她讲起了道理，说平日在家都是奶奶照顾土豆，还说再过几天就接她过来，小仪哭得更厉害了。孙姨见状直接挂断了电话，将小仪从地板连拖带抱拽到了沙发上，直到小仪哭着睡着。但事情远没有结束，这在她们各自心里埋下的种子在土豆和它的5只狗崽被送回老家的那天悄无声息地发芽了。

小仪走的那天清晨，宁宁说她已经记不得当时是怎样的心情了，只记得那天早上屋子里很闷，天花板吊着的风扇转动时发出的声音吵得她睁不开眼。其实，直到小仪走的前一天，她们都没有再见面。离开的前天晚上，小仪到宁宁家去找她，宁宁看着自己胳膊上未能痊愈的伤口急忙躲开了，两人隔着那扇已经有些褪色的浅棕色卧室门畅谈着未来，就像天边的两片云彩，飘向了不同的方向。离开时，小仪将她最喜欢的一双白手套留在了门边，那双手套是姥姥去世前给她买的最后一件东西。

后来，小仪在那边交到了新朋友，本就难以联系的两人也彻底断了联络。生活也许就是这样，即便是那些曾与我们幻想过未来的人，也会在某一特定的时刻消失不见。生命是自由的，我们终将不可避免地走向孤独，或早或晚。宁宁早已明白这个道理，只是她无法用言语来表达。孤独并不是自由的代价，而是生命给予灵魂的馈赠，想要享受当下来之不易的生活，也只需与自由签订一份约束自己的协议。

宁宁和皓宇吃完饭，离开了老张的饭店。

湛蓝的天空下，湖中的云朵如同珍珠贝母般闪动着白色的光泽，宁宁轻快地迈着双脚，一条纤细的、蓝幽幽的影子灵动地在湖面与石板间穿梭。观赏小菊展和南明湖枫叶的路人纷纷将对准菊花和枫叶的相机移向宁宁。

南明湖停车场一辆红色莱肯也吸引了不少人的注意，它停在了一个很正常的位置，却像乱石堆里突然冒出一颗已有署名的钻石一样惹人注目。也许是昨日这里太过拥挤而有人因此落水的缘故，今天来的人倒是少了很多，人群中一个身材瘦削但肩膀宽阔、长相十分和蔼的四五十岁男子面露难色地说道："阿哲，这可怎么行呢，秦总吩咐我今天必须把您带回去，您可别再跟我开玩笑了。"另一个穿着随意的男子带着亲切而又略带嘲讽的笑容回复："德叔，你也知道，哪是给小贝过生日啊，这次回去，我爸是非把我送到国外不可。他那堆烂摊子，我可不想接。"

宁宁正拉着皓宇的胳膊四处转悠，结果又撞见了这名穿着简单的男子。他虽长相俊俏却又给人一种玩世不恭的感觉。此人正是秦思哲，他的父亲名叫秦忠山，名字皆是取自族谱字辈，他们这五代人字辈的排列是"宏山思林永"。耶兰人进驻地球后，秦家资产大幅缩水，地产生意越来越难做，秦忠山旗下的海外高端科技产品制造业的估值也迅速下滑，现已负债3000多亿元，且只是个开始，因为一些大型企业在接受了耶兰人的科技支持后发展迅猛。此后不久，秦忠山及其家族就从富豪榜上退了下来，但秦家还没到山穷水尽的地步，只是接下来的路会异常艰难，如果他们与耶兰人死磕到底，政府一定会暗中支持。

虽然商业地产和科技产品等领域使得秦家如今负债累累，但秦忠山个人所持股份和秦氏家族直接或间接拥有的14家上市公司以及300多家未上市公司总体的业绩大都在稳步上升，他的家族还拥有一家全球医疗公司，并非有意要加"全球"二字来彰显什么，只是若不说是全球，你们定会将治病与医疗联系起来，但自古以来都是商人经商，医者治病。真要说起来，商业地产的问题起因应该是耶兰人的威慑造成的，也就是云层空洞事件，也许耶兰人也没有料到他们威胁护卫军时的举动会影响到房地产行业的发展。其实有些城市为了搞基建和经济，会选择加速人口会聚这一方法，人多了所需的房子也就变多了，进而吸引更多的人前来这座城市，虽然人多并不一定人才就多，但想要人才走进来，本地的建设一定要做好。耶兰人的到来，以及云层空洞事件的传播，使大多数人都抱着及时享乐的态度，人们都不愿意买房了，这个本就存在弊端的循环自然轻易就被打破了。不过秦忠山并没有放下地产这张牌，他相信在不久的将来，人们对土地和房子的需求将远超过去任何时候，只要愿意等，它终将成为自己最大的底牌。秦忠山并不是没有考虑到耶兰人，而正因为有耶兰人，土地作为这个星球所能提供的一种重要资源，在没有与外星发生战争冲突的情况下肯定是极有用的。

　　早年与秦忠山交好的一位被刘参谋划分到主战派行列中的将军，在耶兰人出现后也帮过他不少，这也是他当初没有接受与耶兰人合作的原因之一。他了解过各国政府多数人的立场，只不过如今家族里个个都在埋怨他糊涂，其实他并不是没有想到政府会被耶兰人牵制，而是想到了却依然没有接受。

　　从耶兰人的飞船第一天来到地球，他就知道，人类可能无法与他们抗衡，他虽不了解耶兰人从何而来，但仅从耶兰人的飞船外观以及新闻报道的移动距离和推测速度，最后再看耶兰人身上穿着的单薄的宇航服，他心里就已经有了猜测，且与后来从将军口中了解到的八九不离十。秦忠山最后还是选择了不参与交易，如果被外星人掌控了经济命脉，那这个星球不就慢慢成了他们的附属国、殖民地？只是秦忠山没想到耶兰人的速度会如此之快，短短三年就已经渗透得这么严重。秦思哲起初也赞同父亲的做法，但从今年开春他就没再回过家，甚至连家族聚会都没有参加。聚会那天，奶奶问思哲最近怎么样时，秦忠山回答说是自己管教不严，当晚，他的奶奶就让秦忠山冻结了秦思哲所有钱。但过了一个月，秦思哲连个电话都没打，秦忠山夫妻前前后后吵了四五次，三个多月后，秦思哲的钱终于能用了，当天他分三次共转出 1000 万元，且这钱不是转给自己的，而是转给了别人，这件事他父母并不知晓。

　　明天是小妹的生日，平日秦思哲最疼小妹，所以他母亲想以此为理由，借秦忠山的口让秦思哲回来。秦思哲并不知道这是他母亲的意思，以为是父亲想让他回去，又要谈送自己到国外"锻炼"的事。

"德叔，我没有开玩笑，只要帮我查一下那个蓝眼睛女孩是谁，只要能查清楚，我立马回去。"

18：45，宁宁困倦疲乏而又愉快地回到自己的卧室，皓宇坐在客厅的沙发上，打开了父亲转发给他的化验报告，全身血液涌上心头，有一瞬间，他的意识好像与世界脱节了。他站起身走进卫生间，照了照镜子，发现自己脸色苍白，心里一惊，用清水拭了拭额头后回到客厅，又瘫软在沙发上。

五

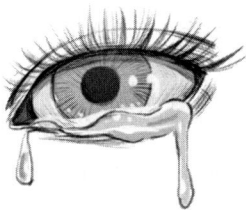

丁一蹲坐在方石门槛上，满脑子都是沫子那双湛蓝的眼睛。

丁二走在回家的路上，心思却落进了后山那片神秘的雾霭。今天他趁着雾气正浓偷偷去了后山，可什么也没有找到，也是因为雾气太重，他才不敢深入陌生的区域。

灶房里，祖母正在烧饭，准备给两个孩子改善一下伙食，因为昨天又收到一小捆钱，而且这6年来从未间断。捎钱来的人倒是熟识，是城里住的狗叔的儿子。狗叔自小就去城里闯荡，如今在城里已经过上了舒适安逸的生活，每年这个时候狗叔一家都会回来上坟，今年狗叔病了，听说已经下不了床了，毕竟也已经六十有八。听到此，祖母也是感慨万分，钱再多人也是要老的，不过心里想的却是，钱赚得不干净就算是死也逃不了受场大罪。但狗叔儿子捎来的钱，可跟弥补罪过的钱不沾边，补罪钱是给后山那群孩子们用的，这钱是从邮局送来单独捎给丁一家的，是丁一母亲寄来的。但这只是丁一丁二这样想的，祖母心里可是门儿清，知道这钱肯定不是丁一母亲寄来的，不过为了让孩子有个念想。祖母凭着微弱的视线和熟练的手法将地址剪下，而后又把信封烧掉了。

深夜，丁一和丁二都难以入睡，于是二人达成一致，来到还未入睡的祖母床边，请求祖母讲讲蓝眼睛的故事。哪有这种故事，但也正因为没有，祖母才能讲得娓娓动听，可惜祖母的故事未能流传下来，只剩下模糊的轮廓供人消遣。

很久以前，有座帕羊山，山上住着一群朴实可爱的小羊，它们每天都无忧无虑地啃食着青草，其中有只小羊名叫谷谷，是一只白毛小公羊。别的小羊都在囤积过冬的干草，可它却不一样，每天乐呵呵的，只知道追蝴蝶、捉蚂蚱，有时低头吃草吃累了，索性直接跪坐下来继续吃，就这样在暖暖的阳光下度过了一个又一个舒适而美好的日子。

天气一天比一天凉，地上的鲜草也越来越少。看着大地逐渐枯萎的模样，谷谷也担心起来，它并不怕小窝被冷气侵袭，因为它只要觉得寒冷，身上的毛就会长得又快又厚，为了度过这个冬天，它终于开始了收集干草的工作。越是临近极寒的冬日，谷谷就越是卖力。可天气越冷他吃得也就越多，眼看干草要消耗一空，谷谷只得另寻出路。

三天没怎么进食的谷谷迈出自己冰冷的房间，如今外界已是雪窖冰天，它挨家挨户讨要食物，终于凑够了四天的干草。它决心走出帕羊山，这个想法来得很突然，却又好像在谷谷踏出房门讨要食物的那一刻就已经决定，也许是真的不想再留在这里了吧。正是这样简单的理由，谷谷才能坚持着走出帕羊山，虽只花了三天的时间，但在冰雪里前行简直就是度日如年，全身的骨头都冻得咯咯作响。不过就是这短短的三天时间，注定了它此生普通却也不平凡的命运。

帕羊山外有个小镇，里边住着的都是懂规矩的屠夫。谷谷刚来到镇上，就被其中一个小屠夫给盯上了。他见谷谷身上驮着干草，便知道它是从镇外的某座山上下来的，最近已经有好几个来自其他山峰的小羊被屠夫们接到家中做客。

小屠夫心想自己一定要抓住这个机会，所以他十分热情地招呼新来的谷谷。谷谷虽是初来乍到，但它精明得很，尽管小屠夫在一旁已说得唇焦口燥，谷谷仍旧不为所动。于是小屠夫便学起了老屠夫们的模样，对谷谷不闻不问，只是偷偷地跟着。到了第三天，小屠夫见谷谷饿得不行，这才大摇大摆地走了出来，仅片刻工夫就说服了谷谷。随后，小屠夫顺利将谷谷领回家，谷谷闷头吃干草的同时，他拿起大剪刀一寸寸地剪去了谷谷的毛，为了确保其不被冻死，小屠夫只剪去了短短的一层，之后小屠夫又给了谷谷一些干草，甚至还有两根胡萝卜。

谷谷心想，原来小屠夫是做羊毛生意的，正巧自己最不缺的就是毛，只是这几天挨些冻，过几日就又长回来了。谷谷就这样在这里一直待到春花绽放，之后回到帕羊山，山上的同伴见谷谷吃得膀大腰圆，以为它偷了谁家的干草。经谷谷一番解释后，大家才知道原来它去了山外头，谷谷就这样稀里糊涂地成了敢于迈出大山的勇士。

回来后的第四天，谷谷就娶了美丽的兰尼为妻。没过几个月，它们就生了一只可爱的小羊。小羊生下来以后，起名字又成了谷谷的难题，但这可难不倒聪明的兰尼，既然是早晨伴着未消的露水出生的，就叫"露露"好了。那一年，为了露露的健康成长，谷谷开始囤积干草的日子要比去年早很多。兰尼觉得它们一家人那个冬天过得很是舒适，但对谷谷来说并不是这么回事，它想念山外只需要靠羊毛就能够维持生活的时光，因此露露出生的第二年8月，它们就迁到了山外居住。屠夫们见又来了三只小羊，纷纷围上前去，询问它们是否需要住所。谷谷是懂行的，知道这些都需要用羊毛来换，所以并不着急答应。小屠夫远远就看见了它们，但他并没有像那群人一样急忙围上去，而是慢悠悠地回到家取了一撮谷谷的羊毛——屠夫们每接待一只小羊，都会留下一撮羊毛将其拴在毛线绳上作为契约。小屠夫出来后找上它们，向那群守规矩的屠夫展示谷谷的羊毛，屠夫们一哄而散，只留小屠夫和谷谷一家三口。谷谷向兰尼和露露解释说，一只小羊的羊毛只能卖给一个屠夫，不过它也是现在才知道就连它家人的羊毛也只能卖给小屠夫一人。

小屠夫为它们准备了住所和食物，一家人欢欢喜喜地过起了富足的生活。与此同时，一群外国屠夫和几只小羊正漂洋过海向这边的陆地赶来，他们上岸后烧杀抢掠、无恶不作。但外国小羊们并没有仗势欺人，它们唯唯诺诺地随同大部队一路前行。当然，谷谷被小屠夫藏在屋子里，所以并不知道外边具体发生了什么。几个月后，外国的屠夫们留下来一些，其余全都回了老家。

冬至那天，谷谷蜗居在草垛里不敢出门，因为这次小屠夫将它的羊毛全部剪了去，它浑身哆嗦地想，越是冷，自己的毛长得也就越快，肯定是因为露露的毛太过稀疏所以小屠夫才不得不将自己的毛剪光。"明天一切都会好起来的。"它相信只需要一个晚上，就能长出新的羊毛来。

第二天清晨，兰尼和露露看到小屠夫抱着谷谷悲痛地哭泣着。兰尼看到谷谷光溜溜的身体，再也藏不住心中的恐惧和愤怒。从昨天早上小屠夫说推过羊毛不能住在一起时，兰尼就觉得会出事，此刻，它神色紧张而又决然，牙关紧咬、后腿微弯随时准备撞向小屠夫。与此同时，旁边的露露失声尖叫起来，这一声充满悲痛和恐惧的嚎叫拉回了正欲冲向死亡彼岸的兰尼。

下午，兰尼去仓库偷干草和萝卜，想要悄悄地和露露一起回岶羊山，家里还有去年储备的干草，再去娘家讨要些，这个冬天肯定能过得去，不论怎样，只要不待在这里就好。兰尼悄悄溜进仓库，正巧撞见小屠夫在剥解羊肉，一张羊皮在一旁随意地丢弃着，兰尼惊慌中也未能分辨出小屠夫刀下的究竟是不是谷谷，心里只生出一个念头，逃。它发疯似的叫喊着，希望早已在草房等待的露露能够听到。小屠夫拿起四齿铁叉，抬手扔了出去，大铁叉像箭一样从兰尼的背部刺入，直直地插进了它的肺里。兰尼死了，只留下一块洗不净的血色羊毛。

"后来呢？后来露露怎样了？"丁二焦急地询问。

"蓝眼睛呢？哪有蓝眼睛？"丁一则撅着不耐烦的小嘴疑惑地问道。

"孩子们，今天太晚啦。"祖母言语中带着慈祥和倦意。

"我不困。""我也不困。"丁一、丁二先后开口，声音由高转低地回答。

  露露听到兰尼的叫喊后急忙钻进了草垛，遵照兰尼之前说的一动也不动。小屠夫在院子里找了半个时辰，确定露露已经不在，他又看了看墙角，以为露露也是从那里翻出去的，因为他曾亲眼见过一只小羊从墙角攀上墙头，但那只小羊不敢跳下去，最终还是被他宰杀后丢进了仓库。小屠夫开门出去寻找，露露听外头没了动静，才蹑手蹑脚地从草垛中钻出来，它在院子里咩咩地叫着寻找它的母亲，可最后只寻得一摊未干的浓血，那血泛起的红光令它头晕目眩，脑海中兰尼的声音再次响起："跑，快跑！"等露露从门缝逃出去后，那摊鲜血似有了生命般，缓缓钻进了土壤，最后只留下一地焦黑，再也不见殷红。

  逃跑的路上，露露撞到一只蓝眼的绵羊。它精疲力竭地倒在地上，一声声抽噎和喘息令蓝眼绵羊不禁生出了爱怜之意。它将露露扶起，用蹩脚的方言压低了声音询问，在得知事情的始末后，便邀请露露随它回家。

  第二年，露露腹中怀着蓝眼绵羊的孩子回到了帕羊山，同时也将蓝眼绵羊的怪癖带回了帕羊山。那天晚上，帕羊山下起了大雪，山外夕阳伴残月。

  四个半月后，这座山里一下子多了两只蓝眼小羊，一只名字叫阿蓝，另一只名字叫阿明。山里头都说，阿蓝的美是老天爷给的，而它美丽的母亲，自从被扣上一顶寡妇的帽子后，就没有公羊前来求婚了。羊儿的生活是自由散漫的，美丽是幸也是不幸。露露后来又生了几只小羊，起初只是为了救阿明的命。阿明幼年时除了眼睛与它们不同外，其余并没有什么区别；可是后来，阿明开始偷吃石子，每天都要吃上点儿，时间久了，石子在肚里沉积，阿明的身体开始没有规律地褪毛。露露为了给阿明治病，自己却已经有心无力，因为露露开始吃石子的时间比阿明更早。它明白，那是一种无法抗拒的渴望，起初它每每产生吞食石子的念头，就一刻不停地往嘴里塞青草，吃到吐为止。可尽管如此，依然无法抵挡石子的诱惑。当时露露并没有意识到问题的严重性，直到它发现阿明也同它一样，嘴里时常含着石子，才察觉到这是一种病。它总是含着一颗石子，竭尽全力抗拒吃石子的诱惑，忍不住时才会将其吞下。露露观察了几天，好在阿蓝并没有这种情况。

第一次，它呆坐了许久，回到正在酣睡的阿蓝和阿明的身旁。后来，为了生计，它又接连生了三只小羊。

阿蓝慢慢长大，吸引来越来越多的追求者。后来，山里一只其貌不扬的灰羊将它娶走后生了五只小羊，其中有两只羊崽儿的眼睛是蓝色的。那天正值帕羊山一年一度的祭地节，感谢大地的馈赠。草宴上，笑逐颜开的它们不知道的是，厄运的种子已深深地埋入了这片土地。

露露后来生产的三只小羊，长大后都出现了吃石子的情况，三只小羊像是意识到了什么，它们早早就寻得了妻子或者丈夫，并且全都生下了一两只羊崽儿，之后这 11 只羊全都毫不意外地喜欢上了石子。三只小羊死后，它们的妻子或丈夫以及长大后的幼崽也一只接一只地死去了，其中一只幼崽长大后与阿蓝的第一个孩子生下了一只蓝眼的公羊，但它没等到孩子出生就死去了。阿蓝的第一只幼崽出生的同时，被阿蓝拒绝的追求者中有一只名为清河的小羊，披上了屠夫的外衣，走上了出山的路。

多年后，清河带着剪刀再次回到帕羊山，为帕羊山的小羊们修剪羊毛，并给予它们丰厚的食物作为报酬。尽管如此，还是有羊不愿以自己身体的一部分换取食物。清河每每看到蓝眼的小羊，都要剪得多一些。然而，吃石子的病，也通过同一把剪刀传进了它们的身体，如骨牌倾倒一样迅速传遍帕羊山。

惶恐的羊儿们开始追溯源头，所有的矛头都指向了年迈的阿蓝，满腹石子的阿明的早亡被几个参与过阿明的丧事的老羊忆起，露露成了病魔的第一受害者，理由也很简单，它生了阿明，自然要染上阿明的病，但露露最先死去这件事却很少被提及。尽管后来它们知道了母亲会传给孩子，妻子会传给丈夫，丈夫会传给妻子，却还是揪着蓝眼睛不放，因为蓝眼睛数量少且又奇怪，与优势群体相异便是问题的答案。

太阳被山峰抹去了棱角，苍白的夜色扑灭了它们身上的流彩。

清河自己也生了病，临死前才将秘密告知自己的孩子，生前它不愿承认自己的过错，生怕自己无法葬在帕羊山，可在濒死之际它做了一个梦。梦中，清河躺在无边的白昼，那里白茫茫一片什么也没有，清河觉得自己的眼睛里像是注满了乳白的奶汁，扎眼的、浓稠的白色，令它难以入睡。它想起了传教士口中的地狱，可并未寻得进入地狱的黑暗通道，只有可怖的凄白和醒不来的长梦。它在梦中呼喊，向无尽的白色深渊忏悔自己的罪恶。梦境外，清河的儿子惊愕地听着老父亲深藏多年的秘密——帕羊山的石子病是它的那把剪刀带来的。因为共用一把剪刀的话，生病的羊用过的剪刀会将病传给没病的羊。也许孩子们不理解，为什么清河要将罪责全揽在自己身上。有时候确实是这样，但对清河来说却不一样，因为它怕，怕遮掩罪责会令它永远留在白色的乳浆里，也因为它爱，深爱着那个石子病的源头。可到最后它也没能脱掉屠夫的外衣，因为它早已与自己的血肉融为一体。

20年前，帕羊山曾来过一群牧民，他们在小帕羊山上修筑篱笆，也不知要干些什么，几乎每隔几天都会发出隆隆的响声。起初，每次怪声响起，小羊们都怕得不行，担心牧民哪天将它们抓了去，后来发现牧民们并不涉足它们的生活区域，大家慢慢也都习惯了。篱笆修筑完成没过多久，牧民们就撤走了，不过，他们并没有将篱笆一起带走，而后废弃的篱笆园成了羊崽们的娱乐场所。

清河的儿子古义为了弥补父亲的罪过，经常到山外寻找牧民，从他们那里乞得药材，但石子病是绝症，终是要死的，帕羊山又有那么多羊都得了病。古义的努力并没有效果。正当古义一筹莫展之际，蓝眼的诺戈找到古义，提议借用当年牧民们建造的篱笆园，得病就会死，可一代又一代帕羊山的石子病依然存在，虽是为了帕羊山的香火不断，但归根结底还是因为有些孩子难以管束，只要将有病的孩子通通送到那里去，尽管这么做有些残忍，但至少下一代会是健康的。诺戈觉得它们在那儿也会过得很好，因为孩子们本就喜欢到那里玩耍：但若是全部送进去，帕羊山几乎有一半以上的羊崽都要送进那里，单是往篱笆园担食物就很麻烦。古义虽不怕麻烦，但羊崽们的父母们说什么也不愿意将孩子关进那种地方。眼看计划泡汤，诺戈已经准备放弃时，古义想到一个好办法。这病本就是丈夫传妻子、妻子传丈夫、妻子传孩子，只要父母得了病，那孩子肯定是要有病的。几天后古义终于征得了半数以上羊的同意，随后古义就去了山外，找到那里的牧民，询问是否可以将废弃的篱笆园借给它们建小羊学校，其实本不必多费这一步的，但为了拿到大门的钥匙，找牧民说清缘由也是必不可少的。

　　篱笆园里陆陆续续住进了 28 只羊崽，古义在第 26 只羊崽进来那天突然病死了，但古义肚子里没有石子。古义的女儿阿瑶并没有遵从父亲的遗愿——古义自知将孩子们关起来的自己也是罪孽深重的，所以它不想也不敢葬在帕羊山，而是想同那群孩子一起葬在小帕羊山，好死后继续赎罪。阿瑶厌恶那些将父亲累死的羊崽，也憎恨带给帕羊山苦痛的石子病，同时又可怜篱笆园里的羊崽们。有一次，阿瑶外出寻药，偶然听牧民们说，出生就得了石子病的羊是长不大的。阿瑶回到帕羊山后，便为篱笆园里还活着的羊崽争得了走出园子的希望。

　　数年过后，篱笆园又变得冷清了，三只羊崽迈着轻盈的步子从里边走出，然而，只有一只母羊在门口等待它们的其中之一。毫无疑问，被母亲等待的那只小羊是幸运的，但这种幸与不幸，实在没什么意义。

　　去年年底，听说山外头的镇子遭了场大劫，几乎所有屠夫的家中都断了粮。帕羊山的阿瑶听到消息后，整日担惊受怕，郁郁寡欢，生怕屠夫们饿急了上山来抢它们的东西，虽知道他们是有礼貌的，但和饿死相比，不规矩的事也是常有的。阿瑶决定带大伙儿一起，驮些山上的粮食提前送给他们将就着吃，只要度过了这灾年，最迟今年夏天就都有得吃了。这一想法和白羊新业的想法不谋而合，但新业并不是想送给他们，而是要卖。新业说，如果咱们直接把粮食送给他们，那群人指定会以为我们粮食富足，屠夫们都是贪得无厌的，被饿汉知道的粮仓没几个有好下场，不如明码标价，卖给他们，听说山外头粮食贵得很，如果我们不收费，到时候来打压我们的可就不只是屠夫了。话虽如此，还是有羊站出来反对，它们本着良心不愿干这种赚不义之财的事情。

后来，阿瑶选择在后方收集粮食。新业披着屠夫的衣服到镇子上卖粮，价格虽高，但还是比其他粮商便宜些。在镇子上卖粮一个月后，新业做买卖的道道也不一样了，它将粮食卖给粮商，粮商们再以两倍的价格卖给屠夫。眼瞅着灾情马上就要过去，粮价突然又上来了，节俭的屠夫蹲在空空的粮房里捶胸顿足，抱怨之前买的太少没能撑到最后，可现在什么办法也没有。

今年粮食一下来，新业也没什么生意做了。粮商们也都唾弃新业，说它德行不好，坏得很，不愿与它合作。不过，新业并没有放弃在镇里发展的机会，粮商的线断了，果蔬的路还在。新业拿赚来的钱在山里开垦了片荒地，种瓜果蔬菜，到镇里卖。第二年，山里遭了虫灾，夏秋两季，日子还过得去，到了冬季，家家户户都没了存粮。阿瑶便随同丈夫到镇子上找新业帮忙，希望看在往日为它供粮的分上帮帮帕羊山。去年，帕羊山虽也收取了新业用粮食换来的钱，可大头儿还是新业自己拿了去。

新业最近在捣鼓冬品，屠夫和羊们在冬天共同需要的东西就是冬品，又苦于果蔬生意赔了钱，手里没什么存货，只能倒卖些小东西。正巧阿瑶来借粮食，新业本想拒绝，转念一想就又同意了。它表示自己现在也没什么能借得出手的，无论是钱还是粮都没有，但还有一个办法——它们身上的羊毛就是个好东西，能换不少粮食。阿瑶生气拒绝了，如若不是被它的丈夫拦着，今儿非得见血不可。对于见过孩子们悲惨生活的阿瑶，是万万不会再让悲剧重演的，最后阿瑶只带回了30多斤干草。回到帕羊山，30多斤也只够山里的几只小羊吃一天的。当天晚上，大家聚在一起开了个会，最后决定再一次用羊毛交换食物，至于原因，一是因为以后病死总比现在饿死强；二是明日去镇上找新业，要求不能用同一把羊毛剪；三是帕羊山已经没有石子病了，即便有也只是少数，但现在它们更愿意相信除了躺在床上的那只病危的壮羊，石子病已经不存在了。

帕羊山并没有因此迎来富足的冬日生活，新业说羊毛已经没有从前那样值钱了，但只要家里有一头成年羊每周都提供羊毛，所提供的食物还不至于令三只羊饿死。曾卖过羊毛的老手教给新手们令自身羊毛增产的方法，那就是到冰天雪地里冻上四五个小时，羊毛就会长得快，就像人喝水多了血就多了一样。

之后不出所料，石子病回来了。

阿瑶曾多次带着村长到镇上找新业吵架。当时，新业在镇上还站不稳脚跟，不愿给予补偿也不愿与帕羊山的主事长辈翻脸，所以只得摆出自己的功德——那年冬天，是它救了帕羊山。它极力避开同一把剪刀的问题，但这也是它后来愿意无条件提供给篱笆园食物及用品的原因。重启篱笆园是阿瑶的丈夫提议的，当年第一个负责担食物的是诺戈的外孙辛格，虽然那时的辛格和其妻子都没有因病去世，但辛格的女儿仍是第一个进入篱笆园的孩子，因为第一缕罪恶的圣光降临必先映入它的眼睛。

几年后，阿瑶去世了，它的丈夫也进了篱笆园，从此再也没有回来。

"怎么啦？"丁一问。

"睡着啦。"丁二轻声回答。

丁一、丁二蹑手蹑脚地回到自己的床上。丁一对丁二说："咱们也睡吧，等明天雾散了，哥带你去后山。"

丁二忽然担心起哥哥的安全。这几天，他几乎天天想着如何去后山，可被这么一说，又有些胆怯了。故事里虽没有野兽，但他并不这么想，石子病不就是吃人的野兽吗？你看，石子病吃掉了多少只小羊，小羊们把石子吃掉，它们聚在一起又将小羊吃掉。

黑暗中躲藏着一对惊恐的眼睛，面对眼前的大猫，它深知自己必死无疑，但逃跑是身体的语言，它已经没有了支配的权利。跑起来，它无力、惊惧；停下来，它无声、恐惧，凝滞的时空早已先身体死去。骤停的心脏、绷直的手脚和滴落的鲜血，死亡在霜结的血液里肆意蔓延，一直延伸至生命的尽头。

天蒙蒙亮，张皓宇刚从星管局出来又奔向了国研厅（自从耶兰人来到地球后，先是成立了星海国际联盟，简称国联。国联又在各国设立了星际安全管理部，随后，各国又相继成立了国研厅，以保障本国在走向星际互通的道路上各自的安全）。事情办完后，张皓宇去了常去的包子铺，正吃着，又接到了老张的电话，说宁宁在等自己回去吃饭，便抓起包子又提了份早餐，开起车来也不由得加快了速度。

张皓宇回到家呼呼大睡的时候，刘参谋和李宏毅鏖战正酣。李宏毅是一个身强体壮的短发男子，个子并不算太高，生着一副和蔼、俊俏而又异常沉稳果断的面孔，他虽也是象棋高手，但刘参谋总是技高一等，只不过今天这最后一局倒是让李宏毅赢了去。残局上，刘参谋只剩下一将一士一马一象，退回原位的象反倒帮了李宏毅一把，李宏毅的一步跳马别了象腿，士在田字格的顶角，将在原位被李宏毅的炮和卒逼得无路可走，刘参谋只得认栽。李宏毅神色木然，目光从棋盘中脱出，看向刘参谋，问道："昨晚，皓宇把会议申请提交上去后，上头派我出国去趟喀格桑纳州，后天就动身，是您的意思吗？"

"让你去，你就去，问那么多干什么？"刘参谋缓缓说道。

"可是，我不明白。"李宏毅试探地问道。"不明白什么？"刘参谋微笑着问道。"不明白为什么我在这儿，明明后天就要出发了，可现在我却没有事可做。"李宏毅迷茫地皱起了眉头，正因为无事可做才令他更加担忧。"也许是想让你和家人朋友告个别吧。"刘参谋面露愁苦的神色，停顿了下，接着说道，"不过，到了外边，人多的场合固然安全……还是要留心，别说漏了嘴。"

刘参谋离开房间后长舒了口气，像是坐了很久，但其实才过去两个时辰。刘参谋手里攥着一枚将，缓缓走进一辆黑色商务车，这是他近些年养成的习惯，下棋的将总是自带的。下午，刘参谋坐了四个多小时的专车来到会议所在地。

两天后，会议开始。重要参会人员以匿名身份参会。

那份主要笔记信息摘录如下（仅展示部分）。

耶兰人的文明等级划分：地系文明、地星文明、星系文明、星河文明、星海文明、星宇文明、宇宙文明、时空文明，再往上统称为黑介文明。

耶兰人处于星海文明初期，地球人则刚踏入地星文明行列。

律者，全称"通执律者"，目前耶兰人所知的最高级文明，居住在柯尔星系，其应该处于时空文明初期阶段。

柯尔星系位于全宇宙最大的贸易港口，而耶兰人却在与之相去甚远的恒辉星系，银河系恰处于恒辉星系与柯尔星系的航道上，且正是近中心点的位置。对于耶兰人来说，地球则是银河系内最佳的星球，无论是从宜居程度还是地理位置上讲都非常合适，因此耶兰人"可能"的意图是以地球为中心将太阳系及其周边发展为新的小型中转港口，不仅供他们使用，也可以为这条航线上的其他与耶兰人生存条件相似的"合法文明"提供便利，同时以利益交换的方式加速耶兰文明的发展。

处于星河文明末期及其以上文明直接受律者管辖，地星文明初期至星河文明末期为文明保护期，违反此项条约的文明将遭受禁飞惩罚。规则存有漏洞——保护期并非安全期。但因部分错误却可以加速宇宙发展，所以允许漏洞存在。刘参谋推断，既然规则漏洞具有带动宇宙发展的作用，那么可以理解为我们的宇宙同样处于某种状态的初期或者中期阶段，且宇宙中并没有过多的高级文明。

存在"重要人物"有可能阻止耶兰人与地球人的战争……

武器（仅部分）：乱弦粒子，武器打击过程暂称为弦子同化、端点分解，可以短时间内分解整颗星球，如若找到推进打击链的首星，可以分解整个星系，但所需时间会随着范围的扩大而增加。振分器，较离式武器，可以定向打击某一种生物，需要借助太阳（耶兰人称这类星体为弗星），武器启动后，两侧会释放大量正衍能量色子以维持机体稳定，所以在某些情况（在宇宙中，正衍能量色子的大量释放很容易被锁定位置）下需要拦截器，而在其他行星部署拦截器则需要大量的时间。

可是有一点难以理解，且不论耶兰人有能力瞬间摧毁地球，仅从先前的云层空洞事件就可以看出，他们一个普通的机甲士兵所配备的武器就足以抗衡一个甚至数个小国，他们完全有能力短时间内攻下地球，并且不会被律者发现。如今再看，他们非但没有主动进攻，甚至冒着违反际法的风险等待或者谋划着什么，难道是在等待我们主动发动战争，他们才好予以回击吗？这种伎俩无论从哪个角度去想都是不合理的。如若我们真的依照笔记中记述的那样，认为他们需要时间准备针对人类的大型武器，不是说不通，而是这一原因本就是可有可无的。

上次在这儿开会还是一年前，与传统高档会议室不同，这个会议室没有玻璃，墙的平均厚度约 4500 毫米，由特殊材料建造而成。

刘参谋一群人依次进入"体检中心"，这并不是担心参会人员身体出现问题，而是入会前的例行检查，但说这是体检也一点不为过，部分身体部位的核磁共振、CT、X 光，以及血检等一样不少，目的是防止耶兰人在他们身体内植入与监听存储器类似的小型器械，不过话虽是这么说，但其实检测仪器在设计方向上略有不同，功能不能完全等同于医院的设备。

"我这把老骨头可经不起你们这么折腾。"何卫国站在刘参谋身旁调侃起自己本就糟糕的身体状况，"来一次少活一年。"他重复了一遍上次来到这里说的话，后半句是说给刘参谋听的，虽指的是房间内的设施对

身体伤害极大，但其实是希望这次会有好消息，说罢又朝刘参谋的袖口
瞥了一眼。

刘参谋的袖子里藏着一把枪，胳膊上穿戴着部队特制的甩手出枪的
机关。这件事已经征得了贾沈义的同意，何卫国这边也算是默许了。前
来参加会议的有十个人，坐在会议桌上的只有九个，纪恒今年做了心脏
搭桥手术，没能通过安全检查，座席上便也没了他的位置。因此，半个
时辰前，他被送到另一个与会议室配置相当的狭小密室，要等到会议结
束后才能离开。整个会议室都在地底，会议室的门位于房间的底部，需
要先乘坐电梯下到地下 200 多米处，走出电梯后向前经过一个左拐的弯
道后直走，就能来到会议室的底部之外。

前往会议室的路上，刘参谋照常同参会的人寒暄几句。如今局势不
明，还不能完全弄清楚耶兰人的意图，各国之间虽也达成了真正意义上
的团结协作，许多矛盾也得到了真正的化解，但仍有部分国家走向了另
一条道路，他们的矛盾日益加剧，国与国之间的军事问题甚至已经到了
不可调和的地步。各国内部虽然明面上不愿也不敢将派系之分摆在台前，
但暗地里已经大致分为三派——主战派、维和派和中立派。

私底下，中立派是最不招人待见的，但也是最多的。主战派中多为
迎战师。刘参谋和何卫国都是中立派，不过二人是一个偏向主战派，一
个偏向维和派。刘参谋曾私下向何卫国表明过自己的立场，说自己不是
中立派，但也不是主战派，不是维和派："我是人民派，我生于普通的家
庭，是百姓的一分子，不管我们与耶兰人的未来怎样，若仍旧有官民之
别，那我一定向着人民；若世界少不了强弱之分，那我一定向着弱者；若
社会依旧以金钱论高低贵贱，我一定向着穷人，只要我还活着，就绝不
会让第一颗炮弹打到人民的身上。"今日参会的十人中除梁铸淞没有派系
外，有两人是维和派，三人是主战派，四人是中立派。会议结束后，我
国的维和派基本上算是名存实亡了，但旧事物的灭亡也推动了新事物的
诞生。何卫国为此感慨不已，戏称自己是"脚底抹了油的士兵"。

20：00，会议正式开始。

会议室内仅九人，没有服务人员，刘参谋将纸质资料一一发给在座的八个人，并将多出的那份放在圆桌中心的黑色圆盘内焚掉。七人神色各异，梁铸淞神情最为复杂，到最后只剩个苍白面色，目光了无归处。约莫 20 分钟过后，众人脸上皆布满疑惑，想知道这份资料是从哪里来的，这位重要人物是否真实存在，那些武器是真是假，因为其中部分信息和他们来之前所知道的完全不同。在来之前他们都略微了解了一些事情，所以他们怀疑的不只是信息的真实性，还有坐在这里的人。不论是哪种途径得到的消息，除梁铸淞外的几人若是没有一点准备就来参加会议是不可能的。而此前他们拿到的消息，其实就是刘参谋给的。一天前，刘参谋将假消息给了何卫国，借由他的手散了出去。这件事刘参谋表面上认为何卫国不知情，心里也清楚他心思通透，自然心知肚明。不过假消息如若没有真情报，那它就连张空头支票都算不得，小孩子给的支票是画来的，大人们拿出手的可都是印来的，而"重要人物"一词也就成了这印支票的水墨。

会议的讨论环节并没有想象中那么激烈，大家基本上都是很平淡地阐述自己的观点，其中何卫国提出的问题不得不被重视。今天早上，何卫国去见了位进化生物学教授——约瑟·恩戈尔塔。约瑟教授认为，前段时间闹得沸沸扬扬的死刑犯事件——死刑犯被耶兰人带走，大概率是被用于实验研究了——也许这只是个开端。为了了解我们，他们需要对个体进行实验研究，但任何对于未知生物的实验研究绝不会止于个体层次。因此，耶兰人真正的意图也许并不只是拿地球人做实验这么简单，而是对个体进行全面的分析研究，并把地球看作了一个天然的生态缸，将我们的种群当成了他们的实验对象。

约瑟教授推测的方向有两个，一是异星动物学研究实验，二是临缘进化的并生灾害。

将我们当作动物来研究？这听起来有些荒唐，因为我们既然有资格作为被律者保护的对象，就证明我们人类现在所达到的科技文明以及个体的精神层次是被星际认可的，那么他们为什么还要冒着违反纪条的风险拿我们做实验？邴和正得到的回答也很简单，因为律者保护的是群体，并非个体。纪条中明确规定是以侵犯意图及群体死亡数量清算处罚时间的，若是耶兰人无意攻占地球，仅以少数个体死亡为代价进行群体实验的话是不会遭受处罚的。

举两个简单的例子。如果我们发现了一只从未见过的蝴蝶，仅是好奇心的驱使我们就有可能对它进行实验研究，不过我们不会这么做，因为从未见过意味着数量稀少，凡少即珍的道理大家都懂，研究并不是为了破坏，所以我们极大可能会选择保护，但如果我们在一个未知的岛屿发现了大量的这种蝴蝶，我们还能做到一只也不去伤害吗？

紧接着何卫国引出了另外一个例子：试问我们有没有能力载人飞出太阳系？没有；何卫国的视线落到了梁铸淞院士身上，继续追问：假如耶兰人没有封锁我们的航天技术，再过几年也许会在火星发现微生物群，如果我们有能力在火星对这些微生物进行实验，会将它们带回地球吗？梁铸淞院士挺直了腰回应道："会，当然会，那时候一定会带回来一些做研究，因为地球有更先进的仪器，我们可以为他们创造适宜的生存条件，我们有这个能力。"丁子林见何卫国不准备回答，忽然站了起来，说："所以那些坚持认为死刑犯只是被他们关押在太空飞船上的人就是在自欺欺人，单从这点来看就非常不合理，更不要说耶兰人具有动态折跃的星际跨越技术，那些死刑犯一定被送去了耶兰星。"听到此，何卫国脸上终于露出了微笑，说："子林，死刑犯的事我们等下再谈。"

见没有人提出异议，何卫国继续说道："梁院士说的，大家也应该明白，但有一件事，希望大家清楚，若是没见过耶兰人，那么火星微生物就是我们发现的第一种异星生物，所以我们才会慎重对待。而我们对于耶兰人来讲，一定不是第一种外星生物，现在这些资料也已经证实。因此，现在我们可以确定，我们既不是他们发现的第一种外星生物，也不是第一种与耶兰人类似的生物，不过，因为他们拿我们做实验并不需要承担太大的风险，所以有人被他们拿去做实验对象这件事是可以说得清的。但后来他们带走了更多的死刑犯，这个问题我们不得不去重视。"梁铸淞见何卫国将话题引向了自己所负责的科学探讨方向，立即回应道："实验都有一个最为简单的目的——挖掘价值。"

何卫国见梁铸淞目光涣散，也不知道是在发愣还是在思考，便请梁铸淞谈谈自己的看法，但梁铸淞并没有听到何卫国对自己说的话，因为刚刚他脑海里忽然冒出了一个想法——赡养人类、择劣退化，见何卫国请自己发言的手势这才反应过来，但他并没有说出自己刚才的想法，因为那太过荒唐了，这代表着我们将进化选择权交给了他们。于是，梁铸淞将自己冒出这种想法前一刻思考的东西说了出来："也许他们真的是将我们地球当作了一个天然的生态缸，因为即便是将火星微生物带回地球，我们依然需要帮助他们繁殖，然后以群体为单位进行研究，但如果我们有能力在火星进行群体研究实验，也就没有必要在地球进行相应的实验研究了。"这与约瑟教授的想法不谋而合，刘参谋轻轻地点了下头，还没来得及开口，就听到贾沈义说："大家不必刻意回避这个问题，我们人类正面临着即将灭绝的灾难，我们的价值并不高，说难听些，他们这就是在废物利用。"

刘参谋本来也是这么想的，但听到"废物利用"还是觉得脊背发凉。待贾沈义说罢，一直盯着每一位发言人的任子安见没有人再开口，便看了看贾沈义，又将头转向何卫国，说道："何先生，蜉蝣尚能撼树，他们既已位列高等文明，骄兵必败的道理想必要比我们更加清楚，况且还有律者制定的星际律法限制，他们又怎会帮助我们发展地球科技呢？"严泓像是被踩了尾巴，突然站了起来，高声说道："什么星际律法，狗屁不通！只管群体数量的多少，我看律者也不是什么好玩意儿。"吴筠之见严泓面色通红，拳头攥得跟石头一样，以眼神示意严泓坐下，可严泓非但不予理会，声音反而提得更高："微生物只知道吃饱了等死，它们干得了什么？

我们就算把火星炸个底儿朝天它们连个屁都不会放，怎么能和我们相提并论！"

贾沈义见严泓挥舞臂膀的样子，右手食指敲了下桌面上的显示板，抬着头轻声说了句："严泓，逾矩了。"严泓扭头不看贾沈义，暗啐了句："什么狗屁律者！"这话恰被何卫国听了去，他微笑着说："诸位的想法，何某明白，此前我也有此疑惑，直到今天来到这里。"

西方人有一套丛林理论，他们把世界看作一个丛林，在丛林里，虎豹豺狼皆可生存，但羊不能，这是为什么？是弱肉强食，是强权即真理的理论，但就是这样一套与文明相悖的理论却展现出了比法律规则还要强大的生命力。他们的法看似公平，实则是为保护皇权贵族和奴隶主而存在的，而我们的法律则是为了保护群众。

"现如今，宇宙之中有时空文明的律者制定的律法规则，他们既然已经达到了我们无法企及的文明层次，所制定的规则也必然有其独到之处。我们制定律法遵守规则，律者也同样可以为了自己制定类似强者扶弱的规则。各国之间文化传承不同，必有矛盾之处，而各生物星球之间文明种族不同，亦必有争斗算计。国与国之间需以德处之，利益引发战争，而道德约束争斗，各文明之间种族不同，不同种族之间只有道德是不够的，既然有越级式强大文明存在，星际法的出现也就不足为奇了。'蝼蚁虽小，尚能扳象'的道理，老头子我不糊涂，我们与火星的微生物自然有所不同，但处境却很难说。我们能够轻易杀死火星上的微生物，耶兰人同样有这个能力对付我们，微生物逃不出火星，而如今的我们已被封死在地球。他们虽帮助我们发展地球科技，可那算得了什么呢？"

何卫国看向大家，梁铸淞低着头没有说话的意思，贾沈义示意他继续说下去，坐在贾沈义一旁的丁子林却开了口："老先生可是忘了？清朝魏源曾提出'师夷长技以制夷'，我们科技的发展并不长，就算耶兰人真如刘参谋资料中写的那样，留给我们的时间并不多，我个人认为在这种压迫之下加以他们的技术辅助，我们一定可以取得跳跃式的发展。到那时我们未必没有一战之力。"

没等何卫国开口，梁铸淞迅速做出了回答："'师夷长技以制夷'是没错，但耶兰人已经将我们锁死在地球也是不争的事实，他们带给我们的科技是他们想给的。这就像是一盘棋，他们给我们指出了落子的位置。以目前的情形来看，我们只有他们这一个文明的帮助，而他们则在与宇宙中各大文明相互扶持竞争。进化不是我们独有的权利，科技进步同样不是独属于我们的。所谓的科技飞跃该是量变到质变的一次转化，又或者是打好了地基，看到拔地而起的高楼令人们产生了错觉，未来还有很长的路要走。"

梁铸淞想起了刚出生的孙子，视线有些模糊，也许是出于本意，将心里话也说了出来："如果我们还有未来的话……"

梁铸淞一边说着一边示意贾沈义将他带来的电子资料共享给大家。共分为两份，一份是梁院士当初参加红光屏障研讨会未公开的资料，出自计算机科学家伊万·阿尔费罗夫的推测，认为部署红光屏障飞行器应该属于自动型装置，因为卫星在脱离轨道后，经过红光屏障的一瞬间就被强制修正了，如果是先发送到耶兰星人的终端再进行操作是不可能这么快的，即便他们已经实现了无视距离的信号传送，那么也应该存在从判断到执行的时间。它的反应速度已经超出了我们计算机的反应速度。

"耶兰星人本可以直接将卫星击毁，而他们却在之后才摧毁卫星，如果修正操作是经由他们的同意后执行的，那么修正之后也就没有必要再进行摧毁了，毕竟这颗卫星对于我们已经没有用处，所以他们肯定是在那之后得到的信息。这件事，真正重要的是速度！

"普通计算机的微处理器执行一个加法指令大约需要 1 纳秒至 4 纳秒的时间，而耶兰人的自动型飞行器却在 1 纳秒不到的时间内侵入了航空局的超级计算机，我个人并不认为耶兰人会偷学我们的编程语言，但如果要让一台没有感情的计算机学会编程，需要进行大量的数据训练。拿我们自己做的自动编程软件举例，它需要在具体协议的帮助下从百万代码脚本中选出可能有用的几个方案，并且最开始我们使用了超过 700G 的代码，但耶兰人的训练数据从何而来？如果没有训练数据，他们的计算机是如何掌握地球编程的？他们又是如何在短时间内突破多重防火墙侵入并操控航天局的卫星专用软件的？这些都不得而知，不过有一点我们很清楚，部署红光屏障的每一个飞行器的算力都是如今的我们遥不可及的水平，毫不夸张地说，它的速度要比我们将量子计算和新型光学手性逻辑单元结合在一起后的预估速度快了亿万倍不止。"

梁铸淞正说着，贾沈义又将自己带来的东西发给了大家，这是一份名单，不过大家都不清楚名单有什么值得看的地方，因为名单上都是些网名，没有本名。贾沈义将话题又拉回死刑犯的问题上，但他并不是要说道德问题，也不想过多讨论死刑犯代表了什么，而是要说名单上的这些人。众所周知，因为死刑犯被耶兰人带走做实验一事，为了平息群众的怒火，耶兰人专门来到地球开了一场星际会议。会议期间还有不少人到会议地点参与游行活动，后又因耶兰士兵的加入，发生了小规模的骚乱。

"死刑犯事件，耶兰星人才是罪魁祸首，他们从头到尾都在操控着我们。这份名单就是证据，因为名单上的所有人都不存在！但他们都曾在网络上参与死刑犯话题的讨论，名单上的这些只是最近核对过的，粗略估计，网络上至少有 600 万不存在的用户，甚至更多，我们封一个账号它们就有可能造出百万个，甚至千万的虚假账号，我们根本封不完。每个账号都和真实的人所注册的账号一样，但真要去查，一个真实存在的都没有。除此之外，核实的过程也非常复杂，我们现在的技术无法做到直接筛查出耶兰人造出来的虚假账号，所以只能从言论入手进行调查。"

计算机科学家称这些虚假用户为"网络人"，不过它们都是由耶兰人的机器控制的，这 600 多万虚假用户活跃在各大网络交流平台，轻松地诱导了地球人针对死刑犯一事的态度，这件事从一开始就是他们计划里的一部分。这件事被人类发现，起因是一名现已确诊神经性疾病的网警，在确诊前一个星期的某天 11:25，他收到了一条私信："我来自天外，也出生在这颗美丽的星球。"巧合的是，当时这名网警正在查看私信页，而当他点进他的主页欲要查看这人的主页内容时，里边却空空如也，或是原本就什么也没有，又或是前一刻消失不见了。这并不是多么强力的武器，但却防无可防。

真理，即便是再多的人反对它，它仍是真理，可到了网络上，真理也可以被扭曲，三人成虎，万人遮天。同刘参谋说的一样，信息技术不发达是我们面对强大文明时的一大短板，如果我们算力再高一些，也许就能够打破筛查瓶颈了。

不过，梁铸淞并不是这么认为的，耶兰星人这类行为的确能够将我们玩弄于股掌之中，也许在他们看来，引导人类群体的行为要比我们诱导动物学习还简单。但他们这类科技的骇人之处却并不是防无可防，若再给人类几年或者几十年的时间，也能造出和他们类似的东西，只是效果略差一点。真正令梁铸淞背脊生寒的是他们的数据嵌入地球网络的方式。梁铸淞推测，这并不是来自那些悬停的飞船，而是遥远的耶兰星，他们的信息传输的确存有不受限于距离的假设，可他们又是如何做到精准定位的呢？仅靠那些飞船作为定位转载工具吗？难道真的存在跨越维度的搜寻？既然已经有了这种技术，我们不可能还活着，又或者说时间存在着某种制衡机制。

梁铸淞此刻的想法其实并不完全正确，未来在他与其他专家学者交流的过程中，他将会发现，这个不起眼的小事就足以彰显耶兰与地球的文明隔阂。如果说耶兰星是展翅的雄鹰，那么地球就是一只正在努力破壳的雏鸟。今日之地球，人工智能也仅是能够做到将原有的艺术品或者文字等数据重新构建，让其看起来像是创造出来的一样。举一个简单的例子，人们将各种样式的茶杯数据交给人工智能，先进的人工智能在学习过后可以造出不同于原始数据样式的杯型，但它永远不会创造出杯垫，因为它此前没有接触过这样的数据；而人类不同，我们现在所拥有的一切工具，此前都不曾存在，这才是创造。不过这个例子无法运用到耶兰星的网络袭击上，这是国外的专家学者对网络人"跟踪"分析后得出的结论，少部分网络人有着和我们一样的创造力，从权利赋予的角度来看，网络人不可能是另一种形式的耶兰人，它们只是被作为一种特殊工具"流放"到地球的。从这一层面出发，就足以说明耶兰文明已经经历了至少一场"激化"，它是由耶兰星的人工智能诞生出的创造力引起的。借以上例，在一个完全机械化的时代，如果机器仅拥有制造杯子的能力，那么文明主导的生物进化则会更加倾向于对创造力的选择，若非如此，这个过程就将变成微同化的过程。但如果智能机器拥有了创造杯垫的能力，那么该文明的主导生物若不想被淘汰，则必须经历一场文明的激化，无论这个文明多么发达，这都将是一个无比黑暗的时代。显然，地球人与耶兰人思想的隔阂就在于此。

梁铸淞紧皱着眉头，试图将思绪拉回到这次会议。其实，梁铸淞会这般苦恼也是有原因的，如果现在有人告诉我们，说我们并不是三维生物，那么他将遭到反驳，因为我们的世界最终都止步于三维，三维以上的图画，我们难以理解，所以我们不可能认同。然而，我们也许因此失去了一次真正了解自己的机会，不是我们不够聪明，而是我们缺少像梁铸淞这样的态度。当然，三维对我们来讲是既定的事实，敢于质疑的同时也要结合实际，并且需要有一定的理论依据作为支撑，不然那只会是天马行空的无端猜测，毫无价值可言。

此外，梁铸淞提供的另一份资料是关于耶兰人摧毁 N-阿达拉星的推测结果。因为我们所掌握的信息很少，仅凭耶兰人刚到地球时展示的威慑视频进行讨论，所以对于他们的研究成果只能说是推测结果。N-阿达拉星的质量约是地球的 75 倍，大概率位于耶兰人所在的恒辉星系，视频中 N-阿达拉星消失的前一瞬虽然出现了单次震颤现象但无明显脱离轨道行为，同一时刻东区域小行星带或有向东扩散的趋势。科学家推测小行星并未消失，而是被击碎后只剩下颗粒细小的尘埃，所以有可能只是碎片太小无法从视频中看到。

光坠——这是科学疯子霍尔斯林给摧毁 N-阿达拉星的武器取的名字。"光坠"，顾名思义就是光的坠落。霍尔斯林相信，质能是对立统一、不可分割的，同爱因斯坦所认为的那样，"不存在没有物质的能量，也不存在没有能量的物质"。"平衡层"是霍尔斯林假想的一个概念，它的形状必然是弯曲的。霍尔斯林认为，光子在经过第一层"平衡层"后，光子之间产生链式（可传递）低度光聚力（即二量转换比），其传播速度等同于光速，而在这个过程中，光聚力始终快于光子的传播，聚合光子的质量与传播速度会发生极端的交替性变化，而第二层"平衡层"的作用则是当聚集起来的光子整体接近周期质量极限时，其会令满足条件的光子聚合物脱离"时间惯量"。与此同时，光子也将暂时性失去物理惯性，其静止质量在通过第二层临界区域的瞬间达到震荡的假性峰值，因其仍存有一定的速度，所以并非无穷大。

一颗种子落入大地，不是死在阳光下，便是烂进了泥土里，破土是生命华丽的绽放，而尾声早已滞留在坠落的瞬间。当第一团光子越过第三层平衡层的刹那，不论是强大还是脆弱，是诡诈还是忠厚，是淫乱还是纯洁，是邪恶还是善良，任何与之相遇的生命都将迎来耀眼的终结。

这种武器的确存在，不过它并没有霍尔斯林想象得那么简单，光坠的每一面都是六层结构，并且耶兰人也不这样称呼它，是因为真正目睹这一现象并且存活的生物只有实验员，见过它的耶兰人为它取名为"极天"，极是两极的意思，即为白昼与黑夜。极天造成的破坏并不是撞击，而是吸收和释放。每一颗暗"光团"其实都是一颗微型黑洞，其内存在动质转换现象，但它们的黑洞时间通常是极短的，因此物质在坍缩的刹那又会被高速释放出去，类似于碎片炸弹，但破坏程度却是相当大的，仅一颗暗光团就能够令四分之一的月球支离破碎。不过对于地球来说他们并不需要高维波形驱动层，因为数颗光子团就可以将大气燃爆殆尽，那时候地球生物同样会遭到灭绝，所以并不需要消耗多余的能量将链式范围延伸至地面。耶兰人进行研究时不经过第一层平衡层，这样就不会形成光子团内异频阻塞光子，既简化了实验又降低了实验风险。"极"的由来则是因为交替变化期间各光子的传播速度不同，正常传播速度的光被完全吸收后，速度不匀的光子在实验员的观测仪器中将会呈现出动态的参差不齐、大小不一的多色光区域和暗区域，其交替变化速度极快。"平衡层"两侧必须是独立的，且有正负之分，初始实验是以微粒子视角观测整个实验过程，它的逆性延迟频闪，正是微观的极天。

　　刘参谋扫视了遍众人，发现贾沈义神色淡然，低垂着眼帘，像是什么也没看；何卫国双手交叉，眼睛掠过对面的几人后停在了吴筠之身上；邴和正一脸愁容，眼睛死死盯着他的显示板，生怕漏读一个字；丁子林瞥了眼何卫国，察觉到刘参谋看向自己，嘴角生硬地挤出了一丝愁苦的微笑；吴筠之低着头不说话，大概是发觉何卫国在盯着自己，不自在地抬起了头，仍旧面沉似水；严泓眉头紧蹙，拳头紧得都要握出水来，他旁若无人地转头讥讽地看向邴和正，读取资料的共享进度显示只有严泓一人还没有读完；任子安神色愕然，满脸难以置信，正欲试探邴和正的态度，但抬头就看见严泓正盯着邴和正，惊愕倏地敛去，愤怒地直视着丁子林；梁院士又一次陷入沉思，几天前刚得到第二份资料时，他就是如此。刘参谋扭了扭手腕，感受了下袖中藏着的手枪，最后视线回到了自己的显示板上。

六

的羊山，的羊山

的羊山上不见仙

的羊山哪的羊山

的羊山上阎罗殿

上山难，难下山

的羊山上无人还

北天悲，南天难

的羊山上洞中天

梦中儿呀别泪眼

的羊山上泪满天

的羊山……的羊山……

祖母缓缓睁开双眼，歌谣的回响也渐渐消散在梦醒的清晨。

"蓝眼睛都是妖怪变的吗？"

祖母摇摇头没有说话。

"帕羊山嘞？"

"假的嘞，老天不见，地上人啥子容易，要真嘞有，可没说得这么好过咯。"

丁一与沫子之所以能够见面，是因为早在半个多月前这里的围墙就倒塌了，当时丁一就在附近，只是当时他跑掉了，半个月后再次在这里见到了沫子，这才没有逃跑。

丁一虽然擅长攀爬，但即便是没了围墙，电网也没有通电，这里的铁栅电网仍旧不是普通人能够轻易征服的玩意儿。铁栅本就异常的高，两米以上的电网上还环绕着无数生了锈的环形刀片。那处的围墙倒塌则是因为年久失修，并且老万养的狗就拴在那儿，狗窝是贴着墙搭建的，每每到了炎夏，墙角都会被狗刨出一个或者多个近二尺的小坑，现在天气转凉了，狗子也不再需要这些坑洞避暑。前些日子，老万正准备将洞填上，不巧遇上大雨，下雨时，围墙并没有被冲塌，但在雨晴后却意外倒塌了。幸运的是，狗没有被砸死，不过后腿被碎块砸断了。近几日，有老万和沫子悉心照顾着，拴着的绳子也解开了，也没有什么因祸得福，因为沫子认为本应如此，在没有咬伤小女孩"雪儿"之前，它和这里的孩子一样"自由"。

本来今天是打算带丁二到后山去的，但直至黄昏时分，大雾还未散尽，只好改到明天。也不知道是大雾天蝙蝠的声波不好使了还是怎的，竟被丁一捡到了一只垂死的蝙蝠。当阳光被大地尽数吞入腹中，是它们驮起了夜色，所以蝙蝠都是昼伏夜出。这是祖母讲过的。

在民间有一个传言，说蝙蝠肚子里有星星。起初，丁二是不知道这种说法的，可听丁一这么一说，非要将这只蝙蝠解剖了不可。丁一拦着不许，并不是丁一不想看，他心里也痒痒得很，只是丁一打算明天带去给沫子看，这才忍住。蝙蝠身上越热，就表示这颗星星越大。这只蝙蝠身上热得很嘞。丁一、丁二此前从未摸过蝙蝠。微凉的秋夜里，蝙蝠像一颗即将熄灭的小煤球，暖烘烘的，也不烫手，它身体的乌黑鲜亮就像是黑夜赐予的恩泽。两兄弟找来一根绳子，本想将它的一对翅膀从翅根处缠绕绑在一起，可这蝙蝠的双翼紧紧贴附着身体，两兄弟一时间也没有了办法，又没有地方装下这么一个东西，只好将它全身小心地捆绑起来。东西小，又担心被它咬到，捆绑的过程也很是费事。这只蝙蝠早就已经奄奄一息，飞不起来了。丁一发现时，它在地上扑腾了几下，那时候其实就已经没了飞出丁一视野的能力，现在的它就像一只被圈禁的黑色蠕虫。它的体温正在被大地的冰冷寸寸侵蚀。它的眼睛发不出光亮，绝望的叫喊也没有人能够听到，只有死亡的恐惧在这无边的夜色蔓延，如同夜幕侵袭人间，夜色包裹了漆黑的万物，成了醒不来的人梦中的思念。

黎明前，又一个生命走到了它的尽头。

第二天，蝙蝠身上已经冰凉。丁一没有将绳子解开，直接将它丢进了背篓里，什么声音也没有发出。丁一与闭着眼坐在床上的祖母打了声招呼，便拿起柴刀，带着丁二偷偷溜进了后山。

"沫子，沫子！"丁一不敢大声呼喊，只得蹲在这里用呼唤的方式拖延等待的时间，因为丁二已经要拉着丁一离开了，但丁一不想走，他还没有见到沫子。丁一与上次刚回村不同的一点就是，他现在无比期待丁二与沫子相见，他也说不出理由，只是遵从了自己内心强烈的意愿。一阵狗吠声从远处传来，不多时就看见一只黑狗狂吠着，瘸着腿气势汹汹地跑了过来。丁一脑门儿一紧，被这突然出现的凶恶的黑狗给吓住了，因为上次在这儿那么长时间，他一声狗吠都没有听到，这也怨不得谁，那天被解开狗链的黑狗的疯劲儿还没下去，正在远处玩耍，沫子恰好过来准备将黑狗的饭盆拿到那边清洗，不过，那天黑狗并不饿，小孩子们断断续续地已经将黑狗给喂饱了。

还好有铁栅电网拦着，两人也感觉安全了不少。黑狗在对面咆哮得越来越凶。两人稍一商量，往有围墙夹着的铁栅走去，走到视线被围墙阻隔看不到黑狗的地方，这才把拎着的背篓放下。二人原地坐下。对面的狗仍在叫。丁二在地上找起了石子，想越过围墙砸这只蠢狗，不过只有跑得远些才能丢进去，也不是二人力气不够，而是这围墙太高，站远些，丢是丢进去了，可怎么也砸不中。丁一警告他："你可别砸到里边的野兽了，小心它一生气把我们给吃了。"丁二听罢，丢出去的石子就十不进一了。

狗吠声断断续续的，还真把沫子引来了。最近，沫子几乎每天都要到这边等上一会儿。就在刚刚，沫子正独自一人坐在黄绿相间的草地上看着天上的白云发呆，听到这边有狗吠声，往常这里的人是不把这当回事的，因为这只狗总是会莫名其妙地叫上一阵儿，有时是因为虫子，有时是因为风声，有时是因为饥饿，有时则是因为见到沫子和老万的喜悦……有太多的原因足以让它的吠声"贬值"，它早已不像看门狗一样被人重视了，就拿人们将它拴在与大门相对的位置这点就能看出，它的作用早就不是看门了。

丁一听到沫子的声音，猛地蹿到了没有围墙的铁栅旁。黑狗突然发了疯似的狂吠起来，这次不但把正抚摸黑狗的沫子吓了一跳，丁一和丁二也久久没回过神来，只有那只侧身挤压着铁栅电网的黑狗镇定自若地狂吠着。

老万正在为做午饭准备食物，听到这头的黑狗狂吠不止，气得把手里的菜叶往地上一掷，朝着黑狗这边吼道："别叫啦，别叫啦！"老万拍打了两下腿上的有些发黑的黄土，缓缓站起身，掸掉了袖口上的碎屑。那边突然没了声音，老万还以为是自己生气的腔调让那傻狗听懂了，所以向外走了几步后就又回来了，可刚坐下，菜叶子还没感受到手指的温度，就又被老万啪的一声丢在了地上，这次黑狗的吠声比刚才还要大，老万气得连站起来的力气都没有了，坐在木质的小板凳上又是骂骂咧咧又是垂头叹气的："整天跟有小鬼儿催命似的！"这话恰被站在后边的凤娘听了去。"说不定这些畜生真能看到小鬼儿呢。"凤娘说着，拾起了那把被摔了两次的青菜，又说道，"好端端的扔地上干甚？娃娃们喊着要吃饭呢。"

沫子急忙安抚黑狗，抓了抓它的额头，随后又用掌心抚摸它干燥的短毛。黑狗摇尾巴的幅度越来越大，可吠声也越来越大了。沫子担心再这样下去会引来众人围观，这才呵斥大狗。沫子的呵斥对大狗来说是最有用的止声贴，黑狗感受到来自沫子的慌张，于是乖乖地卧到一边，不再发出任何动静。

丁一将背篓里略微有些湿潮的无用木柴全部倒了出来，被捆成毛虫的蝙蝠也从里边滚落了出来。沫子一眼就认出那是一只蝙蝠。这让丁一感到有些失望，他原以为沫子并不认识这些的，没想到捆成这样还能认出来，心中不免有些失落和烦躁。不过，沫子并没有过多关注这只蝙蝠，她更关注的是谁是上次来这里的人。这两个人长得几乎一模一样，对于沫子来说这也许就是神迹。沫子思忖着，难道他们两个是同一个人吗？丁一在铁栅外说着什么，但沫子并没有听清楚，直到丁一发现自己忘记介绍丁二时，沫子这才缓过神来。丁一回答说，这是他的弟弟。看着蹲在那解绳子的丁一，沫子这才确定这个从刚才就一直盯着自己看的人与自己是第一次见面。沫子不敢看丁二，因为他的眼神同上次丁一看自己时一样，直勾勾地，让人觉得很不舒服。

蝙蝠的身体终于得到了解脱，也许丁二在为刚才的发愣而害羞，现在他的双手正慌乱地拾起地上的砍柴刀，准备随时递给丁一。丁一并没有直接对蝙蝠开膛破肚，而是给沫子讲起了故事，关于蝙蝠偷吃星星的很短的小故事。

从前有只小蝙蝠，每天晚上都会陪着爸爸妈妈一起出来找小昆虫吃。有一次，小蝙蝠问爸爸："天上的星星，我们能吃吗？它们看起来和糖果一样美味。"爸爸回答说："不能吃，不能吃，会吃坏肚子的。"于是，小蝙蝠又去找它的妈妈，问它："妈妈，为什么会有那么多糖果在天上？"妈妈说："那些哪是糖果呀，它们是星星。如果吃了星星，就会变成不会飞的老鼠。"小蝙蝠想起地上爬行的老鼠，伤心地说："老鼠们真可怜。"可是有一天，小蝙蝠睡觉的时候听到地上老鼠们叽叽喳喳地讨论着秋天的丰收。小蝙蝠又委屈了起来，因为它的肚子正咕噜咕噜地响个不停。它想起妈妈之前说吃了星星就会变成老鼠，于是，到了晚上，小蝙蝠说自己肚子不饿，就没有跟爸爸妈妈一起出门，等它们都飞远后，小蝙蝠也离开了，它一点儿一点儿地向着最大的那颗星星飞去。小蝙蝠双手捧着星星，一遍又一遍地闻它的味道，终于，小蝙蝠下定决心，一口就将星星给吞下了；可是刚一吞下，星星就坠着小蝙蝠落在了地上。从此，小蝙蝠再也没有飞起来过，它同那群可怜的老鼠一样，在地上寻找食物。

"这是昨天我在地上捡到的蝙蝠。"丁一神气地说道。此刻，沫子的双眼散发着一种惊奇而阴郁的奇异光芒，她既伤心又激动。沫子看向一旁的黑狗，突然哭了起来。黑狗以为是外边的这两人对沫子做了什么，龇着獠牙怒视着二人，喉咙里断断续续地发出低沉的呜呜声。丁二的目光从沫子的眼睛甩向凶恶的黑狗，一脸茫然，没能反应过来。丁一伸出的手像是凝在了空气里，他抬头平视着眼前的黑狗，双腿一动也不动，蹲坐在原来的位置。丁一以为沫子是担心他会被蝙蝠咬到，微笑着安慰沫子："它都已经死了，不用怕它。"沫子听后果真不哭了，但泪痕还挂在脸上。

看到沫子楚楚可怜的模样，丁一心中涌起了炽热的波涛，他一把抢过丁二手中的柴刀，左手摁着蝙蝠，右手紧握柴刀轻轻地一划，小蝙蝠的肚子被剖开一道口子。沫子不自觉地将手指移到了唇齿之间，吮吸手指的动作在微风中散发着令人欢愉的芬芳。将蝙蝠解剖后，丁二双腿弯曲蹲了下来，与丁一一同寻找腹中的小星星。他们小心翼翼地、一点儿一点儿拨开小家伙的内脏。

沫子抚摸黑狗的动作停了下来，一道冷汗沿脊背下流，但她的视线从始至终都没有离开。她深信，蝙蝠的腹中藏着一颗星星。

二人找了有十多分钟也没有找到，蝙蝠从开始的只有一道口子变得看不出模样了。丁一失望地站了起来，棕褐色的脸颊憋得通红，正欲开口解释，袖口被丁二拽住，丁二激动地指着蝙蝠一旁比沙砾稍大点儿的乳白色石子，丁二认定是寻找的过程中不小心被他们拨弄到了地上，所以才没有找到。丁一却觉得这颗石子好像之前就在这里，但这记忆也随着丁一蹲下后迅速模糊了起来。丁二将石子拿起端详。丁一解释说，星星被吃进肚子里之后就不会发光了，怪不得刚刚一直没有找到。沫子见两人找到了星星，脸上也露出了笑容，可是它在丁二的手心里，沫子隔着致密的铁栅电网看不清什么样子。

后来，丁二将手贴着电网给沫子看后，就把星星给收起来了。丁一来这儿之前是想将星星留给沫子的，可现在，他总觉得这星星不是真的星星，也就没有要求丁二送给沫子。沫子虽然也很想要，但是她觉得他们漂洋过海来到这里，还给自己看宝贵的星星，不能再向他们索求什么了。两人谁也不会想到，下次的见面将是沫子憧憬与幻想的终结；不过，此刻的沫子还是希望他们以后能再来看自己，尽管这在沫子看来是自己的奢望。他们是游历世界的人，又怎能一直留在这里。沫子回去取来了她最近几天用草编织的小兔子和小狗，想要送给他们，以感谢丁一能再次来到这里；但是这些草编玩具却无法钻过铁栅电网。她将玩具压成长条状，可塞出去后就没了形状。丁二见沫子着急得落了泪，连忙拿出星星要递到电网对面，却被沫子拒绝了。

忽然间，丁一好像明白了沫子是如何看待自己的。原来，沫子将他讲的跨海的故事当成了自己的经历，不过，丁一并不想解开这个误会，好在丁二也没有提到他们是住在前边村子里的人这件事。二人走后，丁一便将沫子的误解告诉弟弟，丁二愤愤不平了好一阵儿，非要回去拆穿哥哥的把戏不可，最后还是被丁一拦下，并用两天的无条件服务做了交换。

会议室内，贾沈义等人仍在激烈地讨论着关于耶兰人的问题。

约瑟教授推测的另一个方向是临缘进化的并生灾害，简单解释就是，异种生物的进化带给创造先进文明的原种群的灾害，同一个星球上的生物没有主客之分，但同一星球上不同种族的文明却有主与客，先者为主，后者为客。难解的矛盾往往就存在于简单却又模糊的概念之中。

对于现在的我们来讲，地球是无可替代的，亿万年来，地球上改变的不只是环境，生物也在朝着适应生存环境的方向改变着，就像两块形状不断发生着变化却始终契合的璞玉，也许它们并不难得，但彼此之间却无比珍贵。不是地球适合我们生活，而是我们适应了地球。简单来说，星球环境受到宇宙空间变化以及星球自身发展等因素的影响不断发生着改变，而生物则是在环境的逼迫下被迫做出选择，以适应并达到生存的基本条件，而科技文明则是以另一种方式减缓或是代替了身体的进化，以求有丰富意识情感的生物在进化过程中遭受尽可能小的群体不适。

自然进化，我们是主动的一方；而自然选择，我们不过是被动的一方。适者，是踏着与死者同样的路走来的。择，是生命之理，亦是存亡之道；适，观生死，明至理，不过是一条无尽的死亡之路。

我们很难找到一颗像地球这样完全接纳我们的星球，我们有能力降低不同的环境所造成的影响，却没有能力让全人类迅速适应改变的环境。也就是说，就算我们能够逃过耶兰人的封锁，但也没有改造外星环境的能力。人类文明的延续仍旧是少数人的任务，我们必须认清这一现实。

"少在这里唬人！他意思不就是人类没几颗适居星球吗?! 适居星球少？宇宙里至少有上百亿颗！"

"是啊，也就数亿颗。"

"那是过去，过去，懂吗?! 如果各大文明在宇宙中已经形成体系，任何文明所拥有的资源储备都将受到科技以外的限制，这是无可非议的。文明等级越高，对资源也就越看重，因为一个文明拥有的资源越多，它们自己的文明体系延续的时间才能越长。"

"可我们根本到不了。"

"我们理解你的意思，子林。"当人类认识到宇宙的浩瀚时就应该有这种思考，未能实现星际旅行前，我们看着那些宜居星球却去不了，也就不会参与到他们的资源掠夺之中，因此也不会被纳入律者直接管理的行列。而能够实现星际旅行后，我们看着那些早已经属于别的文明的宜居星球用不了，也正是这个时候，人类才算得上真正迈入了文明序列。

"手持棍棒叫野蛮？端着猎枪称文明？可真是一群聪明的浑蛋！"

"如若真是如此，宜居星球的探索附加上种种条件后，我们已经不能根据以往的经验去揣测宇宙资源的现状了。"

"一开始，我并不理解资料里提及的律者的存在，不过，听了先生这番话，似乎是懂了，或许律者也只是宇宙发展的必然产物，又或者他们才是牺牲品。因此，那些本就矛盾的，才会被统一起来。"

"所以，我们也许该将宇宙真正作为一个特殊文明去看待，如果是这样的话，那传言也就不是危言耸听了，因为只有宇宙存有制度，才有可能建立起……"

"文明丰碑[①]，这好像是耶兰信徒们传出的谣言，不过具体是哪群人，我们还不清楚。"

"不管怎么说，我们当下必须做好保卫地球的工作。在没有能力创造适宜人类生存的较为完整大型的生态系统前，就算逃到了外星生活，即便是适宜的环境，也一样可能导致人类灭绝。我们不能只从灾难这类剧变的预测去考虑问题，更应该重视岁月累积而成的伤痕。从宇宙的视角来看，累积变量同样可以作为一种攻击方式，文明的消亡亦可以是悠长的，可是耶兰人未必没有考虑过这些，也许正是他们深悟此道，才会有此策略。约瑟教授并不知道宇宙存在管理者和规则，我想这才是他想要我传达给诸位的讯息。"

"老梁说得有理，我们讨论的成不成立，都没用，都是政客们搞的玩意儿。强大的实力面前，策略顶什么用，想讲理就得先把大炮架起来，

---

① 文明丰碑：文明丰碑是一种宇宙贸易制度。每一个分支文明对应的宇宙相不同，择相生权，正是丰碑存在的意义。

我们的导弹能飞出太阳系咋的？说到底还是实力不足。军事实力是光凭嘴皮子就能磨上去的吗？这些是现在该讨论的问题吗？你们扯得太远了！"

约瑟教授曾与我国一位古生物研究学者共过事，我们都知道认知能力对生物进化的重要作用，他们认为智人和尼安德特人之间最大的差别就是认知能力。关于认知能力，其中新皮质与此方面的一些高等功能有关，如运动指令的产生、空间推理、语言及知觉等，这些都与认知能力有着千丝万缕的联系。认知能力的改善对生物进化的益处不言而喻，智人能够征服地球有很大概率与他们的认知能力较强有关。如若控制新皮质的基因片段发生了好的方向的高级适应性突变，认知能力也就有可能得到改善，有时候，看似停滞的进化其实只是在等待偶发契机的到来。

临缘进化，并不是指非人灵长类，而是指与我们同住一个屋檐下的宠物。如今已有很多家养的宠物初步具备外在的进化条件，人类对高智商品种的宠物的智力要求也越来越高。当然，对于我们而言，完全不必担心它们的进化对我们生活的影响，但耶兰人就不同了，他们的科技远高于我们，其宠物也必然早已具备进化条件。在这漫长的岁月里，很多事情是难以解释清楚的，因为进化之路并非一条直线，它是由群体共同构建而成的具有延伸方向的网络，复杂多变，难以准确地推敲。

并生灾害，则是针对耶兰的次级文明高智商宠物提出的，以一种不容易接受的类比来形容的话，耶兰人宠物所构建的文明等级也许已经达到了千年前的人类水平。如果那些不是宠物的话，也许对于耶兰人这种高级文明而言并不难处理，他们完全有能力将其剔出耶兰星的生物链，选择并改造一个相对宜居的星球给它们，这是在不能共存的情况下较为文明的处理方式。宠物就不一样了，他们与耶兰人生活息息相关，且宠物的进化路线不能类比我们人类的进化，因为它们是在高级文明控制下的假群进化——社会性较低的依赖性进化，也许二者很难完全脱离，因此会生出很多生活问题，如果以上情况真实发生了，那么我们很可能就是耶兰人进行管控实验的工具。

不过，邴和正认为临缘进化可最先排除，因为有与我们智慧相近的物种正在被耶兰人当作宠物，这件事本就太过荒唐，放在我们自己身上去想，这种事是绝对不可能发生的。贾沈义虽没有反驳邴和正的说法，但他提到了差值的问题，与梁院士刚刚所说的熵增定律与宇宙统一论的推广相契合。对于耶兰人来讲，其文明领域并不局限于星系，却又无法完全脱离原生星球，如果排除原生星球已经不适应生存的情况，在耶兰人的文明领域内，在原生星球生活着的也许是站在塔顶的一群人，那样临缘进化的问题也就变得简单了，所以我们很可能就是他们为了使问题简单化的一种处理工具。

丁子林之所以赞成邴和正的观点，有可能与他年迈去世的父亲有关，不过，关于他父亲的事情，刘参谋也不愿意多说。丁子林被国联的人带去问话时，这样回答过，说他小时候养过一只猫，才养了五个月就被街上的野狗咬死了，后来他带着一群人把那只野狗堵进水沟里，它最后没能爬上来，就被淹死在里边了。而在养猫的五个月里，丁子林见野猫对自家的猫非常友好，便放心让它们一起在外玩耍，毕竟，有了野猫做伴也省了自己逗猫的工夫。别人不知道，但是坐在一旁的刘参谋可是非常清楚，丁子林天生对猫毛过敏。

邴和正和丁子林虽然派别不同，但在会议上，他们却出人意料地和睦。接着，何卫国又同梁铸淞等人讲了些关于约瑟教授的事情。严泓虽对此嗤之以鼻，但还是耐心地听完了。严泓"战争储备"的观点，同样得到了多数人的认可，因为星际法条规定的是地星文明初期及以上为文明保护期，但对于战争双方同时触犯星际法却没有明确规定，也有可能只是有这种规定，但笔记上没有提及。简言之，就是将我们当作了顶罪的打手，代替耶兰人侵略同处于文明保护期的异星文明。如此说来，他们为我们提供科技支持也就说得通了。与以往不同的是，我们这次是"自愿"兵，因为如果我们不知道这些信息，很难不被他们蛊惑，这就像一个成年人骗一个未经人事的小孩去偷超市的糖果一样。

在宇宙中，我们只是一只没有牙齿的、独行的鬣狗，而他们给予我们獠牙，却令我们失去了幼崽时期的保护，带着与自身不相称的尖牙，我们便只能做一条拴在绳上的猎犬，文明的驯化，远比训练野兽来得简单。如此说来，我们的劣势居然是对律者所规定际法的无知，因为耶兰人极有可能在不触犯星际法的情况下让我们为他们卖命，最后惩罚还会落到我们身上。这样一来，我们就成了他们手里用来屠戮低级文明的一把刀，磨之即用，废之则弃。

我们知道了这些信息，是好是坏？谁又说得准。如果这些资料只是他们玩弄我们故意虚构出来的，我们今天这场会议不过就是一出活死局的开场！

我们本就无路可行。信之，仍可闯；若不信，则必亡。

大家都憋着一股气，却没有人能想出破局之法，实力差距太大了。

"我们就连耶兰人要做什么都不知道，他们瞬息星辰的科技实力要我们怎么去反抗？地球出不去，现在就连一场小会都要闷在这地底下开！"吴筠之右手紧紧攥着刘参谋给的资料，脸上暴起的青筋像小段麻绳一样贴附在额头的一侧。在座的人都能感觉到自己心里有和吴筠之一样的愤怒，却没有能力宣泄出来。

寂静来得突然，走得也仓促，拥挤的声浪虽只是瞬间隐入了黑暗，却令整间封闭的会议室变得空旷起来。

……

说起战争，何卫国也有自己的看法，刘参谋所展示的资料并不完整，其并未透露关于耶兰智慧型生命——小安被送到地球的事情，但当初刘参谋为了让何卫国能够相信自己，却是将这部分内容毫无保留地交给了他。耶兰人进驻地球的事情，耶兰星的普通群众并不知晓。虽然耶兰群众可能早就听说过我们这样一颗适居星球，但对于普通的耶兰人而言，地球的发现也只是一则新闻而已，所以只有耶兰的一些高层知晓驶入地球的计划。如果真如笔记中所说，很多普通的耶兰人是向往和平的，那么攻打地球的计划想做到全面封锁也绝对是不易的。我们不清楚他们的社会制度，但从这个方向去考虑他们为什么没有直接攻占地球，可想而知，宇宙间信息的传递必然会成为其高层进军地球的一大障碍。因此，策略对于耶兰高层而言也是非常重要的，即便以他们的实力，完全不必惧怕我们，但民心也是高层不得不考虑的。

"后人发，先人至，此知迂直之计者也。"兵法记之。先制人可抢占先机，以智取胜，后仁发则可笼络民心，以义取胜；不过，"先发制人"和"后发制人"是后人割裂了孙子的思想，"以迂为直"才是其兵法核心——既要"后发"诱敌军、得民心，又要"先制"断敌路、败其军。耶兰星人对地球科技的扶持同样存在这种可能。

想到此，何卫国顿感疲乏，仁者常以仁治之，但愿地球计划里的耶兰星高层有真正的仁义之士吧。

正当严泓阴郁地继续讲诉自己的看法时，发生了一个小小的意外——刘参谋开枪了。

严泓问刘参谋，战争取胜的关键是什么？刘参谋认真地回答说，战争是力量的竞赛，主要决定于双方的军事实力，通俗地认为就是武器、信息和策略。严泓轻蔑一笑，注视着刘参谋说，都不对，正确答案是利益。何卫国微笑着补充道，因利所起，择益而终。如果一个世界没有任何利益就能诱发一场战争，那么这个世界也就没什么文明可言。

吴筠之听罢，一脸欣慰地看向严泓，同时提出了另一个观点：武器并不一定用于对物质的破坏，也可以对人的精神意识进行破坏，当然并不是泛指脑神经武器，贪婪、欲望、惰性同样可以用作武器研究，使我们欢乐的、幸福的，同样可以毁灭我们。适者生存，如果选出的适者是一种退化的话，又该如何？

梁院士对此表示十分赞同，因为这正是他刚才所想的，但又总觉得哪里不对，并不是观点，也不是吴筠之说话时傲慢的神情，而是这话里好像有着不该出现的东西。梁院士并不能明确指出这段话的问题，但在场至少有三人却提取出了这段话中普通又可疑的关键词："选出。"

郑和正调侃地问道："适者退化？像焚书坑儒吗？只凭这点不可能毁灭一个文明，除非他们有能力做到……"

吴筠之抢过话茬儿："人口密度，万进一。"

"万进一"并不是一个概率，而是一套完整的筛选机制，而这一筛选机制则必须建立在与此相关的前提条件上，即"未来风险评估"的结果。如果说，这段时间耶兰星人是在对地球进行未来风险评估实验，倒也不难理解他们为了引发骚乱而故意更改星际会议时间这件事了。

生活若是幸福美满，仇恨亦可被一代又一代的悠长岁月消磨殆尽，真正代替了仇恨的不过是些恃强凌弱的道理。忘记是人的劣性，也是本性，也许有时候忘记是好的，但如果人们全都选择了忘记，历史也就没了记录的意义，到那时我们重复的就不会只有错误这么简单了。如果地球在单细胞生物出现之前就已经有了人类，只是因为他们经历了一场史无前例的灾难随同地球的全部生物一起灭绝了，这场灾难可以源于地球本身，也可以来自地球的生物，同样可以来自小行星或者外星生物。若是他们当时的文明与我们现在一样，那么我们只是在重复他们毁灭之前的历史。

忘记历史很简单，只需无人提起便足以将其泯灭于时间的长河之中，但那无疑是一种背叛，只知滴水之恩当涌泉相报，却不知生命的因果。

严泓觉得话题被扯得太远，他们说的这些，自己是真的没有想到，但如果有时间细细琢磨，自己肯定还能说得更完善。见众人都不说话，何卫国和刘参谋他们淡定从容地看着自己，严泓不由烦躁起来；但是大家好像都在等自己接着谈战争储备的事情，这才压下怒火继续讲诉。

还没等严泓说上完整的一句话，刘参谋突然一拍桌子，站起来的速度快得像是被座位的高温烫了屁股，目光犹如一柄利刃，径直飞向了坐在自己斜对面的吴筠之。刘参谋抬起胳膊，前臂猛地向下甩去，一把手枪从袖中飞出，稳稳落入手心，左手扣动扳机，整个动作一气呵成，在场没有一个人反应过来。只听嘭的一声，一颗子弹朝吴筠之眉心飞去。

吴筠之愣神之际，刘参谋已经将手枪拍在了桌子上。吴筠之只觉眼前一黑，眉心开始阵痛，他猛地起身，一字一顿地厉声喝道："刘政明！你敢，你竟敢……"可吴筠之才刚开口，就发现会议室内气氛不对劲，除他们两个和一旁气势汹汹的严泓外，竟没有一个人站起来，转而说道："好啊，你们，好！疯子，你们知道自己在做什么吗?！一群疯子，这会，老子不开了！我要出去，让我出去……"贾沈义神色淡然，嘴角挂着微笑，在操作板上左右横画了数下，底部的小门打开了。吴筠之没有多作停留，转身向下走去，而后乘坐底部的隧道电梯离开了会议室。就在贾沈义打开底部隧道门后，也向纪恒所在的密室发了条指令，吴筠之离开的同时，纪恒也走出了密室。贾沈义将隧道门关闭后，故作气恼地望着刘政明说："不再需要的话，就由我来保管吧。"

"这把玩具枪可是我外孙的。弄丢的话，我可不好赔咯。"刘参谋说罢，左手下意识摸了摸凳子，随即坐了下来。贾沈义讪笑着，说："能丢哪儿去。"在这密闭的空间，所谓的枪支上交不过是放进贾沈义的口袋。

"没想到这主战派里头有只这么大的老鼠。"见此情景，何卫国不禁心生感叹。老鼠并不等同于叛徒，因为老鼠愿同人类共存，只不过它自私自利，易受外物诱导，但老鼠也是砧板鱼肉，虽有自己的思想和见解，但有些事情却又不得不做。

严泓把自己的想法全部讲完后，之后在会议上再没说一句话。

贾沈义明白了严泓的意思，以宇宙中银河系所处的位置，地球确实是有可能成为耶兰人的新的中转港。地球作为一个行星而言只不过是浩瀚宇宙荒漠里的一粒沙，地球的环境，对已经有能力跨越星海的耶兰人来讲不过是万千适居星球中的一个。地球的能源，更是这荒芜宇宙最不缺的东西。文明的竞争对手？宇宙是盘大棋，律者拨弄棋局，无论是耶兰人还是我们，皆是局中之人。上则敬、平则争、下则掠的时代早已过去，星际法之下，我们于耶兰人而言可以说毫无竞争力；然而，地球却有着令耶兰人暂缓攻占的独一无二的资源——人类。准确地说，是处于现文明阶段的人类。

生存是欲望的延伸，文明的篝火一旦被点燃，便也失去了选择的权利。资源就像木柴，如若不去争取，篝火随时都有可能熄灭。规则往往就是建立在这些有限且必需的事物之上。原始人为了生存火烧森林，只为杀死威胁到他们的野兽，而我们为了生存保护森林，只为人类更远的未来，从各自所处时代的视角出发，两者并没有多大的区别，都是为了生存而已。

吴筠之从地底出来后，匆忙坐上了返程的特制商务车。大约行驶了两千米，吴筠之下发了第一条命令，大致意思是，重要人物所在地为织茂县，与贾沈义之前派出的那群人目的地相同，现在具体位置已经拿到，就在织茂县老城区的泽新村西南角，路西倒数第三家，开始行动。吴筠之自知，如果没有刘政明这一枪，他还不能先贾沈义一步展开行动，说起来这次还真要感谢刘政明呢，不过，我们还是要谨慎一点儿，特派小组没有立即行动这点仍有不合理之处，必须分一组人继续盯住他们，其他人立刻前往泽新村。

刘参谋离开老张家的那天晚上在电话中联系的男人，于会议开始的两天前就到达了正确的地点——葵南村。经过一天的调查，证实了笔记中"小安"的存在，并将此上报给了刘参谋，在确定没有人关注晨明一家后便耐心等待会议的开始，可离会议开始还有半个小时，这边却先出现了意外状况：重要人物小安提前离开了晨明的家。这与预计不符，男人只得提前进行交涉。令人意外的是，小安竟然毫无防备地同意了跟随男人离开的要求，这完全不像一个正常女孩做出的反应，但此人为重要人物，也许本就与常人不同。

"刘政明的假枪戏演得倒是精彩，吴筠之早就想着离开了，这一枪算是给了他一个理由，着实开了个好场。只不过以后升职怕是艰难了，虽有贾沈义鼎力支持，但主战派中有不少人与吴筠之同气连枝，其中有几个本来就和刘政明不对付，经他们一搅和，收场可就难咯。"何卫国想到此不由苦闷起来。不过随着另一个问题的出现，也就没有留给何卫国太多的时间去烦恼这件事了。

关于刘参谋提供的资料真实性问题，显然众人看过资料后都对它或多或少有些怀疑，却没有一个人提出异议，也许是这场会议本就是因为这些资料才召开的，所以大家才会默认是自己之前掌握的信息有误。不过，有误也是真有误。现在，何卫国既已提出，肯定是要有个解释的。

在此之前，我们的世界有这样一个说法：文明的发展速度与群体的文化水平有着密切的关系。一个昌盛的文明，必然有一群超绝的个体，而个体间的差异该是随着文明的发展不断缩小，虽不排除极端差的出现，但领导阶层显然会偏向高水平领域。这么说来，耶兰人的文明既然已经达到了我们无法企及的程度，应该是不会伤害我们的，就像我们保护小动物一样。之前的这一说法同样有反对的声音，以人进行类比，我们的确比原始人更加文明，但我们仍旧会饿，需要饭吃，这一点从来没有变过。原始人会吃兔子，文明人一样会吃，而且要比原始人吃得更有"滋味"。前者并非没有道理，不过与这次提供的资料内容相违背，后者也并不完全符合，而谜底往往就藏在矛盾之中。梁铸淞是第二个站出来的，他说，资料里的这些东西，特别是耶兰人的科学技术上有一长众短的可能，这是不该存在的现象，极有可能成为虚假信息的佐证，但他一个人没办法确认，如果允许的话，梁铸淞想把它带回去与他人探讨，日后再将结果上报。贾沈义轻轻点头表示同意，因为参会的人看到的资料其实早就已经进行了筛选和更改，所以即使带出去也不会造成太大的影响，只要有个分寸就行，而在场的人哪有毫无分寸之人？这点贾沈义也是非常明白的。

何卫国提出的驯养人类，也值得深思，不过因为这一观点的内核是弱者恒弱，而文明的融合必然会生出许多变数。何卫国自己也清楚这点，所以他认为驯养人类只是进驻地球的第一步，是一个随时可能变更的策略，他只是以目前耶兰人对我们的态度做出了这样一个判断。

真正令众人背脊发凉的是任子安提出的商业游戏：耶兰星的发展状况我们不得而知，如果耶兰星的外星球产业正处于竞争阶段，那么我们将面临的就不会是废物利用或者垃圾处理那么简单了，而是活鱼上桌。

商业游戏，既是一场游戏，也是一盘死棋。

如今耶兰人虎视眈眈，我们也不必顾虑太多，笔记中提到地球将有半数以上的生命会被直接消灭，但是耶兰人如若真要改变地球的环境，剧变之下，焉有完卵？到那时，地球必将满目疮痍，所以只要将这个消息公布，全人类定能团结一心，共克时艰，一同破局。

但公布就等于放弃人类！

若到此时还不能直面地狱，那我们终将在黑暗中灭亡！

这两种观点争执的时间虽短，却尤为关键。最后采用了贾沈义的提议，当然也是基于在场多数人的想法。如今形势不明，资料的真实性还需多次确认，等审核事项通过后，再将资料重新整理一遍上交国联审理，以降低公布后地球遭受毁灭打击的风险。

会议结束后，何卫国是剩余八人中第一个从地底出来的。何卫国穿着一件立翻领的灰色中山装，左手手腕戴着一块银色的旧式手表，但这块表的指针不会动，并不是会议的物品保管人员把它给弄坏了，而是它本就不会动。这是老先生死去的妻子买给他的。当年，这块表的时间鬼使神差般恰停在了妻子离世的那刻，如今已经过去两年多。老先生说，等到了第九年，再把表给修好，才好陪他一起去见老婆子。何卫国上车后，下意识地看了看腕上的手表，想起刚才离开时贾沈义对自己说的那番话："您是一个非常伟大的人，何先生，我无比尊重您现在所做的事业，但请别让怜悯的枷锁束缚了您。局势多变啊，何先生，千万不要因仁慈的想法……困住了您和群众的未来。"坐在何卫国旁边的随行人员看了眼手机，同语音助手一样为何卫国播报时间。不待男人说完，何卫国就挥手打住了他。何卫国静默地垂下脑袋，又看了眼手表，嘴角自然地流露出了释怀的微笑。

本次参会十人全都平安地离开后，会议到此才算真正落下帷幕。

数天后，刘参谋接到消息称，小安坚持要回一趟葵南村。虽然这件事需要承担一定的风险，但刘参谋还是同意了小安的要求。不过情况并不算太差，因为刘参谋知道会议结束后自己一定会被盯得很紧，所以之前他也没有让他们立即回来或者直接送去老张家的意思，而是让小安他们以游客的身份前往织茂县和赖山，在织茂县城内小住几日。小安返回晨明家时，为了安全考虑，只在家中停留了一个时辰便离开了。

小安不知道眼泪是什么，所以没有哭泣的小安在随同的人眼中是不正常的。这世上本就有人不会哭，不是他没有感情，而是得了病，再不会哭了；不过，小安不是这种，她不理解眼泪，又或者是她理解了痛苦，却因看得太过透彻，所以才哭不出泪。

作为耶兰星高级人工智能生命体，其名为"梦安"。

七

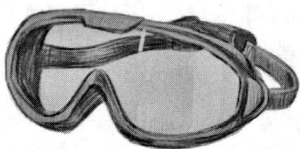

　　丁一、丁二两人说笑打闹着，没有回头张望，也没有相约再见的日子，缓缓地走出了沫子眼中的世界。沫子望着他们远去的方向，久久没有离去，直到大院另一侧意外的发生。

　　院子的另一侧突然传来一阵树枝断裂的异样声响，不过沫子并未太过在意，因为老万和凤娘都曾为了让蔬菜得到更多阳光的滋养，而把树枝硬生生地扯断，那声音和这差不多，并且有时候这里的孩子也会将树枝拽断，所以沫子并没有立刻站起身来前去查看情况。黑狗似乎并不是这样想，也许是先前被拴在这里，没有机会见到粗大的树枝从树上掉落，这次刚听到异响便瘸着一条后腿循着声音的方向飞快地跑去了。

　　院子的另一侧，阿伍直愣愣地站在离掉落的树枝五尺左右的距离，微波四起的双目中映现出一幅骇人的场景：一个长发女孩弓着背蜷曲在树枝之间，一根被压断的粗糙树枝的枝头已与女孩的大腿连成一物，血水如溪水般沿着红痕密布的大腿汇入腘窝，流进了土石之中。女孩小腿上的划痕也成了来不及汇聚的血水的沟渠，大地对殷红的颜色似有别样的吸引力，它们时而偏离分散，时而在另一沟渠汇聚。它们沿着女孩微弯的小腿，汩汩地潜入鞋中与女孩的脚趾缠绵，而女孩却是早已不觉脚底的黏腻，落地的那刻，她的双眼就已堕入泥潭，她那原本红润的脸颊也被这血色的泥沼染得苍白无比。

作为亲眼看到整个过程的男孩，阿伍的世界只剩下红绿糅杂，满地的半枯树叶映入眼帘，而在他的脑海中却是殷红一片。

黑狗刚来到附近，就被同时赶到的其他孩童的惊哭声吓跑了。沫子听到这边的动静后，也急忙赶了过来。等沫子到时，女孩腿上的树枝已经被锯断，凤娘拿了一捆稍微干净些的布条给小女孩雪儿包扎。老万抱起雪儿，凤娘在一旁托举着她的小腿，二人小心却又匆忙地往屋内的大床走去，待将雪儿安置好后，老万慌忙跑到村里寻大夫去了。这次，老万也慌了手脚，出门时居然忘记将大门锁上，风儿越过狭窄的门缝，吹进了孩子们的耳朵里，唯独在屋内照顾雪儿的凤娘，没有听到那来自门外世界的呼唤。

老万下山后，寻得村里的大夫。那大夫看到手上沾满血的老万，被吓到慌忙后退，口中喊着："有毒，有毒。"老万这才想起自己手上的血别人是碰不得的，于是他跑到外边挖了一捧土，在手上搓了搓，搓干净后向大夫借了些水，这才把手洗净。其间，老万高声说着雪儿的情况，希望大夫能跟自己去后山为雪儿治疗腿伤。待老万将手洗净，大夫这才开口，说他新摘了一些草药可以止血，自己不便过去。老万攥起的拳头又松开了，奔走的疲惫霎时席卷全身，一丝难掩的苦涩从眼角滑落，他想骂大夫没良心，又觉理解大夫的顾虑，也想再求求大夫去后山看看雪儿，可张了嘴却不知道要说些什么，就又闭上了。大夫其实人不坏，如若他染了病，村里的老头、老太生了病，也去不到镇子上看，小小的感冒发烧兴许就能要了人的命；可他也算不上太好，只是个普通人罢了。

大夫拿了药，也没有向老万收费，只是催他快些回去给雪儿包扎，说流血太多，魂也会被流走的，到时候就真的没法治了。今日即便是这位大夫去了，也只能做这么多，因为他是山里的土大夫，不懂什么输血打针，草药是常用的法子。止血的、消炎的、补血的"撞三样儿"，不过当地人的叫法是"对山羊"。除此之外，还有一些干净的白布，换作平日，是要拿一麻袋土豆来换的，因为效果好的补血和止血的药草此地本就稀少，更不要提退烧的药材了，大多是他从山外头药铺子里买来的，贵着呢。

天色昏黄暗淡，站在林间向天空远望，仿若一排排树影镌刻在幽蓝的墙纸上。老万赶回去的途中，碰巧遇见了捡蘑菇的丁一和丁二，丁一和丁二都没有认出老万，以为是别的村子前来走亲的老头，也就满不在乎地继续找起了蘑菇。老万也未曾多想，只是这里离后山较近，下意识多看了二人一眼，希望能辨认出是谁家的孩子，但是老万离村多年，也没能认出来。就这样，他们错过了攀谈的最佳距离，又走了几步，或许是两人比较特殊的缘故，老万记起了这对双胞胎，仅回头多看了一眼，便匆匆往后山走去。

丁一和丁二捡了大半背篓的蘑菇，收获的确不小，比起拾些需要晾晒的潮柴火，雨后捡些蘑菇才是最好的。这些蘑菇虽然二人不能全部认识，但也都八九不离十，知道哪些能吃、哪些不能吃。黑夜缓缓流入村庄的每一寸土地，丁一和丁二还在做着最后的"挣扎"，他二人想将这背篓拾满，可天色越暗，找起来也就越困难，好在他们娴熟的"摸菇"技巧，令他们在看不见的夜色里又摘到了一些。

二人朝着村庄的方向一路"摸"去，马上走出林子时听到了祖母的声音，这次不像上次那样，丁一听得尤为真切，在丁一愣神儿的瞬间，丁二已经率先走向声音的来源。祖母也听到了丁二的回应，可祖母的声音仍旧停留在原地。起初二人心中都有些迷糊，不知道祖母今天为什么坐在这里等着他们，为什么祖母不上前来接过他们的背篓，否则祖母会惊讶地发现背篓里满是蘑菇！听到祖母说自己摔伤了腿，他们这才明白过来，原来祖母不是在等他们，而是腿受了伤坐在这里休息。二人走至祖母跟前，被好一阵责骂，问他们怎么回来这么晚，但祖母并没有说自己出来找他们才摔断了腿。刚摔断那会儿一点也不痛，祖母还以为自己没事，结果刚站起来就趴到了地上，这才发现小腿居然弯折了。直到现在，祖母仍旧没有感觉到骨折传来的疼痛，只是碰到石头的那块皮有些肿痛。

两人左右搀扶着祖母回了家。丁一说自己来照顾祖母，让丁二去请大夫，又吩咐丁二告诉大夫，祖母腿受伤了，让大夫带着药赶紧过来，到时候再给他钱。等大夫赶到，祖母不知为何已经昏睡不醒，说来也奇怪，没有发烧。丁一说，祖母是安安静静地睡着的，也不像是疼昏的。大夫给祖母的大腿敷上药后，缠上两圈灰布，又绑了几根光滑的木棍，之后留了些草药和一句话："尽早去镇上看看，这腿一断，指不定是勾出什么病来了。"

祖母一直昏睡，丁一和丁二也没了做晚饭的心思，便从裤袋里掏出中午吃剩下的馒头。二人吃后仍旧坐在祖母身边不愿离开，好在祖母呼吸平稳，也让两人放心了不少。

窗外的夜空闪烁着星光，清月避开了窗子，月光如清凉的羊脂白玉般从三人的身上缓缓滑过，祖母带着二人一同步入这夜色的殿堂。

会议结束后不久，吴筠之就接到了任务失败的消息。会议上，刘政明提供的资料里写的地点是假的，他们的人一无所获，还差点儿被贾沈义摆了一道。贾沈义安排的特派小组自从到了织茂县后就没有离开过县城，结果他刚安排人手去假地点抓人，这边特派小组就出动了，去的地方也是假的，还好，特派小组被他安排的留守的人盯着。吴筠之也不算蠢，并没有将特派小组前往假地点当作进一步确定位置准确性的证据，而是第一时间发觉了这巧合来得奇怪，不然这次真就栽了。还真是"螳螂捕蝉，黄雀在后"啊，可这蝉脱了壳居然是只猎鹰，差点儿就被他们前后夹击了；不过，贾沈义他们算不上完全的成功，怪只怪他们的饵料放得太明显了。

　　这场战争本就没那么容易，吴筠之虽然早料到会出现这种情况，但是心中仍怒火满盈，郁郁难平。冷静下来后，他又吩咐人去调查刘政明最近几天的行程，会议召开得如此紧急，问题必然也是刚出现不久。刘政明和何卫国他们一伙人这几日所到之地必然有鬼，但如果调查何卫国的事情败露的话，自己恐怕会惹上不小的麻烦，他可不想就这么退出舞台。何卫国就交给"上边"的人处理，刘政明确实有问题，调查他落不下什么坏处；不过，这次会议倒是让吴筠之关注到了另外一件事：李宏毅最近被何卫国派去了喀格桑纳州。国外迁星党的人也该收敛点儿了，整日想着如何从战争中取利，殊不知最先遭殃的就是他们。

　　两天前，刘参谋与李宏毅象棋对战结束驾车离开后，李宏毅本打算先回趟母亲家，可他刚拿起手机就接到了秦思哲打来的电话。秦思哲说小妹生日马上就要到了，所以就提前回来了，问李宏毅有没有时间。两人聊着聊着，李宏毅就将自己要外出的事情说了出来，因为这好像是刘参谋的意思，也许是刘参谋认为他能从秦思哲这了解到一些有用的信息，毕竟，这次任务可能会跟迁星党对上，而国外的迁星党有不少大家族也在其中。这些家族虽不知名，却没有几人能准确说出他们现在的实力，不过李宏毅也不是十分肯定，所以只是点到为止，毕竟，自己有护卫军军人的身份在，而秦思哲的父亲又是商业大亨，两人只能以朋友相交，后来二人就约在南明湖见面。

　　秦思哲是秦忠山的长子，16岁那年秦忠山带他来到这里，只是为了见严泓，可来到基地的秦思哲却莫名其妙地与21岁的李宏毅成了好朋友。当年，李宏毅就已经被刘参谋注意到了，如今就连秦忠山都不得不佩服自己这个儿子的好眼光。其实不然，当年秦思哲只是记恨下棋输给了李宏毅，而秦思哲基本没什么棋艺可言，后来也因为这件事他给自己请了个象棋师傅。秦忠山并没有看出来这件事对自己孩子的影响，只是听了他人对李宏毅的评价，认为李宏毅是个可以交好的对象，也就没有阻止儿子和李宏毅的交往。这么多年过去，两人现已是挚友，后天李宏毅就要去国外了，秦思哲对他要去哪儿并没有过问。这些年来秦思哲也略知道，李宏毅好像总是有很多秘密和国家安全或者耶兰人有关。既然他这次出国前要和自己见上一面，就代表之后的很长一段时间他不能再主动联系李宏毅了，而且有可能李宏毅这次有用得到自己的地方。只是见面地点真是太"隐秘"了，吵闹的环境和拥挤的人群，多少人侧耳就能听到他们的谈话，所以也许真的只是好友间的道别吧。

外星文明的出现并不意外，早在五年前，人类第一次接收到60万光年外的有规律的电磁信号后就对此有所觉悟，而促使星海国际联盟成立的种子就是在那个时候埋下的。李宏毅自然是灯塔计划的参与者，当年他们这群人在自己的国家并没有太多的特权，因为几乎没有人相信这一代人会遭遇外星文明，所以各国也只是依照联合国（国联的前身，如今其架构已经大不相同）的安排，在国内设了一个头衔并将其授予某人而已。李宏毅则是何卫国、刘参谋和严泓共同推荐的人，同时也是线上公开的全民投票获得票数最高的人。第一次见到耶兰人飞船的时候，各国第一时间接收到了这项计划正式启动的消息，这群人也因此获得了一些国际特权，其中有一条正是李宏毅本次任务需要的，那就是可以便衣携枪免检随意进入各国境内，且随同人数只要不超过20人，皆可享有此特权。

李宏毅与秦思哲分开后，直接前往母亲家，他的妻子和儿子也早早去了那边。他的父亲是一名交警，不过在他初二那年被街上的歹徒砍死了。那天是农历腊月二十九，第二天就是除夕夜了。人行道上，一个歹徒拿着把菜刀追砍一名女子，口中还大喊着要砍死她这个怪物。李宏毅的父亲当时恰在那个路口加班，那天，他的确是擅自离开岗位，这才导致了一起本可避免的交通事故，但他却是为了保护那个惊恐的、素不相识的女人，只是他并不知道男人喝醉了。李宏毅的父亲一边喊着"停手"，一边向女子跑去。那名女子哭着跑着，像是看到了救星，速度也不自觉地放慢了一些。等女人躲到他的身后，男子也逼近了二人。女人躲在后边又哭又骂，李宏毅的父亲并未搞清楚状况，他也没有时间询问女人，他还没来得及制止男人，一把飞来的菜刀就已经卡在了他的鼻梁上。倒地后，一股不知从哪儿来的意志又将他撑起，他猛地发力抱着男人的腿，将他甩翻在地。男人似乎并不在乎，他拾起刀的那刻任谁都不会觉得男人是因醉酒犯的糊涂事。后来，男人一番挣扎之下又补了两刀。李宏毅的父亲一直紧抓着男人，最后抢救无效去世了。这件事情的起因竟只是孩子偷了自家的 20 块钱。生命可以一文不值，也可以视之无价，而李宏毅父亲的生命却是明码标价的 20 元，两个家庭的痛苦也是 20 元换来的。也许生命只有在不被当作商品时，才显得弥足珍贵，我们珍惜它、爱护它，只为避免发生不可挽回的过错，却又总有彷徨失措，总有无奈和惋惜。我们与生活的关系也许从生命的诞生起就已经注定，生存本就是一场博弈。

"今天就当是过年啦！"李宏毅的母亲孙玉兰笑着说道。

"过年还早呢，妈，还有几个月呢。"李宏毅一手端一个盘子，往餐厅的方向走去。

孙玉兰也不清楚李宏毅这一去要多久，脸上露出半是欣喜半是困惑的神情，用略带苦涩的舒缓语气问道："这么说，这次不长？能回来？"

李宏毅将盘子放在桌上，挠着头，思忖着如何回答。他的妻子抿着嘴，插了句："妈，你看他那样儿就知道，他也不晓得。您呀，就别指望他啦。"

"快着呢，这次不会太久，这边我还有很多工作要做呢。"李宏毅疲乏的双眼倏地有了朝气，忙回应道。

今天的饭菜特别丰盛，孙玉兰真的把这次当过年了，毕竟，李宏毅已经有好几年没能在家过年了。一桌 16 道菜，一家四口吃完饭后，李宏毅一如既往地做起了打扫卫生的工作，他的妻子和母亲则收拾碗筷。

"妈，今天是不是太累了？您去歇着吧，这儿交给我就行。"李宏毅的妻子见婆婆刷盘子的速度比往常要慢上许多，忧虑地问道。

"妈没事，你看，好着呢！"孙玉兰抬了抬胳膊，略显疲惫地微笑着说，"今天，咱这一家可算是聚齐了，妈心里高兴着呢！"

"那我以后就经常过来看您，如果觉得家里冷清，就搬我们那儿住吧！卧室，我都给你收拾好啦。降压药、救心丸这些用得着的，家里也都给您备着呢。"李宏毅的妻子担忧地蹙了下眉头，随即欢快地说道。

闲聊间，李宏毅的妻子发现婆婆的动作确实是比原先慢了许多，最终还是忍不住问道："妈，您手怎么了，是哪里不舒服吗？"听了这话，孙玉兰这才反应过来，原来手里的这个盘子自己已经刷很久了，她慈爱地回答说："妈是想呀，这些盘子下次再用就不知道是什么时候了，洗得仔细些，干净。"李宏毅在屋外打扫时一直默默听着二人的对话，在她们欢快轻松的闲聊间，浅浅笑出了眼角的湿润。生活可不就是这样，一日一日地过，一年一年地丢，一年也回不来一次的时候，餐具等了他一年，母亲也老了一岁。我们不愿直视的是命运驱使我们活着，而活着恰是过去与此刻的交叠；我们不愿发现的是生命在岁月中老去，可时间这台机器从我们出生时就已经坏掉了，我们常常终其一生也没能将它修好。

同李宏毅分开后，秦思哲因此前接到小妹的短信，还是决定回家参加她的生日宴。他回了趟别墅去拿一个礼盒，这是他早早准备好的生日礼物——一根魔杖和一柄宝剑，这是小妹很喜欢的一本小说里的东西，改编而成的电影她看过五六遍之多。虽然小妹已经有了属于自己的魔法城堡（现在已经没有了，就在几天前，小贝和朋友们在城堡里用未发售的特制魔杖演示火魔法时把城堡给点着了，这件事秦思哲还不知道）和里面一堆魔杖、胸章、帽子、扫帚等乱七八糟的东西，但秦思哲相信这件礼物小妹一定喜欢。这两样东西是最后一部电影拍摄结束后制片人从剧组带回家留作纪念的，几个月前被秦思哲高价买下了。秦家本是世家，只是在秦忠山的爷爷那一代没落了。

在古代，男子12岁行正冠之礼，而女子的12岁则是金钗之年。秦家有一个传统，秦家女子12岁生日当天需向父母行"三礼"，此三礼为

"记"，并非及笄礼（古时女子满 15 岁把头发绾起来，戴上簪子），古时女子行及笄礼便可结婚，与秦家三礼中的晚礼所暗含的"待"的意义正好相反。

秦家三礼：一礼为手礼，亦是首礼，最为简单，只需早晨 6 点到父母跟前祝其身体安康即可，以谢养育之恩。民国以前，一礼对行礼姿势是有要求的，须向前迈左腿，左右脚尖距离略小于半尺，双手扶左膝，双肩平衡，双眼平视前方，不得弓腰，礼毕后不得右腿迈进，需以左腿退之。一礼退，就该由母亲为女儿梳妆戴钗了，不过现在没了后边这些规矩。二礼为清礼，是为奉茶，时间为早餐过后一小时，八点左右，多以老枞水仙冲之，第一杯给父亲，斟七分，第二杯给母亲，斟五分；第三杯给自己，斟四分，自己是不能喝的，需倾之入盘，寓为受天地之礼。三礼为晚礼，最为复杂，需与二礼相隔六个时辰，民国之前为跪拜礼，又因头戴金钗所以需要以扶鬓来代替叩头，而十二拜必不可省。不过如今所行晚礼乃是叩门礼，并不复杂，父母闭门由女儿叩门问安，母言进则进，如若首礼戴了金钗，需进屋由母亲亲自为其将金钗取下，并以金钗蘸水点眉心，寓为万事顺心，也有等待如意郎君之意。

秦家三礼其实早已算不得什么规矩了，秦忠山的姐姐 12 岁那年，家里只给煮了个鸡蛋，别的什么也没有。那时候，秦忠山还小，他们一家五口流亡在外，如今的秦家是秦忠山的父亲一手撑起来的，所以秦思哲并不是富二代，但也不是什么富三代，有道是富过三代即为贵，但也并非所有富过三代的就是贵族，贵族不只是有钱，还要有传承，二者兼具才称得上是"贵"。秦思好的 12 岁之所以要办生日宴，是因为它不只是庆祝生日这么简单，它也是秦家为了扭转"战局"的一场鸿门宴。与耶兰人有合作的人，秦忠山现在还动不得，所以他今天宴请的是一些中小型企业老板，而这些人有一个共同的特点——吃过法律外的钱。秦忠山并不是想一次性收购他们拥有的资源或者举报他们，而是准备逼迫他们签一份"不一样"的协议，慢刀细肉地一片片把他们切下来。当然会有人不同意，但犬欲与象搏，只有獠牙是不够的。

秦思好的小名是姑姑给她取的。那时候，姑姑总叫她"贝贝"，后来大家都这么叫，"小贝"也就渐渐成了她的小名。

此时，小贝正开心地坐在即将开场演唱的诗雅身旁，诗雅是小贝非常喜欢的一位女歌手，现在已经是小有名气的歌星；不过也正因为诗雅已经小有名气，而且是以歌唱出圈，所以才不适合今天的开场，因为以秦家宴会的惯例，开场一般都是钢琴家或者小提琴家，有时也会以大提琴或者竖琴作为直接开宴的背景乐曲。秦家还从来没有请过一位歌唱明星做开场表演，她们通常都是被安排在用餐结束后或者宴会结尾。小贝也并非什么都不考虑，诗雅弹钢琴也不错，所以小贝一开始就想让诗雅边弹边唱。诗雅是她的原名，这次宴会以前，小贝就已与诗雅熟识，因为小贝偶尔会到诗雅的演唱会现场，台下经常见面聊天，并且诗雅今年已经是第四次来秦家了，第二次正是诗雅的演唱会结束后被小贝邀请来的。尽管秦思哲今年未曾回过家，但关于诗雅他还是有所了解的，所以他心里也清楚小贝请诗雅开场不合适，只不过今晚是小贝的生日宴，也就任由她来了。这件事，秦忠山是知道的，只是表面装糊涂，以借小贝的任性演一出戏给宾客看。

秋风渐起，夜色微凉，带着自家孩子前来参加生日宴的女人们身着单薄的晚礼服，小贝带着自己的小伙伴混迹在游廊里，女士们见到小贝纷纷弯腰微笑着向她打招呼，小贝开始还会一一礼貌地回应，后来一起玩耍的孩子多了起来，她们便不再理会大人们的寒暄，远离来宾不断的游廊，来到清静些的为她们准备的另一处后院嬉戏。

宴会还没开始时，小贝带着一群孩子找到了诗雅，随即又领着诗雅去往中庭，那里是今天宴会留给孩子们休息的地方。虽已是晚秋，但中庭的花草却繁茂如春，池中水波潺潺。诗雅身着黑色纱裙坐在水池边上，小贝坐在其身旁，欢快地听着诗雅今天的第一首歌。这一幕恰被前来中庭寻找小贝的奶奶瞧见，也正因看到这一幕，宴会结束后，在奶奶的提议下，除了报酬外，诗雅还拿到了一份价值 1500 万美元的奢侈品代言合约，不过这些钱是次要的，重要的是名头中的"国际"，对于诗雅来说，这将是一个崭新的开始。

秦忠山有个干儿子哈儿，他五岁时因车祸失去双亲，现是好莱坞的名演员，并且在音乐方面也颇有建树。哈尔在宴会开始大约半个时辰后才赶回来，秦忠山对此虽有不满，但也没说什么，毕竟，秦忠山还是很喜欢他的。哈尔的到来，立即引起了许多年轻女性的注意，她们都很礼貌且委婉地上前打了招呼。在哈尔跟前，一些未婚的女性毫不吝惜她们裸露的肩膀手臂和光滑白润的脊背。其中有一位穿着青白礼服的女性引起了哈尔的注意，他与她短暂地交谈后就去寻找秦忠山了。在与秦忠山一番寒暄过后，哈尔又前往中庭与奶奶聊了一会儿，同时又找到生日宴的小公主。之后，哈尔按照小贝的计划，带来一位好莱坞的摄影师和一些小演员的服装，为她和她的伙伴们拍摄了一套"死神与公主"的即兴童话照，但公主可不是小贝，她非要当死神来着——这要是给父亲知道在生日宴上做这种事情，哈尔肯定是会被教育的。

孩子们由用人们照顾吃饭。其实，小宴才是真正属于小贝的生日宴，大人们并不参与她们的晚餐，当然，一些老人除外，孩子们用餐时，奶奶就坐在小贝身旁。

宴会即将进入尾声，哈尔同那位身着青白色礼服的女人一起走出了三楼的房间，女人脸上透着朦胧的红晕，瘦弱白净的脊背上如同遮了一层薄薄的晚霞，令人心魂荡漾。

与此同时，秦思哲牵着小贝柔软的小手也回到了宴会。就在刚刚，秦忠山临时起意，让哈尔弹奏结尾的钢琴曲——肖邦夜曲，而小贝收到秦思哲带的礼物后，迫不及待地向伙伴们展示。秦思哲在一旁看着，听到"临时起意"的夜曲就要开始了，便直接拉着小贝离开了热闹的后院，因为之后还需要她的致谢。

宴会结束后第二天，德叔惴惴不安地来到秦思哲所在的书房，手里空空的，什么也没有带。那个蓝眼女孩的身份信息居然一点也查不到，但最重要的并不是这个，而是本来可以根据监控寻得女孩的住址，可那座城这六天以来所有公共区域的监控数据都是空的，据说是国安那边最近几天每到 21∶00 就会去"清理"监控。德叔虽然知道这事不会和蓝眼女孩有关，但那座城一定出了什么大事，为了不牵连秦家，德叔也只得放弃调查。任何官方信息都查不到，这件事倒有些奇怪，不过也不排除那个女孩是"黑户"，所以先前秦思哲拍的这张照片也没了用处，除非派人在城里各个地点蹲守，但这件事已经不是德叔能够决定的了。见秦思哲沉思不语，德叔想起了两天前自己信心十足地答应这件事的神情，脸色缓缓沉郁起来。秦思哲没有差人前往调查，而是决定自己再去一趟南明湖，他的脑海中仿佛有个声音在告诉自己，蓝眼女孩一定会再次出现在南明湖。最后，在德叔的提议下，秦思哲还是多带了几个人过去，令他们分散在南明湖各处，等待蓝眼女孩的出现。

秦思哲第二天就离开了，只留下他们八人在南明湖以及城内其他公共场所寻找，几人蹲守了数天，连一个蓝眼睛的外国女人都没有看到。秦思哲耐不住性子，又令德叔找到上次的人查了一遍；然而，这次却发生了奇怪的事，蓝眼女孩的信息又有了，并且很完整。

常言道，事出反常必有妖。德叔的疑惑更盛，心中忧虑难解，不知道该不该先将此事告诉秦总。如若不是秦思哲询问德叔调查状况，怕是就要先被秦忠山知道了。秦思哲性子虽急了些，但在一些事情上，心思却十分细腻。

秦思哲快速翻阅了遍德叔发来的文件，注意到了宁宁的哥哥张皓宇，这才回想起在南明湖见到张皓宇时那种似曾相识的感觉，脑海里浮现出有次与李宏毅见面的场景——沙河滩上的小小人影，也有他，张皓宇。除此之外，秦思哲还发现了一处不对劲的地方：在南明湖遇见宁宁的那天是周六，张皓宇既然带了张宁宁，为什么不带他的另一个妹妹张梦安？虽然不排除兄妹关系不好或者张梦安自己不愿出门的情况，但秦思哲心中的疑惑却并未因猜测而消解，他并不认为先前没查到信息是意外情况，此事确有蹊跷，却也因此不能深入。

这种怪异的感觉也令秦思哲冷静了下来，想到公共监控被删的事情且现在已经有了宁宁的住址，便立即安排德叔撤走城内四处寻人的家伙时再多给他们一笔保密费，但他不知道的是，自己想要调南明湖监控的事已经被另一个想要从监控中获取信息的人知晓，此人正是先前在会议上吃瘪的吴筠之。

第二遍，秦思哲看得仔细些，再次读完德叔发来的文件后，宁宁的事情也就被秦思哲压在了心底。

八

　　"城堡"大门已不是第一次忘记锁上了，先前也有过几次，可什么事都没有发生，即便是有孩子跑了出去，但他们也走不了太远，之后还是会自己回来，又或者跑进了村子又被村里人给送回来。凤娘知道，只需看好沫子和莫贝就不会发生什么出乎意料的事情，因为只有她们会迷路。正因如此，沫子从未真正离开过这座城堡，唯有她的视线逃离过这片土地。不过，这次与之前有所不同，凤娘正忙于照顾雪儿，并不知道外界清爽的凉风已然越过那厚厚的石铁门泄进了城堡之中。孩子们蹑手蹑脚地走出了大门，他们站在大门外犹豫徘徊，不知道要干些什么。几个小孩无聊地抓着头发，晃晃悠悠地在城堡四周走了几圈，就又回到了城堡。

　　一个小男孩跑回来偷偷告诉阿伍，石铁门开了，可以去想去的地方了。他知道阿伍想要出去，不是回到村子，而是去很远很远的地方，阿伍想走出大山；可他的伙伴哪里知道，阿伍只是想带沫子到山外去，自己其实并不想离开，他不知道自己要去哪儿，同其他孩子一样，他早已把这里当成了"家"，母亲的冷漠已然深埋于阿伍的内心。

　　还记得第一次石铁门忘记上锁，一群孩子你推我挤地全跑了出去，只有沫子和莫贝面对着大门裂开的口子发愣，这道口子，她们小时候是见过的，可那时它还在沫子的心上。阿伍本想着等小伙伴们全都跑掉之后再带着沫子离开的，可孩子们跑出去后，发出的欢快的高呼声却将凤娘引来了，就这样，沫子、莫贝和阿伍三人失去了离开城堡的机会。后来，在村里几个无赖的帮助下，这群孩子一个不少地被拎了回来。

上次石铁门忘记上锁，沫子恰在老万身旁，阿伍不愿再失去这个机会，他没有等待沫子，独自一人往家的方向跑去，路上想到母亲见到自己的喜悦，想到提前为沫子探路的英勇，他开心得像只游山的猴子蹦蹦跳跳地进了家门，可迎接他的不是母亲的喜极而泣，而是一个陌生男人的训斥和母亲为难的神情，最后，阿伍的母亲亲自将他送回了后山。阿伍第一次走上这条路是落叶的秋季，那一次却是凋零的春天，也正是那个时候，阿伍才真正下定决心要带沫子逃离大山。

跑回来偷偷告诉阿伍石铁门消息的小男孩以前经常与阿伍一起玩探险游戏，他们的目标就是发现除石铁门以外的出口，那样的话，无论什么时候想出去或者回来都由他们自己说了算。小男孩见阿伍不为所动，又走到凤娘身旁询问雪儿的情况，见躺在床上的雪儿仍旧昏迷不醒，便跑开了。

今天，雪儿是阿伍带领的探险小队中的一员，树是阿伍让她去爬的，因为几人中只有雪儿最小最轻，大家都觉得她不会压断树枝，但当时的阿伍并不是真的想利用雪儿登上他们都没有到过的山坡，那是院子里最陡峭的一处。阿伍是想让雪儿站在更高的地方去看她从未看过的风景。那里与围墙几乎同高，如果真能看到外边，一定是绝美的景色，若不是金雨秋风落，那便是叶黄半枝头了。阿伍相信这次将会为雪儿埋下一颗象征着希望的种子，生在那高高的树梢上，却被困在了树荫里，这也是阿伍给自己的一场救赎；可他怎会想到，雨雾后的树枝竟也是那样滑腻。

因事情发生得太快，阿伍再看时已然不是枝头的游戏。那个时候，雪儿被大地扯住了双腿，她的胳膊架在树枝上，努力地扭动着颤抖的身子，不断地将右腿向上抬起，如同一根没有钩子的渔线，怎也钩不住那已然弯折的树枝。为了爬到这里，她早已筋疲力尽，现在就连哭的力气也没有了。那清脆的断裂声响犹如惊雷入海般落入地上人的耳中，短促的沙沙声如同滚滚的泥流一般，霎时间灌满了阿伍的胸膛。如果不是有层层树枝作为缓冲，雪儿怕是已经摔死了，不过也正是由于这些树枝的参差不齐，雪儿才会受这么严重的伤。

阿伍不说话也不动，直愣愣地站在不远处，眼里含着泪，嘴皮子哆嗦个不停，叫凤娘看去也不忍心过多责骂他。阿伍不是个爱哭的孩子，许多话都憋在心里，这苦水流出来又想禁住，是叫人看着委屈了些；可凤娘心疼雪儿呀，不骂是不骂，真骂起来，阿伍的鼻涕抹得满地都是。

那前来报信的小男孩与阿伍的悄悄话凤娘会听不见，单凭那孩子的眼神，跟偷了东西似的偷偷摸摸、贼头贼脑的，一猜就是老万走得太急忘记锁门了。凤娘也不跟这帮孩子客气，雪儿还在这儿躺着，一群没良心的小兔崽子趁这个空当出去，看凤娘气恼的表情，就知道回来指定是要好好请这帮孩子吃上一顿"屁股饭"。凤娘到门外头吼了几嗓子，一些没走远的孩子如同老鼠回窝般一个接一个地蹿了进来；剩下几个没回来的，凤娘也不惯着，直接将大门锁上了。这次门开着的时间只有七八分钟，而沫子和莫贝在这段时间里第一次迈出大门，可刚站在大门外就被凤娘一把给拽回来了。

收拾完那几个回来的小孩后，凤娘见雪儿的情况稍稳定一些了，便让阿伍在一旁照顾着，叮嘱如果有什么事立刻叫她，自己则赶忙给孩子们做饭去了。

织茂县城的宾馆里，男人看着眼前的女孩，并没有发觉她与常人不同的地方，只是面对突发事件的冷静和不爱说话的性格有些突出，也许是身上的秘密太多才导致的这种性格，男人也不想深究，这种事还是不知道的好，只是一看到女孩就忍不住瞎想，因为他实在想不通只是一个小孩子能有什么秘密值得刘参谋等人大费周章。可这种事谁又能想到呢，眼前这个女孩不是人类，而是耶兰星的人工智能生命体。

男人的任务并不是将女孩转交给任何人，而是离开织茂县后去云岛住上一天，最后去往里海。他们这样走也并没有绕路，只是刘参谋这样安排的而已。里海是老张生活的城市，男人其实是不知道老张这个人的，他的任务只是在18:30将女孩丢在一家商城的超市里，之后，他必须立刻返回，一刻也不能停留。

这一路走来，女孩的乖巧让男人都觉得不可思议，几乎是让她做什么她就会做什么，不过，男人给小安布置的任务并不难，让她当作出来旅游好好玩就行了。几天后，男人将女孩丢在指定的超市后就离开了。刚走出商场，男人就被两个人带走了。那两人是在男人进去后不久到达的，因此并不知道男人是何时进去的。带走他的这两个人也是刘参谋安排过来的，他们只是为了确保男人离开商城的时间准确，并第一时间上报给张皓宇，告诉他"时间无误"。其实，皓宇也不清楚刘参谋在做什么，只是最近刘参谋也没做什么事情，自己的工作也少了许多，这项任务是刘参谋去开会前交给自己的，这工作说简单也简单，只是记录个时间而已，但说难也挺难的，如果时间不准确，他可就有的忙了，抓人嘛，肯定不会轻松到哪儿去。

老张按照之前和刘参谋说好的，他先回了趟家，然后在约定的时间段来商城的超市买菜。老张可是在边疆排过雷的人，本应该不会因这种事感到紧张的，至少刘参谋是这么想的，不就是接个女孩嘛。老张起初也这么认为，可当他看到合照里的男人以及他身旁跟着的女孩后，思绪还是乱了。

即便如此，老张还是轻松地混迹在买菜的人中，推着购物车一趟又一趟地闲逛，毕竟，家里是真的缺食材，他也是真的在买菜。本来昨天就该来买菜的，但想到今天还要出"任务"，硬生生地拖到今天，可是苦了连吃两天青椒的宁宁了；不过，宁宁并没有抱怨，而是提前忧心起妹妹的伙食，即便她连自己这个妹妹长什么样都不知道，也丝毫不影响宁宁对她的关爱和期待。

男子走后，老张见小安傻傻地站在原地，也不敢贸然上前，他又推着购物车随意观察了一会儿，而站在原地一动不动的小安却吸引了导购员的注意。见导购员想要上前询问，老张忽然像换了个人一样，脸上满是焦急的神色，旁若无人地走到小安身前，准备蹲下来向小安使眼色将她带走。老张认为小安肯定知道有人会来接她，可小安接下来的动作却吓得老张心都提到嗓子眼儿了——小安将手主动伸向了老张。

就是这样简单的动作，老张以为是不可能发生的，因为在他看来，小安不可能认识自己。老刘费这么大劲就是为了减少知情人，甚至拿全城的监控玩起了声东击西，没有进行直接交接，也就代表在此之前小安不可能看过自己的照片，那她又怎么会认识自己呢？难道是她的观察能力出众吗？还是她身上有着什么耶兰星的高新科技？不管怎样，她伸手的那一刻，任谁都想不明白。

老张震惊的同时迅速将微笑印在了嘴角，只是表情实在是有些难看，好在这里并没有人真正注意他们。老张带着小安买完菜后同往常一样直接回家了。事后与刘参谋的一次见面中，他提到了第一次与小安见面的场景，这件事在老张心里已经藏了很久，只是苦于当初刘参谋说一切关于小安的事都不要在电话里讲，这才一直没机会说。刘参谋听后也是心乱如麻，在他的安排下，小安是不可能知道下一步该做什么的，又怎么会主动向老张伸手呢？于是，刘参谋悄悄地让皓宇去查参与这次任务的那三人，但也没查出什么问题。他又将疑点转向了贾沈义派去的那些看似无关的人员，可事情才查到一半，刘参谋就中止了这项任务。他笑着说："结果都一样。"

相比老张，宁宁与小安的见面就显得自然多了。宁宁一觉醒来就发现身旁坐着的小安，错愕而喜悦的心情也感染了连续被吓了两次的老张。其实，宁宁并不是因等待的疲惫才睡着的，而是因老张给她下了药，这也是老张今天必须提前回家的原因。

本来老张可以不必提前关闭店门，直接从店里去超市就行，可为了小安容貌变化的事不被宁宁看到，老张才必须提前回家。他在宁宁的水杯里加了适量的镇静剂，以保证小安到家时宁宁还在睡觉。

老张下药的时候心里也是忐忑不安的，因为他当时也不确定小安能够改变相貌这件事，但又不得不做。

去超市接小安时，老张虽装作若无其事的样子，但他因一直没等来小安，心里早就把刘参谋骂几百遍了。在没见到小安前，他自己都不知道自己在超市里转了多少圈。接到小安后，他才算真正放下心来，确信一切准备都没有白费。回到家，老张直接拿出了提前准备好的两个半张的照片，告诉小安伪装成这张照片里女孩的样子。小安也没有多余的动作，脸刹那间变得模糊，五官的扭曲只是瞬间，但那怪异的画面带给老张的冲击却久久未散，直到刚才，老张的脑子都还在抽筋似的旋转。其实，小安能够通过如同流体的皮肤任意改变相貌这件事并不奇怪，相反，老张倒认为这才符合耶兰人的高科技，只是视觉上一时间没能接受。之后，老张向她交代了一些事情，主要是以后不要随意变化样貌以及宁宁不知道她是机器人这两件事。

关于隐藏身份这件事，老张只是简单说了几点，也都是先前刘参谋交代的，老张也认为小安能在耶兰人眼皮子底下存活至今，隐匿的方式必然要比我们所能想到的更加高明。邻居那边也已经交代清楚，这点倒是和小安入住晨明家时以远房亲戚为理由不一样，自从小仪走后，宁宁就变得很少笑了，而老张早在一年前就打听过关于艾滋病孤儿的消息，正巧为小安入住找到了理由。小安就这样成了一个艾滋病孤儿，最近老张准备领养小安的事情，邻居们或多或少也都知道一些。

一切都交代清楚后，老张来到厨房，给还没有吃晚饭的宁宁做饭。为了庆祝小安成为这个家庭的一员，老张今天做了五道热菜和一道凉菜，算着时间，宁宁也该醒过来了。小安则主动来到宁宁的卧室，坐在她的床边，等待她睁开眼睛的瞬间。老张也不清楚为什么感觉小安比自己还要宠溺宁宁，明明她们还不认识。本来老张以为吃饭是一大难题，但在听说小安可以模拟出一个胃囊后，事情好像就这么顺利地解决了。船到桥头自然直，也许就是这么回事吧，生活中有很多焦虑都来自我们的幻想，我们虽不能停止想象，但焦虑也不能踩在生活的肩上，未雨绸缪是生存的智慧，亦是对生活的向往。

虽然刘参谋说小安没什么威胁，但就今天这些奇怪的事情，老张做饭期间还是时不时去宁宁的卧室看上一眼。按常理来说，小安作为智慧型机器人，就算是有情感也不该亲近一个刚认识的普通女孩，而小安自从来到这个房间就没有离开过宁宁的床边，也许这就是真正的人工智能生命吧，只说让她作为这个家庭的一员生活，就会对家里的每个人都产生好感。当然这只是老张臆想出来的一种可能，不过老张也不愿在这件事上浪费心思。

宁宁醒来第一眼就看到了小安——一个陌生的妹妹。宁宁丝毫没有因床前坐着一个陌生人而被吓到，她惊喜不已，就连自己还在床上躺着这件事都忘记了，欢喜的明眸和那流淌在太阳穴上的泪滴，无声地表露了她对这个妹妹的喜爱与欢迎。宁宁只想静静地看着小安凝视自己的模样，又担心自己什么也不说会冷落了小安。

"我……"宁宁本打算向小安介绍自己的名字，可忽然发现自己还在床上躺着，本就绯红的脸颊被欢愉的心脏烧得像烙铁一样红。她猛然坐起身来，说，"我，我是宁宁，你是梦安吗？"

"小安，我的名字是小安。"随后二人谁也没有先开口，她们彼此定睛望着。正当宁宁看得出神，小安眼睛的颜色忽地变成了蓝色。宁宁的上身不自主地向小安靠近了一些，盯着她的眼睛问道："你的眼睛生病了吗？"刚从厨房过来的老张听出了不对劲，走上前想看看小安的眼睛怎么回事，却被那与宁宁一模一样的蓝色瞳孔震惊到了，他没想到为什么宁宁没有被吓到，反而急切地寻了一个理由。他不能让小安保持这个瞳色，因为蓝眼睛的小安就不再普通了。"美瞳。小安来的时候,孤儿院的阿姨送了她一副蓝色美瞳。"也不知道老张是在给宁宁解释,还是在给自己解释。宁宁抬头望着老张局促而慌张的神情,微笑着说:"难怪,原来是这样。"

小安忽然插嘴道:"我可以陪你一起,如果你愿意的话。"

那时候,没有人清楚小安这句话的真正含义,宁宁还以为小安是愿意留下来的意思,就连老张也是这么想的。不过,说出这句话的真正原因,则是因为如今小安的世界与我们不同,就算是在与她说话的宁宁也看不到小安眼中的世界。

"愿意,当然愿意。我非常希望你能够留下来。"当时的宁宁是这样回答的;然而,未来终是无法改变。那是一个晴朗的清晨,如露水般晶莹的泪滴滑落脸颊,声音源自一个女孩:"我不要你和我一起!"她是那么坚定、决然,瘦弱的身躯下竟也隐藏着这样庞大的能量。世上本就没什么命运之说,生命也不过是时间的囚徒,恒久地渴望着一把无迹可寻的钥匙。如果说,时间是个牢笼的话,那么,耶兰星该是有一大一小两个笼子的。耶兰人的童话里有这样一棵树,暂且称它为石榴树吧,因为它没有名字,叫它什么它便是什么。和石榴树不同的是,它生长在一个没有时间的世界,时间约束不了它,那里的人也是自由的,关于树的故事很短,短到只有一句话:"石榴树下摘石榴。"当石榴树不再开花结果,摘石榴的人便也困在了树下。

听宁宁欢喜地说着愿意,老张也在一旁点头附和,随后,他们来到餐厅。小安的眼睛已经变回了棕色。老张不明白,明明交代得好好的,在宁宁面前要和地球上的女孩们一样,可为什么一见面就要变化瞳色,即便是为了尽快达成与宁宁友好相处的目的,也不该用这种方式啊。

因此,到了晚上,老张又悄悄找到小安,将今天交代的事情重复了一遍;不过,老张其实对小安并不了解,他只知道小安是机械生命,而其他的一概不知。刘参谋并没有明确地界定小安作为人类的年龄,而是让老张自己来决定，因为小仪，老张才决定小安作为妹妹来到这个家庭。既然已经属于生命体了，自然是有着情感之类的；不过，老张也免不了将小安作为一个机器人看待，就比如交代这些事情时。老张认为，小安肯定会遵守的，因为生活中的机器都是无条件地服从指令，他的潜意识就已经认为这些命令是不可违背的了，所以当事情发生时，一向心乱却能面色沉稳的老张才会露出破绽。对于敏感的宁宁来说，似乎明白了一些什么，毕竟外星人早已不是什么科幻角色。虽然宁宁并不十分确定小安的来历，但至少小安与自己并不相同这点可以确定。也许小安根本就没有得艾滋病，但既然父亲都这么说了，那么小安一定有着特殊的免疫能力来抵抗艾滋病，或者小安是外星人，根本不怕得病。

　　车窗外，雾雨蒙蒙。杨继德已经等了许久，见到梁院士走下车，他连忙迎了上去。会议上，梁铸淞称，耶兰科技可能存在一长众短的情况，对于一个稳健的文明来说，这种现象是几乎不可能存在的，因此，证明这一现象的正确性关系着刘参谋所提供资料的真实性。不过，所有人都清楚，无论是从何种途径获得的信息，刘参谋都不可能因一份假信息提议召开会议，所以关键的问题就是为什么存在这一现象，就连地球上的我们都能够看得出来，这代表了耶兰科技的确存在着某种问题，但若天真地以为我们能击退耶兰人，那地球大概就真的没什么希望了。证实这一现象的存在，更多是为了了解我们的对手，现在我们对他们还一无所知，更不要提击退他们了。

　　杨继德是梁院士想到的第一个人，更确切地说，早已死去的杨苔才是梁铸淞心中的不二人选。实验中心进行人员调动的过程中，杨继德和梁铸淞聊过关于杨苔的事情。梁铸淞知道那是他老朋友的儿子，如今他死了，又怎么可能主动去跟这位老朋友聊他呢，可梁铸淞不提，不代表杨继德自己不讲。其实，他们也没有说太多，只是聊了聊几个月前杨苔在饭桌上提起的与量子纠缠相关的东西，梁铸淞虽不研究量子理论，但不代表他不乐意听，当时杨继德越讲越起劲儿，总感觉那东西就在眼前，只是我们抓不到。

刘参谋提供的资料里提到了一种神奇的事物，虽然只是一笔带过，但它的特殊性还是引起了梁铸淞的注意——它就是我们所认为的高级文明才能有效利用的"附子"。附子关联通信技术，可以不受星际转载的空间位置的限制，实现星际瞬时通信，从而大大缩短了星际通信间的延迟。这听起来与我们现在所认识的量子差不多，其信息的传递同样不受空间限制。联想到之前杨继德讲过的那些，他这才决定先来杨继德这里，将东西拿给他看看。

杨继德带着梁铸淞前往工作室的路上碰到了之前反对实验的叶秀华，她手里拿着一本记录实验数据的册子，正准备进入仪器室，忽然看到向这边走来的杨继德和梁铸淞，戛然止住了脚步。梁铸淞首先注意到了叶秀华，以及她躲闪的目光和犹豫后才停下的脚步。

"铸淞，我来介绍下，这位就是我之前跟你提过的叶秀华，工作做得非常出色。"杨铸淞也不想看叶秀华为难，所以想尽快结束这还没有开始的对话。

"你好，叶教授！我是梁铸淞，420 科研中心高能物理研究院院长。"梁铸淞礼貌地微笑着，看出了叶秀华的心思。

"梁铸淞，您好！我是 G-83 实验基地的叶秀华，专攻量子电动力学。"叶秀华微笑着说，眼神显得有些局促。

"看过您写的总结报告，我一直想见您一面，只是最近事务繁忙，实在抱歉。"梁铸淞看出叶秀华是真的不愿意去研究中心。之前，杨继德将叶秀华交给自己的研究成果整理后送到了梁铸淞那里，因为杨继德认为叶秀华在科研中心一定能发挥更大的作用。最近正处于人员调动阶段，想要转到研究中心相当容易，杨继德曾将叶秀华向科研中心推荐，希望她能换一个环境；可没承想，叶秀华自己不愿意。科研中心和 G-83 实验基地的等级和薪资都是差不多的，但在这儿不但工作累，又因为是在山上，所以日子也过得清苦，待遇远不如科研中心。况且叶秀华现在还得了什么奇怪的神经性疾病，繁重的工作只会加重她的病情，但叶秀华就是不肯，她只想在这里将丈夫未竟的事业做完。杨继德也没有办法，梁铸淞打电话时，杨继德还以为是问叶秀华的事，没承想只是些闲聊。聊天归聊天，还要在一块讨论，乍一听还以为只是老头们没事叙叙旧什么的，可仔细想想还真没这个可能，所以杨继德也就认真地接待了梁铸淞。

"是我没能前去拜访，还望您能体谅。"叶秀华被梁铸淞的道歉乱了方寸，她的视线又飞向杨继德，试图看出梁铸淞是否已经被告知自己不愿去科研中心的事情，可杨继德脸上却如同一张白纸，一个字也读不出来。叶秀华接着说道："感谢您对我的认可，这些都是我应该做的，我也不愿看到在自己还有余力时就将我们的遗憾留给下一代人去完成，他们该有属于自己的使命。"

"说得对！他们有属于自己的使命，还有更加艰难的路在等待着他们。"梁铸淞想到会议上得知的关于耶兰人的事情，不由得慨叹道。

"铸淞，你什么时候成了悲观主义者？或许没你想得那么糟呢。"杨铸淞见梁铸淞丧气的模样，在一旁安慰道。

"但愿如此吧，叶秀华同志，请您坚持自己的研究，还请您坚持下去。"梁铸淞深深地向叶秀华鞠了一躬，眼睛因潮润显得更加明亮。见叶秀华惊惶的模样，接着说道，"我们就不耽误你的时间了，叶教授。"梁铸淞看了看叶秀华手里拿着的数据册，便匆匆道了别。

离开时，梁铸淞隔着玻璃瞥了瞥新实验室，看到一个身上戴着节软体多机械臂的男人，梁铸淞边走边说："新型装置已经可以投入使用了吗？刚才那个就是最新型号的外骨骼吧？"

杨继德下意识地扭头看了一眼实验室，说："是啊，实验仪器的精度已经到了我们现在的极限，只有提高我们自身这种途径了，辅助实验的效果也达到了预期水平。"

"听说美洲的智能军械计划也已经在筹资了，这项技术有交给他们的打算吗？"梁铸淞带着一种不确定的语气问道。

"当然，我们也没有理由藏着掖着，大家都是地球人，如果能和他们协作开发也许能发展得更快。现在我们放弃了气控软体技术，改用温控软体，类似于焦点压控制方法，一段10厘米的软体要设置上百个温控点，它们如同人体的神经末梢，分布在软体各个位置，但这样做成本太高，我们也只是将它们用于实验。其实气控软体才适合大批量生产，只是技术上还不够成熟。"杨继德回答道。

梁铸淞点点头，疑惑地问道："听你这么说，我就放心了，地球的资源本就有限，我们必须团结起来。我还听说新型机械臂的路径规划和避障问题基本解决了，是真的吗？"

"是啊，基本解决了，我们改善了原有的辅助函数，利用梯度下降法实现了更优的局部最小值求解。同时通过建立多机械臂的博弈模型，实现多点位最小值的误差检测与智能算法分析，并通过双层博弈实现了多条机械臂之间的协同规划，经过无数次的实验后由机器自学习并建立新的多臂路径规划回调模型，基本实现了机械臂的自学习以及多节点值自动规划和矫正，与以往用于军事物资搬运的外骨骼不同，它们是真正意义上的机械'手臂'，而且更加灵活。另外，其实上级已经下发了指令，那边的智能军械计划启动后，我们会将该模型连同部分实验人员一并送往美洲，并且也会安排实验员同他们一起开发神经交互的多机械臂项目。"杨继德说了一堆后才发现自己说得有些太多了，心里却想：老梁这家伙该不会是来套情报的吧？

有关节软体多机械臂的外骨骼项目，杨继德虽然没有亲身参与，但他却十分关注，因为这关系到杨苛，他的手被剧烈的能量灼伤后，一直需要这么一个东西帮助他做实验，只可惜杨苛走得早了一个星期，没能等到机械臂的实验投入。杨继德清楚地知道实验是由于数据出现了问题才导致了爆炸，可他心中却总有那么一个坎迈不过去，觉得是缺少辅助精密实验的机械才导致了这样的结果；是从前自己不够关注这项实验才导致了这样的结果；是他不够爱自己的儿子，没有怜惜他灼痛的手掌才导致了这样的结果。可事实真是如此吗？得知杨苟手掌受伤时，他丝毫不吝惜自己的泪水，却没有让任何人看到，包括他的儿子。因为出事后杨苟的母亲反对杨苟再回基地去，杨苟也有权利离开基地，可他没有这么做，他的坚定得到了杨继德的支持，身为这样一个"无情"的父亲，又怎能在他们母子面前落泪？

梁铸淞见杨继德说得头头是道，脸上也流露出了笑容，不禁调侃道："老杨啊，啥时候转行搞机械啦？"

杨继德自然听得出梁铸淞打趣的语气，故意绷直了身子，说："人呀，活到老学到老，偶尔也得学点儿费劲的东西；不过，论这个，我可不比你，一天能换三个地方，这是改研究动力学模型了啊。"二人说着说着，都笑了起来。

之后，梁铸淞跟随杨继德来到工作房，他们将手机等电子设备全部留在离工作房约五米外的储物袋中，这只是简单的安全措施，进入基地前，他们的手机等必须交由专人保管，之后用的都是基地特备的手机，但这并不代表它是安全的。现在，在梁铸淞的眼中，任何联网设备都是危险的，都需要防范。

走进工作房，两人谁也没有先开口，默不作声地伫立了片刻，梁铸淞才缓缓说道："前些日子，我有幸参加了一场会议，了解了一些事情，其中有一部分资料需要听听你的看法，它也许就是杨苟一直以来想要了解的真相。"

梁铸淞将一部分资料从他自来到这里就一直提着的黑包中取出，并双手递给了杨继德。东西取出后，黑包软塌塌地趴在了桌上，像是突然失去了支撑自己的力量。杨继德接过这些手写的资料，并不急于查看，而是请梁铸淞坐到他工作的椅子上，自己则坐在旁边的板凳上。两人都坐下后，梁铸淞礼貌地伸手再一次请杨继德阅读资料上的内容。杨继德取下胸前挂着的眼镜戴上，仔细地研读起来。

杨继德端坐在板凳上，即便挺着胸膛，脸上也并没有平日里那种不苟言笑的威严，而是一种饱经风霜的慈祥。看着看着，他的腰板不自觉地弯垂下来，如同一只受伤的麋鹿，避开了世间的一切纷扰。他那双瘦骨嶙峋的大手托举着自己再难承受的重量，抬起又垂下。不知是从哪一刻起，他的眼镜上泛起薄薄的雾气，两颊的皱纹像是有了生命般躲藏得更深了，他那干得发紧的嘴唇为苍老的面容平添了一抹似有若无的欣慰的笑意。"这就是杨苟说的……他说的是附子，他说的是附子！他没有错。如果他知道他没有错，再晚点抛下我们的话，他……"杨继德的言语如他此刻的心情一般沉重。

"老……梁先生，我能……问您，这些东西是从哪里得来的吗？"杨继德难过又激动的情绪左右着他的身体，说话时，双手也在比画着看不懂的手势，那是手语，是他当年在大学当助教时从一个学生那里学到的，意思是"我能请教您一个问题吗？"这个下意识的动作就连杨继德自己都不知道，但在一旁看着的梁铸淞却十分清楚，他开始有些后悔将资料带过来了。梁铸淞不能将会议的事情告诉杨继德，在这件事上是无法让步的。他凝望着凳子上的佝偻老者，深吸了一口气说："老杨，我不能说，我能做的只有把它拿给你。"这时候杨继德才注意到，梁铸淞身边并没有监察士兵，如果梁铸淞不是涉密人员，以自己和他的交情，他既然愿意拿来给自己看，也就没太大的必要去保守这个秘密。但情况却恰恰相反，只能说明一点：梁铸淞所知道的东西令他的身份越过了核心涉密人员，所以身边不能跟随监察士兵，而是由高层直属监听；可基地内部是可以屏蔽电磁信号的，也就是说，没人监听。杨继德想不通，实在想不通，这样的秘密谁会如此信任地交付给梁铸淞。

杨继德缓缓抬起头，看向坐在椅子上的梁铸淞，刚才的思考就如同填装炸药的过程，而现在引线被点燃了。杨继德想通了一切，他惊愕地小声说道："耶兰科技，是耶兰人！"他们有一个共同的敌人，那就是耶兰人，所以在梁铸淞的身上或者车上，应该有至少三种监视设备，监听器、定位器以及监听存储器等。这些只是杨继德根据以往经验推理得出的，是否正确只有梁铸淞他们知道，所以也许什么都没有，只有人类认为的靠不住的东西——信任。

梁铸淞像是早已料到这种结果，他依然安静地坐在那里，等待着那个没有结局的猜想，比起证实已有的，他更想听到那些未被证实的东西。

原先，杨苛曾说，量子并非真正的原始态，它有更为原始且纯粹的状态，既构成万物，又不屈从于宇宙。这句话是说，量子存在着与更高维度的联系。如今，杨继德可以肯定，杨苛要说的正是附子，它脱去了量子虚幻的外衣。用我们的语言来形容，附子同样不属于物质，也并不是以一种状态，就如同场之于场源，而附子是状态的态势点，量子的特性依赖于附子的态相。附子所带动的不只时间，还有趋势。时间上，被附子"束缚"的量子状态在高维空间产生粘连，即为纠缠，又因时间的存在，可以称之为空缺现象，虽不可知但仍旧可测。

附子趋势，微观上，附子趋势影响着粒子的聚合与分裂，宏观上是星球的诞生与坍缩，这些都是宇宙中无时无刻不在发生的事情，是自然的规律。如果说宇宙的内部运动毫无规律可言，那附子趋势便是规律，它是所有物质自然状态的变化根源所在，聚变、裂变、衰变等都只是些如今我们了解、认识的，还有许多为人所不知的，固不可因此妄下定论。

附子趋势并不是附子的趋势，而是一个不可拆分的词组。"趋势"在我们看来是无形的，它仅代表着人或事物发展的动向，但附子趋势所表示的是下一刻与此刻的衔接"极限矢量"。所谓事件，也许不能仅以时间来观察，我们下意识地以为时间变化就能构成事件，可如若没有附子趋势，粒子也就没有了变化趋势（即绝对静止），构成事件的附子空间只要发生滞后，事件时间的推延便失去了意义，两者是相互关联依赖的，且共同发生构成事件，宇宙中所有的时间事件同样需要附子趋势以及其本身参与。如果将风比作事物发展的趋势，下一刻事件则可以看作一个没有风口的山洞，而附子趋势正是这个风口；但人类掌控不了风口，因为它的出现永远在我们可知却又无法触及的下一瞬。

附子趋势的概念说明自然规律有可能是以"态势"的形式存在的，态势又可分为同向和异向，异同混杂的态势称为静态势，但并不是我们所理解的静止的意思，而是终点，静态势即为终点，可以是粒子的终点，也可以是宇宙的终点，非人力之所能及。同向与异向皆为动态势，也就是我们常说的事物发展规律。态势的同向相聚往小了说是自然规律，往大了说就是宇宙的规则，是自然宇宙在变化的态势中的演变方向。我们的维度并不存在态势的测量方法，但态势依然可以被称为自然规则的"形体"。

这个故事就是地球上"轻附子理论"的开端。当时，杨苛与杨继德回到这个房间，继续讲述着自己的观点，只可惜那时的杨继德未能真正理解。如今，对比梁铸淞带来的这些资料，杨继德也终于将杨苛没能阐述完整的地方补充上了。认知是个幽暗的圆形轨道，不走到终点，谁也看不到开始的模样。

"老杨，你糊涂啊！它不就是我们苦苦寻求的光子越域吗？继德！哦，对，是杨苛，杨苛……现如今，地球文明正在走向崩溃的边缘，人类已至绝境，又怎么会容不下疯狂的思想？如果真的能够'跳'过那道红光屏障，它未来的价值一定会远超你我的想象。"原本，杨继德和梁铸淞等人的预想是找到一种光子牵引作用，使得有形的逃逸飞船在可见光以及不可见光中达到透明的状态，只是一直没有可行的新发现；可梁铸淞听了杨继德的复述后，想到了这种只要能量足够就有希望短暂操控宏观的附子趋势，进而实现越域的全新技术——矢量附子"靶空间"趋势对抗系统，简称附子空间对抗系统，它正是 37 年后在谢章丘等人前仆后继的努力下得以完善的系统概念雏形，系统研究期间事故死亡人数为 728 人（共 27 国），耶兰执行人数未统计。同时，该系统也是即将引发新一轮风波的"时空隔流"理论的延伸。梁铸淞激动地站了起来，他没想到杨继德还有这么多东西没有告诉自己，笑容在脸上绽放不久却又迅速枯萎，他为自己刚才说的这番话感到羞耻和内疚，因为他此时面对的是一个丧子的父亲，而自己却在那人面前夸耀他的儿子。

"这还要多亏叶教授的补充，我们的路还远着呢，我们的理论依然不够完善，实验也远不及人类发现的'力'对我们现在的帮助，就凭那小子的胡说八道就想把这个大难题给解决了，连我这个当爹的都觉得是痴心妄想咯。"杨继德两眼泛红，笑眯眯地说。

"按道理，我不该断言，但杨苛的确是位值得尊敬的后辈，只是可惜，他的猜想，我们怕是没有时间去证明真假……但也不是毫无希望，虽说耶兰人的科技已经这么发达了，可他上头还有人呢。"律者的事情也不知是梁铸淞故意说漏嘴的，还是被求知的渴望冲昏了头脑，他此刻是多么希望律者前来拯救人类，那种渴求的情感一半是出于仁义道德，一半是求知的欲望。不过，此时的梁铸淞内心却如同跌宕的山峰一般，布满皱纹的老脸又笑开了花，大笑着，自言自语道："我明白了，我明白了。"

"还有人？什么人？你明白什么了？"杨继德一扫刚才笑容下的阴霾，嫌弃地眯起眼睛，疑惑地问道。

"可不能说，不能说，但是我要感谢你，杨继德同志！"梁铸淞稍稍沉住气后，故作轻松地回答道。其实，梁铸淞也是个和蔼的老头，平日里对学生们也十分亲切，这点与杨继德不一样，杨铸淞在学生面前总是努力保持着自己所剩不多的威严，其实岁月早已冲淡了他的脾气。梁铸淞明白的事情并不是很重要，但它有着一定价值，令梁铸淞兴奋的是，他看到了与刘参谋谈判的资本和未来的希望，不过，这一切都建立在他所构想的事情之上。梁铸淞认为刘参谋之所以能够拿到这份资料，是因为笔记的记录者囚禁了一个耶兰人，现在那个被囚禁的耶兰人一定被转移到了刘参谋手里。既然如此，为什么不从那个耶兰人身上获取更多的有利于地球逃脱耶兰人封锁的技术知识呢？只是这种行为在梁铸淞看来是卑劣的，也极有可能因此提前进入全面战争。

在梁铸淞看来，人类在最后的战争中胜利的希望太过渺茫了，所以我们需要拼尽全力地"逃"，带着地球生物受精卵库、植物种子、书籍和音乐数据、农业资料、实验资料、工程资料等等，不遗余力地逃。人类文明不能葬送在我们这代人身上，我们必须用尽一切办法将火种延续下去，就算它令我们感到屈辱，就算它是卑鄙无耻的，若真的有那么一天，我们可以有罪，后人说我梁铸淞是千古罪人又能怎样，既然已行卑劣之事，骂名我们自当承受，但人类绝不能灭亡。说梁铸淞有担当的那群人或许永远也无法真正理解梁铸淞，因为在他眼中，这些只是自己该做的——想要延续人类的历史，就像人需要吃饭补充体力所以就有了一日三餐那样，简单而纯粹。

囚禁耶兰人的想法未免有些过于荒唐了，不过参加会议的人中仍有一人同梁铸淞的想法类似，只是唯有梁铸淞没有考虑到，如果真的存在被囚禁的耶兰人，那也应该有暴露的风险。更何况小安所能拯救的，不仅仅是那群有资格乘坐飞船的人。

九

　　昨日，雪儿醒来不多时就发烧了，这和嗜睡症有些像。一向镇定的老万也慌了手脚，不知道是伤口发炎，还是雪儿的嗜睡症提前了，只得去求大夫。嗜睡症本就是不治之症，大夫也没有办法，若是发炎那还好说，于是他将所剩不多的消炎药草全给了老万，另外还给了一些退烧的中成药。

　　丁一的祖母第二天早上也醒了过来，趴在她身边的不只丁一和丁二，还有之前投喂过的两只野猫也来了，只是祖母腿脚不便，近几日一直躺在床上。丁一和丁二不知道的是，那天晚上，祖母不是睡了，而是瞎了，是黑夜浸染了她本就不多的白昼，她之所以还能看见，只是因为她想看见。一年多前，祖母眼中的雾霭渐渐扩散开来，自那以后，她常常仰头望向天空，它的明亮亦是她的光芒，是澄澈蔚蓝的希冀。祖母许是已经知晓等待她的是怎样的未来，于是开始尝试着将物品固定摆放在较低的位置，屋内外的土地修整得尽可能平整，并且努力记下了所有物品的触感和颜色，又将常用的物件规整好，家里收拾得井井有条，独自等待着天空被迷雾淹没的日子。

这些天，沫子经常去雪儿的床前探望，一天要去十多趟，每次都只是在这个熟悉又陌生的雪儿身边站上一会儿就离开。雪儿起初有些反感，因为阿南说过，和沫子待久了会全身酸胀，疼得要命，可雪儿自知自己躺在床上又赶不走她，只得忍受着无助和恐惧。有几次，沫子带着莫贝过来，只不过莫贝时不时就想去触摸雪儿伤口的位置，所以后来沫子便不让莫贝过来了。凤娘见沫子这般关心雪儿，便将雪儿的早饭和下午饭全交给沫子去送。雪儿的心思并不坏，她只是怕疼，所以不愿接近沫子。这三天来，沫子关心她，雪儿也就不再如开始那般抵触。沫子也终于如愿和雪儿正常说上话了，那是既没有冷言也没有恶语的交谈。

那时，沫子已经在这儿站了有一会儿了，她将昨日捏的小泥狗轻轻放在雪儿的床边，准备离开时又被雪儿叫住了："谢谢你！"沫子猛地睁大了眼睛，像是困倦中猛然惊醒的野兽，张开嘴却忘记了该怎么回答。雪儿也被吓到了，还没反应过来就已经将脑海里闪现的问题问了出来："以前这里真的有野兽吗？"沫子只觉眼前一黑，像是受了什么刺激。也许沫子自己都不知道，她早已与常人不同，沫子的感动饱含着喜悦和恐惧，是一首带有温暖和哀痛的苦涩的歌，没有跌宕起伏的心绪，也没有苦尽甘来的欣慰。沫子搞不清楚为什么自己的拇指已经凑近唇边，其实，那时的她害怕极了，她不知道该如何回答这个问题，因为她也不知道问题的答案，所以才会担心可能因自己的无知而失去这次交谈的机会。她害怕自己说错话，让雪儿以为是自己在骗她。有时候，我们的身体会先于语言给出答案，但沫子并"不会"，她没有下意识地摇头，如同灵魂失去了与肉体的关联，在这半死半活的身体里。她竭力克制吮吸手指的冲动，脑海中却空白一片，仿佛有着另一个自己，右手扯着右臂，冷静得令她自己都觉得奇怪，明明身体是如此兴奋和急切，四肢也是那般慌乱，内心却犹如一潭死水，没有波澜。

雪儿眼中，沫子双手不停地颤抖着，湛蓝的眼睛好似凝出了冰花般晶莹闪耀。雪儿嘴唇紧闭，以为是自己没能拿到通往沫子心门的钥匙，视线依旧停留在沫子的身上，却也不知道该说些什么。就在这时，沫子那粉红色的双唇缓缓张开，话语从心口处涌出，声音仿佛来自幽深的洞穴，迫切地想要找到一个藏身的归宿，可惜雪儿没能听到，因为那声音没能挤过喉咙的缝隙，而是流进了那晶莹的冰花。然而，就在下一刻，汪洋裹挟着哽咽的声浪袭向了正准备说些安慰话的雪儿："我不知道。"这话令沫子痛哭起来，像是在反抗命运的戏弄，又像在坦言生命的卑劣。

她又能知道些什么呢，不过是一本空白的书籍，从城堡写起，没有野兽的篇章，也没有众人的模样，洋洋洒洒也只是寥寥数笔，有的只是对落笔的期许罢了。

凤娘从开始就一直在门外站着，听到此便转身离去了。"哭吧，孩子，哭出来就好了。"凤娘抹着泪，望了望天上的太阳，"真的这样就好了吗？"

雪儿显然是被这一幕给吓到了，她下意识地要站起来，可腿一软又坐了回去。她按了按自己受伤的位置，像是摸着别人的东西一样，心想，那里已经不属于自己了。沫子见状，两步走至近前，焦急的神色掩盖了悲伤的心绪。她俯下身子查看雪儿的腿上绑着的被血脓浸染的白布，想从中看出些什么来，而后才想起询问雪儿的伤口是否还在痛。

雪儿咧着有些发白的嘴唇，轻柔地回答了沫子的问题，她的声音挤过海绵般的空气，轻飘飘地落入沫子耳中。雪儿说只是觉得有些困，伤口已经不痛了。

丁一想带着祖母去山外看病，却怎也劝不动祖母，他们二人也没有能力背着不愿意前往山外的祖母走出大山。虽不愿意看病，但祖母也不愿继续坐在床上。她知道自己断裂的腿骨仍旧没有恢复，也知道自己还不能下床走路。即便如此，她仍想要脱离床的束缚，因为令她担心的事情实在是太多了，最值得一提的就是房间的布置。梦中她身居幽深的隧道，却好似听到物体变动位置的砰砰声响，在她脑海里不绝回荡。

祖母娴熟地将躺在身侧的野猫驱赶下床，心想，原来是那只狸猫。

短促而低沉的叫声让祖母一下子就认出了它。这只狸猫要比三花温驯，不仅亲近自己，而且时常依偎在丁一和丁二脚下，那只三花只亲近祖母，遇到丁一和丁二则会试图避开他们。

祖母沉声呼喊二人的名字，却没有得到任何回应，于是她尝试着用左腿支撑起整个身体，一瘸一拐地迈起了步子，顺利地走到门口。一切都如同往常一样，依然如故的布局令祖母安心了不少。她闻到了别家飘来的饭菜香味，感受到了落日西斜的凉意，天许是快要黑了，也不知这会儿丁一和丁二去了哪里。前些日子，她还能感受到一些稀薄的光亮，不知怎的，摔了一跤后就什么也看不到了。祖母心中感叹道："唉，就当是老天爷用眼睛换回了我这条老命吧。"

夜晚，人们看不见太阳，却在梦中邂逅了星光。

看来祖母并不记得昨晚丁一丁二将她拖回家不久后，自己就发了高烧，却又"奇迹"般退去的事情。

见祖母高烧已经退去，丁一和丁二像泄了气的气球一样，踏着昏沉的步子、拖着困倦的身体回到了床上。丁一梦到了那晚的山林，再一次听到了祖母空灵的呼唤，丁二则梦到了小时候和祖母一起到镇子上买的糖葫芦以及那早已忘记的吆喝声。祖母坐在门槛上，那只三花野猫不知从哪里凑了过来，无力地依偎在祖母左脚边。我们总是花费漫长的岁月老去，只在最后一瞬与死亡相遇，也许与善于思考的我们不同，它们笨拙地生活在墓碑下，眼里却满是世间的光景。

梁铸淞离开实验基地后，直接返回科研中心，重新整理了一遍资料。东西虽然很少，但是梁铸淞整整花费了五天才整理完毕，增改了很多。在这几天里，杨继德就像一只贪婪的蜜蜂盯上了梁铸淞这个大花骨朵儿，每天都要过来一趟，说是来找梁院士继续探讨之前的话题，其实就是为了看看别的资料。不过，除了第一次来见到梁铸淞外，后来每次都被梁铸淞拦在了门外。

"都已经第五天了，老梁也该整理好了，怎么办事还是这么磨磨叽叽的。"杨继德摸着刚刚刮过的胡髭思忖。鉴于前几日的闭门羹，今天杨继德特意来得很晚，他还真不信梁铸淞腰疼的老毛病能受得了在工作室睡觉。

天色渐渐沉了下来，只不过杨继德却只能看着手表发呆，想来这几天也要浪费进去了，研究可不能再耽误了，明天就不来了吧。正当杨继德打算离开时，工作室的门缓缓打开了。还没看到梁铸淞却先被他的声音钻进了耳朵："老杨啊，你天天堵着我的门，是不打算搞研究啦？"

听到梁铸淞无奈的讽刺，杨继德肚子里窝的那股气儿倒也消去了不少，不过，他还是用略显烦躁的语气回道："研究研究，研究几个月还不抵你在屋里憋的半天有效果呢。你说说，可是你当初说的要和我们共享研究资料和研究成果的，现在倒好，你开飞机，我们在地上跟跑呢？"

"老杨啊，我在里边那是有任务的，这件事啊，不能说也不能看，真到需要的时候，我亲自给您送去。"梁铸淞一脸为难，直接把话焊死了。

"铸淞，我都说过了，我不是来找你的，也不是要看它，只要告诉我是谁交到你手上的，我自己去找他。"杨继德迫切的渴求也并非毫无道理，他不想再看到研究员们在实验中丧生了，可上级却命令他们继续实验。其实，当初叶秀华与他发生的那场争执已经在杨继德的脑海中上演过无数次，他只是个会与自己闹矛盾的老头罢了，却要担负着这样的重任。

"老杨，不是我说你，你糊涂呀，领导要你们做实验，找到有用的东西了他会不往你们那里送？再等等吧。"梁铸淞心里其实早就盘算着为基地的实验室加把劲了，只是结果如何还是要看他现在所掌握的东西够不够分量，这才一直瞒着杨继德，事成之前，这件事是越少人知道越好。

"好啊，老梁，上次来，你就是这么说，几天不见，还是这句话，我可不信了，你今儿必须给我说出来个名字。"杨继德这几天也是憋屈坏了，软硬不吃。梁铸淞也是一时没了办法，只好随便编了一个名字："格温特·安德希。""安德希"在梁铸淞家乡话中发音是"俺的戏",至于"格温特",是梁铸淞胡诌出来的。

杨继德愣住了几秒,这几秒他几乎翻烂了脑海里的花名册,也没寻出这个人来,有些不自信地问道:"有这人吗?"

梁铸淞憋着笑,说道:"有的,有的,这么少见的名字,一查一个准儿。"

杨继德这才意识到又被梁铸淞骗了,不过他并没有生气,反倒不再多问:"好,我就再等等,你尽快些,我总感觉秀华最近太急躁了,担心她会做出什么事情来。"说着,杨继德神情也变得阴郁起来。

梁铸淞上前抚着杨继德的肩膀,仅说了一个"好"字,便拿着整理好的资料匆匆离开了。如今,梁铸淞手拿着这些被增改过的资料,就像是凑拼图一样,仍然需要其他人的帮助才能完整。虽已是深夜,但梁铸淞不得不前往下一个地方,因为那人此时正躺在病床上,听医院那边的人说怕是就剩这最后两天了,梁铸淞希望他帮助自己的同时能够从中看到下一代人的希望,也好在希望中寻得归宿。

梁铸淞走后,杨继德也并非没有事情做,他去了科研中心的宿舍,看望曾经在基地工作的那些人,虽然他们离开了基地,但也只是换个地方为基地工作而已,来到这里的主要目的还是更好地完成部分项目的交接工作。

小安与宁宁在一起已经有段日子了,还记得刚来的那天晚上,宁宁满心欢喜地等待小安,可倦意却没入一片沉寂的泥潭。她在沙发上沉沉睡去后,再醒来时已经躺在床上,面前正坐着那个自己满心期待的女孩;可小安的奇特却令她产生了一丝疑虑。老张的故意隐瞒以及小安变化的瞳色,这些都令她难以入眠,每晚都在思虑中入睡。

老张这几天也略微看出一些,只是还没想好如果宁宁追问自己,或者想要去看看小安住过的孤儿院,那么他该怎么办。除此之外,还有一件事令杨继德十分在意，就是之前宁宁和皓宇来店里吃饭时，在这里找碴儿的那个红发青年刘思铭，最近他常来店里吃饭，不是为了闹事，只是吃饭有些磨叽，这才吸引了老张的注意，但老张确定以往是不曾见过这人的。怕不是想在这一带当什么地头蛇，在调查哪家生意做得好吧？老张心中是如此想的，不过，他并不担心，因为这里的治安非常好。自从贾振锋升任里海市治理局局长后，这里就再没听过什么黑社会了。贾振锋上任后对黑社会进行严抓严打，现已基本扫清了里海市的地下不法勾当。

　　这天晚上，老张回家，怀里抱着一箱快递，门口还放着四箱，里边是前几天在网上给小安买的衣服。尽管小安不穿衣服也不会觉得冷，但考虑到小安是作为女儿来到这个家的，只有身上这一身衣服的话怎么也说不过去，所以老张就在网上直接购买了几件秋冬装。选衣服的时候，老张本以为小安不会网购，就一本正经地对宁宁说，让她来教小安如何网购。宁宁兴致缺缺地告诉老张，昨晚小安在教她如何以最低的价格买到想要的商品，直白点说就是如何正确使用优惠券。因为宁宁要比老张更早发现小安没有衣服穿的问题，那晚正打算和她一起挑选衣服，结果足足听了半个多小时的购物券使用教程。小安的这个毛病真要追溯的话，"罪魁祸首"非晨明莫属了。在晨明家时，每到大型的购物活动日，晨明就会将购物清单发给小安，让小安帮他找最省钱的结算方案。小安每次都不负所托，这几年下来也帮晨明省下了几百块钱，只是钱到最后还是不够用……也许这才是小安会那么认真为宁宁讲省钱方法的原因吧。

　　也许晨明并不知道，小安有能力在不被任何机器检测到的情况下修改银行卡数值，但晨明的母亲是知道的。晨明的母亲教给小安何为生命，何为生活，也许有些事情确实如命中注定，但我们仍旧庆幸，小安来到地球首先遇到的是晨明一家。

　　老张在知道小安会用购物券后也惊讶不已，表情和那晚初听小安讲购物券使用方法的宁宁如出一辙，但老张缓过来得更快一些，毕竟，小安本来就是机器人，把聪明才智用到这种地方也不是不能理解。之后，他给小安规定了一下价格区间和总消费额度，让她和宁宁一起选好衣服后直接购买就好。整整五箱的衣服，小安全是以他规定的单件最低价格买来的，老张不明白小安为什么这么热衷于这些便宜货，难道是设计者故意的？那设计小安的人未免也太无聊了，可设计者又是谁呢？老张并不想深究这个问题，便不再多想。如果晨明的母亲看到，也许会笑着说，这是属于小安的"习惯"。

宁宁却不一样，她本以为会有更多的，没想到却只有五箱。五箱衣服搬进来后，宁宁和小安将箱子一一拆开来看，原本宽敞的客厅也变得零乱逼仄了，黑白色的衣服居多，然后是粉色，还有一件殷红色的毛衣，绿色的衬衣也十分亮眼。另外有一件米色的棉服，宁宁看了很是喜欢，于是小安就将那件衣服送给了宁宁，只不过后来老张又给宁宁买了件一模一样的，因为宁宁个子比小安稍高了些，穿小安的尺码并不是很合身。两人穿着同一款衣服也颇有姐妹的味道，看她们两人相处得如此融洽，老张也慢慢觉得收养小安也许不全是坏事。

第二天下午，宁宁和小安跪坐在床边的窗前，望着窗外澄澈如洗的明朗天空，远处几栋大楼在这片蔚蓝汪洋中挺拔耸立，万里晴空中几片孤零零的云朵在眼底漫无目的地飘荡，微风如绅士般亲吻着每一片与它相遇的落叶。没想到小安断然拒绝了这份来自自然的馈赠，她将窗户紧闭，没留给凉风任何缝隙。

小安神色淡然地注视着宁宁，说："被风吹久了会生病的。"宁宁则显得有些生气，但她仍微笑着解释称，自己不怕生病，只是想吹吹外边的风。她们已经为窗户这件事僵持了很久，这些天，宁宁每次开窗，小安都会上前阻止，今天是好不容易盼来的晴朗天气，以后的天气只会越来越冷。微风虽凉，但总比几周后的冷风舒服。

宁宁怀疑小安是耶兰人新出品的机器人也不是毫无根据的，毕竟，耶兰科技不但推出了新款智能手机、手表，还有几种不常用的智能家用设备，这些新东西都远比我们想象得方便，网上还有人这样调侃——生活变得透明了，家政机器人什么的，还不是说有就有？令宁宁产生这种想法的原因自然是小安突然变化的瞳色以及老张慌张的神情，不过，宁宁始终不愿相信老张会拿这种事情欺骗自己，并且这几天接触下来，宁宁越来越不愿相信这样的小安会是机器人。

这种不确定使宁宁不知道该如何面对她，同时也对自己的善良产生了怀疑。宁宁觉得自己不该对小安产生这种疏离感，小安刚来到这个家，还需要一段时间来适应新的生活，自己不但没有帮助她适应新的环境，居然还在忧虑这种毫无意义的事情。知道了又能怎样呢？而小安则像个自来熟的女孩，这也是宁宁无法说服自己的原因，因为小安不像宁宁担心的那样，她不是慢慢适应了这个家庭，而是当宁宁意识到这个问题时，小安就已经适应了这里。因此，宁宁始终无法摆脱那种疏离感，这种矛盾的心情令宁宁产生了自己只不过是在伪装善良的想法。如果老张能多些时间来观察宁宁，他是能看到这些的，也是能看懂的，宁宁只是在害怕，害怕所有的交集。只有身处荒芜的沼泽，才能明白她们为何不愿染脏云朵的美丽。孤独，是世界的沉溺，而非独自的沉沦。

小安爱怜地注视着宁宁，她的侧脸线条分明，身上穿着肥大的睡袍，却让人轻易联想到睡袍下瘦小的身躯。与窗外的暖阳不同，她的脸颊如冷月般，呼吸着宛如六月夜晚的清凉空气。她静默地向窗外望去，眼底如同存有蓝色的冰湖般，泄进了一缕金色阳光。随着时间的流逝，宁宁非但没有觉得二人相处得更加融洽了，反而觉得二人的交流变得日益困难。宁宁不明白小安为什么如此执着，以往老张不在的时候，除非是下雨或者大风天气，这扇窗，宁宁都是开着的。之前的几天，风略有些大，她可以听从小安的话不打开窗户，可今天和风习习，阳光灿烂，小安仍旧不允。宁宁认为，如果老张在的话也一定会打开窗子的，偏偏老张不在，而这个看似听从老张吩咐的小安又"一根筋"。

宁宁不再与小安说话，只是静静地望着窗外。这时，小安忽然开口，问道："你有橡皮泥吗？"

宁宁因这突如其来的询问愣了下，随即赶忙站起身，准备前去寻找，同时不忘回答说："有，我去给你拿。"二人像是没有发生过争执。宁宁刚刚积攒起来的情绪如落地的尘埃一般，被小安不合时宜的需求轻易吹散了。她平静地来到自己的储物柜前，从中翻找出多年未动的橡皮泥，心中带着一股不明原因的躁动和按捺不住的窃喜回到小安身边，询问她想要捏什么东西。小安牵住宁宁的手回答："我们。"宁宁这才注意到小安的穿着居然同自己一样随意，肥硕宽大的米色睡袍，如瀑布般的黑直长发散落在肩上，粗黑的睫毛下长着一双纯真的眼睛，微微翻起的双眼皮、高挑的鼻梁以及桃粉色的双唇散发着春日的芳香，脚上穿着昨日新买的白色长袜，随意的坐姿散逸着久处人世的清醒，似不与岁月同行。

宁宁刚才虽然拒绝了交流，但一同做手工活儿时却聊得很好。不一会儿，二人就捏出了对方。尽管宁宁已经好久没有玩过橡皮泥了，可是她的功底还在，捏出来的小安也是有几分神似的。这是小安第一次捏橡皮泥，捏出来的宁宁糟糕得很，只看得出人形，从短发等特征大致能看出是宁宁，可换作给其他人看，就什么也看不出来了。宁宁看到小安的成品后"扑哧"笑出了声。或许正是这一刻，又或许更短，只在笑容绽放的那个瞬间，二人便长久地接受了真实的彼此。

之后，宁宁教小安如何捏泥人。小安学得很快，仅学了一遍，就达到了与宁宁同等的水平。两人将捏好的泥人放在一起，如刚开始她们做的那样，手牵着手。宁宁随意问了句："小安，你是从哪里来的呀？"这句话像是在问泥人，又像是在问小安。宁宁本以为小安会这样反问自己做的泥人，可小安却一本正经地回答了这个问题："耶兰星。"

能盖住整座城市的乌云从屋子上方朝远处涌去，窗外的滴答声更甚了。此时向更远处眺望，仍是万里晴空。小屋附近下起了太阳雨，细雨如秋叶般零散地洒落在地上。宁宁瞪大了双眼，不知是惊奇那刚才还没有的雨声，还是因自己猜中了真相感到惊愕。

起初，宁宁的思路很简单，既然瞳色可以改变，那么肤色的改变想必也不是难事，耶兰人也许真的可以和地球人一样；不过，宁宁所认为的真相与真实情况仍存在着一定的差距。与老张第一次听说小安时想的一样，她误将小安当成了小耶兰人，只不过宁宁身边可没有跟她说"那倒不是"的人。

刘参谋去面馆那天晚上请求老张养育小安时，老张只是开玩笑说："还能是个耶兰人不成？"谁知刘参谋却一本正经地回答说："那倒不是，但也差不多。"当时事发突然，老张并没有想太多，事后认真琢磨了一番这句话，才反应过来，这个未曾谋面的小安不是真正的耶兰人，同时也想到了其他的可能，就是耶兰星的另一种生命体。

那晚，刘参谋来到老张家，临走前还摆弄了会儿热水壶，半是戏谑半是认真地说："你家水壶坏了吧？老张，怎么瞅着没有指示灯啊？省那点儿钱有啥用啊。网购现在很方便，换个新的，第二天就能送到。变个新模样才叫人看着新鲜，况且在家还是宁宁用得多，再买个吧。"老张听后也不言语，宁宁在一旁笑着回答："没有坏呀，叔叔。今天我还用了呢。"皓宇站在后边点头附和，也不知道是同意哪边的说法。

刘参谋微笑着同老张他们道了别，等皓宇也走后，老张盯着热水壶愣了好一阵儿，总觉得刘参谋话里有话，拿起水壶试着烧水时才注意到它的加热底座下露出一张白色相片的一角，这才拿到了那两张半张的照片，其中一张背面写的正是接小安的时间和地点。

老张本以为对照着这张照片就能找到小安，直到第二天皓宇带着宁宁到餐馆吃饭，皓宇帮刘参谋带话，说："爸，刘参谋说初二请您看川剧哩。话我是给您带到了啊，不过要是我，我可不信，刘叔最近忙得很，哪来时间陪您啊。""老刘啊，老刘，可真有你的！"老张笑着回应皓宇，却又完全不是在对他讲话。联系刘参谋之前说换新热水壶的那番话，老张才算懂了刘参谋的意思——小安的模样是可以改变的，而那两张照片肯定也不是来自同一个人。这可令老张犯难了。后来，刘参谋用手机给老张发了一张合照，说是给宁宁看的。宁宁之前不是说想看她哥哥以前工作时候的样子吗？这是刘参谋之前去视察的时候拍的，旁边还有装甲车呢，宁宁看了会开心的。刘参谋并没有直接说送小安的男人就在里边，不过，因为老张从没听宁宁这么说过，所以他用心记住了里边的每一张脸，这才避免盲目寻找，一眼就认出了小安他们。

十

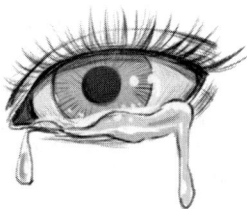

　　许是近些日子腿上的伤势好转了，雪儿脸上的笑容要比之前多了，沫子也终于如愿以偿，和雪儿成了朋友；不过，沫子并没有因此了解到太多关于城堡之外的事情，不是雪儿不愿讲，而是沫子不愿看雪儿伤心的样子。大概是受伤的缘故吧，现在的雪儿只要一提起村子就会抹眼泪儿，她想回家，可家里只剩下一个不喜欢自己的父亲。她的父亲固执地认为是雪儿害死了母亲，雪儿的病才是"嗜睡症"，而村里大多数小孩得的都是"热病"。

　　据说，"嗜睡症"是死母亲，"热病"是死父亲。村长说，它俩是一个病，因此，这种说法也只是私下里流传，被众人当作了笑话。

　　雪儿来到这儿后，从来没有回过家，她依稀记得父亲对自己的好，但这些记忆远盖不住临走时父亲刺耳的谩骂。她来到这里以后，只见过一次门缝，却独自逃进了"城堡"，蹲坐在无人的通铺上。她原本不哭也不闹，等待着其他孩子回来；后来，兴许是想起了母亲，她将头深深地扎进被子里，嘶声哭着。哭声隔着被子引来从狗窝那边走来的凤娘，这才知道孩子们都跑了出去。凤娘担心沫子她们，也没过多安慰雪儿，便急忙赶去大门那里。雪儿听到了凤娘走来的声音，哽咽着乖巧地回答了凤娘的问题，而后又听到离开的脚步。她隔着被子，想要看清周遭发生的一切，可那被子里却只有黑暗中的自己，那是属于她的孤独的城堡，漆黑的世界令她感到前所未有的安逸，在黑暗与光明的碰撞间，她再一次安然睡去了。

沫子现在多么想拥有一颗闪亮的星星，她不再想去证明自己的眼睛里没有云朵，没有蓝色小花了；她不再看重老万说自己眼睛里居住着一颗星星这件事，几天前的她如果得到了那颗星星，也许会不惜将星星塞进眼球也要告诉他们："我的眼睛里只有星星。"请他们不要再用那种方式询问自己了。现在的沫子只想有一颗星星，它不需要有多么耀眼夺目，也不需要多么光滑美丽，它可以丑陋，可以有棱角，只要它能够照亮那个将自己裹在被子里的女孩。

雪儿的腿，旁人不知道情况如何，老万心里却清楚得很，它快要烂掉了。看到那般令人心悸的伤势，唯一令老万感到一丝安慰的是，雪儿好像一点儿也不疼，询问起来，雪儿回答说："不，没关系，那不是我的腿。"老万听后，又害怕又忧心。最近，他经常到村里去，一些还记得老万的小孩说，那个消失的老万又回来了，不过老万可没工夫搭理他们，他忙着去找李大夫求药。那个为城堡送粮食和孩子的男人跟在老万的身旁说："万叔，您就别来回跑了，您腿脚不方便，路上要花小一天的工夫。上次是雪儿病得急，我也不知道，拿药的事，您就甭管了，老李还能藏药不成？"老万担心的就是老李不舍得拿好药，毕竟，在一些人看来，雪儿她们是不值得救治的，都是要死的人。老李也清楚，雪儿早晚都要死，好像真的是在浪费自己的药材一样。若是放在以前老李年轻那会儿，他说不定真的会把好药藏起来，不过现在在老李也明白了，谁不是要死的人呢，雪儿她们确实不能给村里带来什么，可如果只看这些，我们又与野兽有什么区别。

老万和男人一同来到老李家，他家种着棵老桑树，每每到了桑椹成熟的季节，就会有小孩翻过墙头，爬到老桑树上采桑椹吃。若只是吃些桑椹也就罢了，老李还不至于紧闭大门不让孩子们进来，可这群孩子为了吃到更多的桑椹甚至不惜拽断树枝，噼里啪啦的声响令老李心疼不已，这才是老李抠门儿小气的真正原因。老李见两人一起前来，脸上露出为难的表情，与此同时，心里生出一丝微不可察的厌烦情绪，他觉得二人这是不信任自己，就算是放在以往他真的藏药，同样也会因此感到羞辱，更不要说他如今真的已经到了捉襟见肘的地步。只是这种厌烦的情绪也早已经随着他年龄的增长和行为以及心态的改变发生了变化，他不再表现在脸上，就连自己也几乎察觉不到它的存在了。但它如同一丝火苗，黑暗给予它强壮的体魄，光明则为它举行了最热烈的葬礼。

起初，三人谈话间都很客气，也不知道是老李哪一句戳到了男人的痛处，男人开始扯着嗓子同他说话，老李也因他们从进门起就带着的那种隐晦的不信任而不再示弱，眼看两人马上就要动手。一直觉着心里堵得慌的老万大吼："行了！"他抬起胳膊将男人向后揽，站在离老李约莫三脚的距离，那混浊而凌厉的双眼紧紧地盯着老李。老李也不畏惧，用他自以为自信的目光回应老万问出的问题："最后再问你一句，老李，药，到底还有没有？""一根也没了，昨天采的全在这儿。"男人身子前倾，冲着老李说："就这些？喂鸟儿都不够。"老李摆出一副无奈的羞愧表情，显然想要说些什么，嗫嚅了一下，接着男人又喋喋不休起来。

两人交谈间，老万从口袋里掏出一沓零钱，问道："这些够吗？去买药。"老李的脸唰地红了，气道："你这是做甚？我还能收你的钱不成？"男人此时也算消了气，明白老李没藏什么药，开始可怜起这个好人来，并为刚才的话感到些许的羞愧。老万也不顾老李的推辞，将钱硬塞进他的破布口袋里。

其实，老李不收这钱，一是因为这钱若是收了，在他看来，自己就是不义。二是因为若收了这钱，他就必须到山外去买药，虽然老李本来就打算去的，但是这钱在他手里就是一把铁锁，会让人觉得不自在。三是因为老李得了怪病，没有儿女，平日在村里给别人治病攒了些钱，老伴走得早，存的钱也没处花。他知道老万这人心善，说不定还指着他给自己收尸呢，哪还能收他的钱。

老李的口袋仿佛经历了一场大战，原本虽然破旧了点儿，但还能装些东西，现在却成了连通天与地的桥洞，无处容身的零钱就又回到了老万手里。最后，老李答应如果明天天气好，他就去山外买药。大家都明白，话是这样说的，其实只要今晚月明星稀，第二天一早老李就会出发。

三人接着又聊了些村里近些年发生的事，而后老万便准备离开了。走至大门前，刚巧撞见了满头大汗的丁一。老万认得丁一，就算隔了这么多年不见，丁一的样貌也有了很大的变化，不过，老万还是一眼就认出了他。这孩子还没出生那会儿，他爷爷就去世了，当年老万还给丁一的爷爷扛过棺材，那时候可年轻着呢。丁一爷爷也是倒霉，救人也要救好人啊，他倒好，救了个身上藏刀片的，结果那人一醒来，就抹了他爷爷的脖子，血没止住，人就这么凉了。若是在外头，这事说出去谁又会信？老万若不是亲自给他爷爷清洗后脑勺头发上的血渍，连他都以为丁一爷爷是得病死的。自那以后，老万偶尔会安慰自己说："哪条路不是要走进死胡同去呢。"

丁一这么着急赶来，是因为他祖母，就在刚刚，他的祖母在院里昏倒了。老万见是丁一，也没急着离开，老李像是看透了老万的心思，解释说，他家那位前些日子摔伤了腿。老李并不准备将他祖母的情况全部告诉老万，所以说罢就随同丁一离开了。老万又跟男人交代了一些事情，大致意思就是让他这两天常来这里看看，等老李把药买回来后赶紧送来后山一些。老万带着最后几根药草匆匆向后山赶去，而后男人将老李家的大门关上，便也离开了。

路上，丁一为老李讲述着事情的经过。起初，是丁一的祖母说她想下床走走，两人便搀扶着祖母站了起来。之后，祖母拿着昨日丁二用粗树枝做的拐杖，轻松地走到了院里，并对他们说不要管自己，忙他们的去。两人见祖母从容地在院里踱步，便低垂着脑袋回到灶房，继续做刚才做到一半的午饭。做饭期间，两人不时出来查看，担心祖母会绊倒站不起来，可意外还是发生了。靠近灶房门口的丁一听到院里重物坠地的低沉声响，即刻察觉到不对劲儿，出来一看，发现祖母蜷曲在地上。那时，她大概已经昏过去了，一动也不动地蜷缩在地上。两人吃力地将祖母拖到屋子后，却没能抬到床上。二人把被褥铺在地上，将祖母放上去后，丁一就跑到老李家。

老李来到丁一家时，祖母已经醒过来了。丁二说，祖母可能是跌倒时碰到了受伤的骨头，给疼昏过去的。这是祖母醒后告诉丁二的，她还说不要请老李过来，自己没事。还不等丁二说完，老李就已经走到祖母身旁。这时候祖母还在地上躺着，眼睛是闭着的。

虽然已经知道没什么大碍了，但老李进屋时手心还是被惊出了冷汗，无论是屋内整齐的摆设，还是那个躺在地上的老人，都像是死过了一次。屋外那只三花野猫转来转去，不时发出尖锐而高亢的嚎叫。这声音听起来非常不吉利，丁二正打算出去将猫赶走，却被祖母叫住了："它是饿了，给春儿拿点吃的，再赶它走吧。"春儿是祖母给三花取的名字，那只狸猫叫秋儿，虽然它们并不认自己的名字，但祖母仍坚持这样呼唤它们。

三人将祖母抬上床，老李查看了祖母腿上的伤势后，又摸了摸祖母微烫的额头，说："这几天不要再下床了，人老了，骨头长得慢。你这还没开始长，又给伤着了，现在还低热呢，再出了毛病，我可治不了了。等过两天，等我把药买回来，就给送过来，这两天可千万不能再伤着了。"

祖母听老李说要去买药，便让丁一去拿钱过来。丁一家是不缺这些小钱的，不仅仅是因为最近几乎每年都能收到远方寄来的钱，更多是因为祖母既能干又节俭。老李一听要拿钱，一把抓住丁一的胳膊，对祖母说："你这是做甚？我又没给你开药。"老李虽是这么说，但心里清楚老太太这钱是要送给自己的，也是捐给大伙儿的，村里哪有什么条件好的，许多老人看病也拿不出什么钱，所以老李就同意让他们用东西换，也是给了他们尊重。但真有连物件都拿不出来的，就像李老棍家，啥都没有，老李给他看病从来不收任何东西。正因如此，逢年过节，李老棍都会前去拜访老李，有那么几次还带了东西过去。

不过，老李有部分钱还真是祖母给的，因为祖母每次去看病都会借口多给一些。听到丁一没有远离自己，便知道是老李把他拦下了，祖母佯装要起身的样子，老李慌忙上前，再次嘱咐道："老嫂嫂，可不敢再乱动了啊。"祖母咂了咂嘴，说："那你拦孩子做甚，是要我去不成？"老李解释说："我今儿什么也没做，只是过来看了眼就收钱，这以后见了乡亲们，我这老脸往哪搁呀？"祖母咳嗽了一声，故作虚弱地说："这钱又不是给你的，我是给他们的，你就代大家收下吧。"祖母说着，丁一已经拿来一些零钱要往老李手上塞，不过，让这不懂说话的孩子送钱，老李自然是不可能接的。

祖母心里清楚老李不会接，便冲丁一骂道："你个猪肚里留粪的，要你拿钱，怎么就拿这么点儿，山外头药有多贵，你晓得吗？"丁一委屈地小声嘟囔道："家里就这么点儿了。"不过，声音太小，几乎没人听到。最后，老李还是把钱收下了。以往老李一直觉得丁一的祖母多给的钱是给乡亲们垫的，但这次好像有些不一样，不过只是隐隐有这种感觉，说又说不清。

其实，腿摔伤后的祖母和以往确实不同了，她开始担心山外寄来的钱哪年会断掉，以前自己好着的时候，祖母并不在乎这些，对收这个钱也是有几分抗拒的，可现在她不能动了，眼睛也看不见了，指不定哪天就离开了。自己一走倒是轻松了，可留下两个孩子又怎么办。以往祖母未曾想过要用自己送的那点儿钱求得什么回报，但现在不一样了，祖母希望村里人能记得她的好，以后如果丁一、丁二有什么困难了，能有人愿意来帮帮他们。留着这点儿钱存起来也是要花光的，拿出来些给乡亲们，才能起到更大的作用。

那天晚上，在老李的梦中，群星湮没不见，而他看到了两颗月亮，新月钩住了群山，圆月高悬在那老桑树上。

第二天，天还没亮，老李就出发了。

窗外，滴答的雨点如同身披金甲的战士降临人间。屋子里，宁宁静坐在小安的身旁，听到"耶兰星"三个字，身体不由一颤。宁宁知道小安并不是在跟自己开玩笑，有关耶兰人的信息如洪水般迅速淹没了宁宁的思绪。"耶兰人"这个本无意义的词现在就像人们常说的鬼一样，一群人听了会想着去抓鬼、打鬼、辱骂鬼，可当一个人听了，只会感到畏惧和无措。不过并不是所有人都那样，此刻，宁宁的目光如同跋山涉水后的旅人般，安静、疲惫，却也灼热。

也不是人人都像宁宁这样，或许只有她是如此，在那个世界，便是如此。

宁宁仔细打量了一番小安，和第一次见面不一样的是，仿佛有一股无形的力量挣开了她怯懦的拳头，张开的手掌如同挣脱了渔网的鱼儿般仓皇无措。她伸出手捏了捏小安柔软滑嫩的脸蛋儿，接着毫不避讳地用手抚着小安的肩膀，淡淡地问道："那里有和宁宁一样的人吗？"

小安避开宁宁淡然的目光，这本是一个简单的问题，但她不知道该如何回答，小安陷入无力而窒息的矛盾之中。视界，仿佛一根无形的线，断在了看不到的未来，不过令小安难以接受的，却是另外一条红线的显现。

小安不得不对宁宁讲实话，和她必须说假话的时候一样，没有人要求她这样做，她却不得不这般行事，正如人们都会老去那般，小安也有她不得不遵守的规则，所视之界便是她生命的语言。

"小安的世界，"小安停顿了下，像人类一样皱了皱眉头，"没有。"宁宁听后欣然笑了，喜悦的目光中却透着一抹难以遮掩的忧伤。

到了晚上，笼罩整座城市的乌云或已消散在遥远的西北，屋外明月高悬，街道变得像油画中破碎的镜子，洒满了月光，也映着忽远忽近的黑夜，角落的破洞蛛网絮结，那街边残旧粗糙的墙壁仿若受伤的老人，在微风中发出低沉的闷哼。透过窗子，澄澈幽蓝的夜空如同一口深不见底的古井，星星点点的灯火似要一齐奔向井中的皎月，在漫无边际的黑暗里呼出那闪烁的星光，似咫尺的生命一般，它们忠于繁星，却始于黑暗，也终将止于无尽的浩瀚之中。

晚饭期间，两人皆沉默不语。深夜，宁宁主动来到小安的房间。沉寂的深海传来宁宁问询的波流："那里一个也没有，对吗？"小安没有回答，她的手轻轻抚着宁宁的脸庞，视线如水般滑过宁宁低垂的眼睑，悄然流进了追逐星光的灯火之中。黑夜的茧中生出了无数欣喜与惆怅的彩色泡沫，恣意地钻进人们的身体，于梦的最深处破裂开来。

豆大的泪滴如骤雨般落下，浸湿了枕头上融化的雪花。小安紧紧抱住缩成一团的宁宁，望着窗外枯萎的夜色和朦胧的月下那彷徨的灯火，不自觉地向宁宁的耳边凑近了些，轻柔地说："如果有天我为月亮而哭泣，也不要将我当作生命，好吗？"宁宁的抽噎声戛然而止，并不是因为她要回答小安的话，而是她发现泪水仿佛有了声音，它是如此悦耳动听，又是那般阴郁孤独。

"小安不习惯这里吗？"宁宁并不知道，这是小安第一次听到这样的问题，只因她是机器生命，人们就先入为主地认为所有的一切她都能够适应，可真正了解她的，也只有两个人而已，而宁宁则是第一个也是唯一一个讲出来的人。小安核心世界的矛盾，毫不逊于一场战争。

小安轻轻地点了点头，说："不，并不是，小安已经适应了地球，但月亮曾在深夜陪伴过我，我的朋友。"她望着月亮，也望着消失不见的星光。

"我的朋友。"宁宁的嘴唇微微哆嗦，细声重复了一遍小安看向自己时所说的话，才确定那个人正是自己。窗外的夜色如白雪般融化在月光中，万物被皎月压在身下，勃然跳动的心脏成了这世间唯一的假象，自那刻起，所有的泪花都有了温度。

与此同时，老张也未能入睡，他在烦恼那个红发青年——刘思铭。今天，刘思铭又来到面馆，与往日不同的是，他今天吃完面，趁着店里没有客人，向自己打听一个女孩，他指着之前宁宁坐过的那张桌子，询问用特殊碗筷的女孩是谁。对于女孩的外貌，他只说，大大的蓝色眼睛，很漂亮，旁的什么都讲不出来。通过这段日子的观察，刘思铭已经确定老张认识那个女孩，因为就算是这里坐满了客人，也不见老张将那副碗筷拿出来用，所以它肯定是独属于女孩一个人的。老张本打算将他当作街边的流氓轰出去，可他担心过激的举动会令男人看出他与宁宁的关系，给宁宁和小安带来不必要的麻烦，所以他认真地敷衍了青年的提问，最后摆出一副不耐烦的样子将青年轰了出去；不过，老张总觉得这件事不会就这么结束，青年脸上淡淡的疤痕在老张的脑海中愈发明显了。

宁宁来面馆的那天，并没有与老张直接接触（其实是宁宁看到老张穿着做饭的衣服，才没上前拥抱，而老张满脸堆笑的模样恰被张皓宇挡住，而刘思铭的眼睛和耳朵像是全长在了宁宁身上，这才没看到老张幸福的笑容），同普通的客人一样，随同宁宁一起过来的男人倒像是和老张相识已久，可有独特碗筷的人却是那个一进来就坐在桌上一动不动的宁宁，这就是刘思铭想不通的地方。他们或是远房亲戚，又或是熟客，在刘思铭看来，任何一种解释都有问题，所以今天他才摆出一副流氓架势，想要让老张说实话，谁知道这瘸腿的老头气势竟比自己还凶。刘思铭站在老头面前，觉得自己像只拔了毛的公鸡，就连打鸣都要提前喘上几口气儿。

刘思铭躺在两平方米的小床上，隔着木板传来了躺在下铺的室友忽大忽小的呼噜声，他决定放弃了。就算知道了又如何？他的生活漂泊不定，住在这种一张铁架床、一个床头柜就占满了整个空间的出租屋里，知道了又能做什么？刘思铭凝视着肮脏、低矮的墙顶，摸了摸脖颈处那道延伸至胸前的疤痕，在室友的呼噜声中哭了起来，像个迷路的孩子，吵醒了室友，也惊退了藏匿于深夜的野兽。

下铺传来一个年龄稍大的成年男子的声音："大半夜嚷什么嚷，还让不让人睡了?!"紧接着，就听见铁架床发出的吱呀声，是下铺男人翻身时的独有声响，刘思铭翻身时声音会更大一些，所以他很少在床上做多余的动作。刘思铭悲伤的情绪立时化作对男人的反感，他决定不再去面馆，很快便带着疲惫安然睡去了。

第二天，在工地上，下铺的男人担忧地询问刘思铭昨晚是怎么了，其实男人早就觉察到了刘思铭的古怪——他总是去一家不适合他们消费的面馆。

起初，男人以为是刘思铭贪食，吃上几次估计就不会再去了，毕竟，这家伙在这座城市也待不久。直到几天前，到了刘思铭往家里寄钱的日子，他又把信封里的钱拿了出来，说："想存钱了。"男人打心眼儿里喜欢这孩子，只不过嘴上总是不饶人。刘思铭虽然看不惯他，但他也不清楚自己为什么会把钱的事情告诉这个令人生厌的老家伙。

刘思铭不愿再去想关于女孩的事情，于是不耐烦地解释说，想家了。男人点点头，眼神中丝毫没有相信的意思；不过，男人也不再追问，都是外出打工的，私事本就不该多问。况且刘思铭身上好像有很多秘密，身上无数的伤疤和时而凶厉的眼神与他复杂多变的性格，既矛盾又融洽。

早起，秦思哲又看到了那份关于宁宁的资料，他本以为自己会按捺不住激动的心情立刻前去找到这个女孩，可事实却是，他每次看完资料就兴致索然地将它放回原处，像是对女孩已经失去了兴趣。现在能勾起他兴趣的，是李宏毅、张皓宇、张宁宁以及张梦安之间的关系。他不愿直接去问李宏毅，因为这会令他失去生活的乐趣。从这份看似完备的资料中其实看不出什么东西，换句话说，他想要了解的东西，正是他不知道的。

然而，秦思哲自己也搞不明白，对于蓝眼女孩自己到底是存有怎样的情感。换一种方式去思考，他对四人关系的好奇，也许正是他不愿面对自己内心潜藏的畏怯，这才想要先了解与女孩有关的人。

接下来，秦思哲打算逐个调查，第一站就是张之兴的拉面馆，原因很简单，那是张宁宁、张皓宇、张梦安三人父亲开的店，不过，他并不想大张旗鼓地去调查，因为之前这座城出现过公共监控被高层全部删掉的事情，如今地球发生的很多事情都很难不让人联想到耶兰人，秦思哲可不想刚出门就踩了钉子，所以才决定以客人的身份前往。在听取了德叔的意见后，他便吩咐德叔给自己买了辆30万元左右的汽车和一些廉价的衣服。

秦思哲这一小小的反常行为却有人比他的父亲更早知道了，那人就是自监控事件后一直密切关注着秦思哲的吴筠之。那次会议上，吴筠之吃了瘪，会议结束后的行动又被人算计，这令他大为光火，而李宏毅和秦思哲就是他手里仅存的两根线，既连接着未知而又令人渴望的真相，也连接着他的孩子未来的生死。

十 一

　　老李出去买药的那天，大概是 11 点，山里下起了雨。

　　黄昏时分，山外如灰色烟尘般的乌云被远行的白日划了一道扎眼的口子，炙热的血液喷涌而出，溢满了西边的天空，如细雨般填满了云彩的缝隙，泄进了渴望看见的人的眼中。

　　丁一对祖母说，天终于晴了。他第一次发现，原来晚霞也可以这么美。

　　丁二对祖母说，天可算晴了。他第一次发现，原来夕阳可以这么美。

　　祖母靠着窗坐在床上，说："像画儿一样。"

　　也许是因为雨后土壤的温软，祖母第一次觉得，在那朦胧的黑暗中，夕阳美得那么柔和。

　　"帕羊山的日落也是在西边吗？"丁二见祖母的眼眶困住了夕阳，打趣问道。

　　"猪脑袋！太阳都是东升西落。"丁一故意卖弄的样子，丁二厌弃地瞥了他一眼，示意丁一好好看看祖母。

　　丁一见祖母神色失落，问："祖母，你这是怎么了？"

祖母鼻子抽搐了下，说："我没事，好着呢。咱羊山呀，那里有很多太阳，还有很多月亮，不过总是阴天呢。"

祖母没有回答丁二的问题，也许那边根本没有日落，黑夜总是黑的，月亮偶尔出现，白昼总是亮的，只是常有乌云盖住太阳。

第二天，老李没有回来，也许只是山路湿滑走得慢了。

第三天、第四天，老李家的门仍旧关着，众人心中悄然生出了最坏的设想，却没有一个人说出来。

第五天，老万终于忍不住，又一次翻过了老李家的墙头。这次，他把小屋的门给踹开了。门打开的刹那，屋内凝滞的时光如潮水般倾泻而出，一股受潮干草杂糅着湿土的气味扑面而来。走进屋内，一切都如几天前来时那样，只是幽暗的墙角长出了一簇鲜艳的蘑菇，老万环视一圈后便走出了屋子。一阵温软的微风拂过，扫去了腐朽的灰尘和希冀，岁月的痕迹也悄然散去。

丁一前些日子以为祖母已经没事了，便安心地等着老李前来找他们，可最近他心里隐隐的不安驱使着他来到老李家门口。丁一敲门的动作和丁二上午来时如出一辙，见没人应门，他看了眼低矮的围墙，很轻松地翻了过去。丁一走进上锁的小屋，在屋内翻找了好一会儿迟迟不肯离开，走出屋子，恰站在与老万相同的位置，他用舌头刮了刮牙齿，抿了抿有些发干的嘴唇，悻悻地离开了。

老万回来后径直来到雪儿的房间，看到只有沫子守在雪儿的身旁，便气冲冲找到正在厨房做饭的凤娘，但他并不是生凤娘的气，而是想问凤娘那男人去哪儿了。老万回村前担心雪儿再次昏死过去，而凤娘又不能一直守着，正巧男人今天早早来到后山，为了说明昨天没送药过来的原因——老李还是没回来。老万今天是非要回去看一眼的，就算男人说老李没回来，他也要去。老万总觉得等他到了村子，老李就回来了，可现实却是不如意的。

得知男人回去找雪儿的父亲后，老万胸中的怒气顿消，为自己没能想到小家伙的父亲还在世这件事而感到愧疚。对老万来说，这群孩子是自己无可替代的家人，他内心其实非常抵触孩子们的父母，他不愿有任何一个孩子因被抛弃而痛苦，但他也无力改变现状。

与老万愧疚的想象完全不同，来到雪儿家的男人和她的父亲大吵了一架。她父亲说，雪儿早晚要死的，死得早，少受罪！

"你怎么不早点儿去死？连个抹油的野猪都不如……"

男人骂得着实难听，但最终也未能改变雪儿父亲的想法。他仍坚持不去，甚至拿自己是个跛子这档子事当挡箭牌，最后连同镇子上的大夫也被他一阵数落，说大夫就是个庸医，连自己的脚都看不好。虽说他是个跛子，但去一趟后山算不得什么，如今他竟拿这件事大做文章，以后若真是瘸腿爬不动山了，可别想着谁再来帮他！

男人也憋气得很，总不能把她父亲绑去吧，如果他是个小孩，男人说不定真就扛着他走了，毕竟有不少孩子刚进后山时也不听话，可他是个30多岁的大人。

第二天，老万一早就坐在门口等着男人了。昨日下午，老万回来后拆开雪儿腿上的白布，因为她总是说自己的腿没有感觉了，但每次昏死过去的时候，苍白的额头上都布满了汗珠。怎么能不疼呢，最后一层白布已经紧紧地嵌进了血肉模糊的皮肤，在一旁站着的沫子也没能忍住失声哭了出来。看着雪儿牙关紧咬的痛苦模样，老万也终于放弃了换洗破旧白布的想法。现在，雪儿正在和沫子聊天。昨天，老万听雪儿给沫子讲村子的事情，才知道尽管沫子生活中有一群来自村里的孩子，但是她对村里的事情却一无所知。沫子坐在雪儿的床边兴致勃勃地听着，老万却陷入了迷茫，他开始怀疑自己是否真正爱过这些孩子。

这会儿，雪儿正在跟沫子讲蚯蚓路的事情。这件事，沫子知道，但她仍抱着非常大的好奇。雪儿露出了这几天从未有过的表情，面带苦涩地说："我认真写了呀。"

蚯蚓路是雪儿一个数字一个数字画出来的。几个月前的一个下午，老万教孩子们写阿拉伯数字，这群孩子之中只有一个孩子会写，不过他仍旧兴致高昂，非常乐意当老万的小助手，帮助大家学习，同时也教会了沫子，他就是阿伍。孩子们大都在一两天内就学会了，只有雪儿一个人，花费了四天的时间都还不能默写下来。老万觉得雪儿不用心，便罚她找块土地去画她不会写的那个数——"8"。

起初，雪儿找到一块干净的适合练习的土地，可她拿起木棍，才发觉自己不知道怎么写，于是便去问准备做饭的老万。老万听后气呼呼地在地上重重地写了一个"8"。那时，沫子正在尝试着给莫贝编辫子，刚好就站在不远处，但她并不知道雪儿要干什么，也不敢上前询问，因为除了莫贝，大家都躲着她。特别是阿伍，最是讨厌，每次看到她，就带着其他的孩子远远走开了。雪儿一会儿跑到老万写字的地方，一会儿回到自己找的那块土地，就这样一来一回不少于五趟。最后，雪儿不再来回跑了，他接着老万写的"8"，在路上画了起来，就这样一画就是一上午，原本朴素的小路像披上了妆容，深浅不一却又凹凸有致，远远看去，如同万条蚯蚓爬过，凤娘看了，戏称野兽堡里多了条"蚯蚓路"。

到了检验成果的时候，老万看到信心满满的雪儿，仿佛已经看到了结果，便随意地说道："写吧。"雪儿趴在地上准备书写，拿着刚换掉的树枝，险些忘掉了"1"该怎么写，之后流畅地将"123467"写了出来，又卡在了"8"上。老万也迷糊了，她明明写了一整条路的"8"啊，怎么会忘呢。老万提示雪儿让她想想今天写的什么。费了好大的劲儿，终于写出了"12346789"，雪儿兴奋地拉着老万的手，要念给他听。雪儿用小手指着那排自己写的数字，大声念道："1、2、3、4、5、6、7、8……"念到了"8"，雪儿才发现自己好像没有写"10"，紧接着，她又想起"10"是两个数加在一起的，于是疑惑地看向了老万。老万盯着那个消失不见的"5"，忍不住笑了出来，见雪儿黑着脸望着自己，不由打了个冷战，还以为雪儿是在气自己笑她。

老万微笑着耐心指出了雪儿的错误，临走时，嘴角含苞待放的花儿终于毫不顾忌地绽放开来，看着眼前这个灰头土脸的小家伙，鼓励的话语说罢，老万的眼睛看起来更明亮了。

喀格桑纳州，柯林什小镇外向西大约1千米的地方，仍留存着一座废弃的教堂，宛若从中世纪走来的一位衣衫褴褛的信徒，孤独而静默地矗立在寒冷的淫雨中。墙壁边沿的苔藓在细雨中欢快地侵蚀着教堂，一阵微风拂过，伴着忏悔者的叹息和赎罪者的哀号，钟声下的祈祷戛然而止。腐朽的伟大和枯死的橡树散落在时光与灵魂的罅隙，那高傲、落寞的诗人，将她最后的诗歌与金发同一把长椅燃作灰烬，而那一行行被烈火吞食的文字便也成了这破旧而整齐的岁月里不变的烛火。

"人生来，就是为了腐烂。"布尔维斯凝视着眼前这个戴着手铐脚镣、被麻绳捆绑在椅子上的男人，用英语接着说道，"明明有那么多条路摆在你面前，却依然无路可选，这就是人们口中的命运。你不够强大时，它就不属于你，也是个趋炎附势的家伙呢。"

李宏毅的眼神如野兽般桀骜凶厉，死死地盯着布尔维斯和他身后坐着的男人——喀格桑纳州现任州长克里斯托弗·亚历山大·威廉姆斯。克里斯托弗站在牧师读经的台阶上，用英语讪笑着说道："李先生，我们的时间不多了，请尽快做出你的选择。"他把重音放在"我们"这个单词上，说到"选择"时故意拉长了声线，嘲弄的语气令他那明尼苏达口音变得更加明显，语调轻柔得像是在说谎，眼神中流露出了一丝狡黠。

这件事要从李宏毅一行人来到喀格桑纳州说起。他们这次前来，主要任务就是调查喀格桑纳州的迁星党与非洲即将爆发的战争之间的联系；可上级派发的这项任务范围太广，并且可扩展资料不足。简单来说，就是过于笼统，不像是正式任务。因此，李宏毅认为，这次任务并不是出自国联的星际安全管理部，但印章却是他们的，所以一定是有人通过某些非正式手段下发的文件。当然，在李宏毅看来，刘参谋必然是参与者之一。

　　这项任务的切入点是喀格桑纳州的地下毒品生意。去年大概也是这个时候，迁星党所有的核心人物，只要手下有毒品生意，全部被除名了，不过他们大多数都非常敏锐，迅速将毒品存货以低价售卖给了众多的小商贩，全球的制毒厂也倒了大半。对于那些自作聪明的人，迁星党并没有将其除名，而是以非法手段强行接管他们的生意。不知道内情的人纷纷猜测起耶兰人开出的条件，居然能让专营毒品生意的家族放弃大半的产业也要留在迁星党。因为这件事，迁星党也吸引了越来越多的人加入，不过，大部分都被拒之门外。很多想要加入的人觉得，如果战争爆发，迁星党的人也许真的可以迁居耶兰星。带着这种目的，看着那些被拒的豪门贵族，几乎每个知道他们的人都在寻找途径加入，甚至因此衍生出了迁星"仪式办"，这些迁星"仪式办"若是骗钱还算是好的，可有些却不止骗钱那么简单。

　　在禁毒事件结束后，最活跃的就是喀格桑纳州的布尔维斯所在的彼得森家族。彼得森家族虽闻名于海内外，但少有人能正确地答出这个家族的势力范围。在喀格桑纳州，他们抛掉毒品生意后，几乎同一时间购进了大批军火，至于其真正的用途是什么，正是李宏毅此行的目的。

　　在耶兰人进驻地球的情况下，本该进入千万年来人类最为和平的阶段，可恰恰就在这个时期，非洲局势的突然紧张给了所有领导人当头一棒。与其说即将爆发的战争，不如说已经打响的战争更为准确。因为非洲的小范围冲突在禁毒后的第六个月就已经开始了，只是在国联的管控下范围一直没有扩大，而就在几个月前，死刑犯的事在非洲大陆上居然演变成了某种信仰，一群信仰死亡的疯子自然而然地成了大规模战争的导火索。

　　这场战争非常关键的一环就是迁星党的部分核心人员为非洲提供了大量的现代武器，他们如果没有武器的话，根本不会演变成这种规模的战争。如今，各国在耶兰人的逼迫下已是分身乏术，面对即将爆发的大规模战争，也是有心无力。

　　非洲战争、禁毒事件、迁星党、耶兰人……这一切看似联系紧密，却有着难以厘清的关系。禁毒到底是耶兰人的要求，还是迁星党的内部谋划？如果说耶兰人是为了将人类作为自己的战争储备资源，所以才协助地球文明的进步，实施了禁毒计划以及一些我们不知道的事情，那么在非洲发动战争无疑是愚蠢的举动。又或许我们只是他们实验室里的老鼠，呵护我们不受实验以外的伤害在他们看来仅是职责而已。

　　迁星党的内部人员情愿败送资产也要留在其中，这件事说来十分诡异，至今国联仍不清楚他们的真实意图。现在最为合理的猜测就是非洲战争与耶兰人没有关系，禁毒后迁星党大规模的军火交易，也许只是其内部人员为自己资产"换血"的一个过程；不过，为什么耶兰人允许这样的转变？不说各国领导人，就连刘参谋都不会相信耶兰人不知道这些，因为在刘参谋看来，"他们可是一直都在注视着我们啊"。

　　或许真如吴筠之说的那样："在我们的世界里，无所谓真相。"

　　李宏毅一行先是依照原来的计划，协同当地的调查局和缉毒局调查了阿米兰特赌场——一个臭名远扬的贩毒场所。缉毒局安插在赌场的线人已经筛选出了合适的人选，调查局也将他们近一年的财务记录都翻了出来，本来就已经准备武装逮捕他们了，但在接到上级命令后，一直按兵不动，等待着李宏毅一行的到来。这群人搞不懂为什么不派遣他们美洲参与灯塔计划的约翰·本杰明·巴索前来，当然，这件事也没有必要让他们知道，约翰·本杰明·巴索现已到达非洲孟塔拉部落，与其说是派他去调查耶兰人秘密基地和非洲动乱的事情，不如说是被支走了。

　　抓捕工作结束后，审讯期间却出了问题，被关起来的众人像有信心能够等来救世主的出现一般全都缄口不言。第三天清晨，众人全都安静地躺在牢房里，再也没了呼吸。

　　不过线索并没有因此断掉，在他们被逮捕后调查局还请来了拉尔菲加的私家侦探——威廉·布莱克伍德协助李宏毅等人进行调查，布莱克伍德先生是喀格桑纳州著名的侦探，而这次行动逮捕的这群人他都有过或多或少接触。看到被逮捕的这群人后，布莱克伍德心中也是久久不能平静，因为其中有几个人他接触过不止一次，但那是在不同的案件中，虽然偶有交合，但关系并不大，原本并行的线索如今交织在了一起，只能说明这次接手的案件分布范围其实比他原本想象得还要广，而且在它的背后极有可能藏着更大的阴谋。因此，布莱克伍德在见到这群人后当即说出了自己的判断："迁星'仪式办'。"许多恶性事件都与他们有关，虽然布莱克伍德并没有直接表明，但他委婉地表示某些地方的迁星"仪式办"其实就是当地迁星党的打手，一些肮脏的活儿，迁星党不会去做，所以都是由他们去做的。

布莱克伍德先生为李宏毅等人带来的线索是拉尔菲加郊外密林的一处空地，那里经常出没一些特殊的赌徒，是一个充斥着血腥与残暴的地方。狗就是他们赌博的工具，在那群人眼中，他们对待自己的狗像对待自己的孩子一样。可笑的是，他们看着"孩子们"互相撕咬，令它们与它们的母亲扑咬，只为看到这所谓的"孩子"在博弈中的价值，给它们注射兴奋剂甚至不惜在它们的皮毛上涂抹可卡因，只是为了那几百美元的赌资。

人们不会去理睬野地里相互撕咬的野狗，因为它们活着本就如此，可当野狗被放在利益的天平，牟利者之间的竞争便可轻易打破原有的平衡。耶兰科技在地球的发展便是如此，耶兰科技的地球持有者之间并不是平等享有权利的，他们之间的竞争其实才是最为激烈的，所有的持有者都想趁着发展初期这个机会迅速敛财，但文明的科技"承载力"是有上限的，耶兰科技无疑已经突破了人类的上限，这种现象首次提出并命名出自国联的会议报告，他们将这一边界称为技术红线。如今，这一红线被扯断了，它正如毒品般逐步侵蚀着我们的文明。

举个简单的例子，耶兰人提供的惰性磁束极核正在逐步取代除核电站以外的发电站，部署简单，经济实惠，其发展势头迅猛，曾耗费巨资建设的核电站被取代也只是时间问题。如果惰性磁束极核成为地球最主要的电力供应技术，那么最终的掌控权在谁不言自明。毕竟，我们造不出也控制不了惰性磁束极核。一个高新的科技如若没有反制策略，无论其涉及的方面是小是大，不可控的科技发展都是一场豪赌，是绚烂的烟花还是终结文明的定时炸弹？一切都要从倒计时开始时说起，或期待，或惶恐，人类等待的是未来，而我们无法掌控的却是命运。没有分得这块蛋糕的竞争者会早早发现这一问题，同样也有为人类未来考虑的人能够很快意识到耶兰科技的危险性——人类科技无法提供可行的反制策略；然而，与耶兰科技的出现相比，利益的竞争才是最残酷的现实，耶兰科技对大众来说，其对应的是低廉的高科技产品，对科技持有者而言则是源源不断的收益，没有上限的贪婪和欲望也就意味着竞争无法终止，而竞争中的发展是快速的，同时也是不稳定的。值得一提的是，由于耶兰人的施压，部分产品的价格在没有任何缓冲的情况下大幅度下调，扰乱了市场，惠民的同时却也触及了某些人的利益，他们暗地里组织起大量因市场竞争而失业的人，一个月后，他们将强行公开约翰·本杰明·巴索的失踪，并以此为借口在16个国家的首都于同一时刻展开游行示威行动。在那些手无缚鸡之力的平民中却躲藏着一群手持枪械的家伙，他们训练有素，无一人被活捉，却又敌我不分，肆意杀戮，这场血色的闹剧便是近百年来范围最广的一次暴乱——白夜行动。这一有组织的事件之所以被称作白夜行动，大概是因为暴乱发生地有白昼，也有黑夜。也许，我们在耶兰人眼中不过是群只会打架的野狗。

李宏毅这次获得的线索是一个名叫小富尔达的家伙，他的库房想必早已存满毒品，近期正急于出手。根据情报，后天那片密林空地举行的"斗狗"活动也将被用作交易，而他的交易对象是诺亚·威廉·安德森，不过这正是威廉·布莱克伍德的假名。

一个月前，布莱克伍德接到一起失踪案的委托，现已确认失踪者死亡，尸体就藏在失踪者住所的地板下——曾用于藏匿毒品，案件委托人是他的母亲——与受害者居住在不同的地方，而尸体丢失的拇指这一鲜明的特征与近期在盐湖岛发现的两名遇难者类似。虽然听起来像是一个人操纵的连环杀人案，但从作案手法和犯罪心理学两个方面进行分析后，无法得出两起案件是同一个人所为的结论，并且这两起案件其实更像是有组织的多人犯罪行为，而布莱克伍德调查的这起案件最大的嫌疑人就是小富尔达。

对于李宏毅而言，他想从这个小富尔达那儿获得的信息是迁星党与迁星"仪式办"之间的联系人，不过他们也不确定是否存在这样一个中间人。李宏毅一行想了解的事情，对布莱克伍德来说也相当重要，身为侦探的他早已敏锐地察觉到了暗藏的杀意，这种越是接近真相就越是窒息的压迫感令他前所未有地兴奋，而那兴奋使他的头脑更加冷静，感官也变得更加敏锐。兴奋会让他获得远超平日的机警。有时候，他甚至能够感觉到微风托起的浮土起于何处，又将何时落地。这种感觉并非一无是处，曾救过他的命。那日，布莱克伍德正在巷口思索嫌疑人的目的，不料一个男人悄无声息地站在他身后不远处，拿着一把鲁格 LCP 手枪稳稳地对准了他的后脑勺。警长事后还在感叹，布莱克伍德的第六感真是敏锐。

然而，最终李宏毅等人却被克里斯托弗·亚历山大·威廉姆斯一网打尽，只因他们犯了两个错误：一是没有将克里斯托弗就是中间人考虑在内；二是他们从小富尔达那儿得到需要的情报后故意让他逃掉了。

在那片密林空地的附近有一个育种犬舍，斗狗的人钻了法律的空子，育犬的地方和训练场是分开的，不过，犬舍主有时候也是训练员，他们将斗犬训练好后或是找到买主又或是送到别的地方，比如屠宰场，他们会将这些低价买来的狗剁成肉泥再送往需要的餐厅。密林中那个育犬舍很是隐蔽，应该是前不久才被抛弃掉的，因为那里还有很多铁笼子和木质狗舍没有转移，同时，也有不少饿得皮包骨的狗仍被粗重的铁链拴着，如果没有被发现，那么等待它们的只会是渴死的命运。

令李宏毅和布莱克伍德都没有想到的是，犬舍旁的灌木丛下居然有一条通往树林深处的密道。二人因为并不知道密道内有什么危险，所以行动稍慢了些，这才让小富尔达逃掉了。这样的报告合情合理。

如若现在将小富尔达关进监狱，也就意味着抓不到更大的鱼了，而自大的小富尔达还以为是靠着自己的能力逃脱的，其实只是二人不想今天就逮捕他，不然的话，他又怎会走出那片斗犬的空地。谁也没有想到的是，等待他们的并不是什么大鱼，而是只吃人的老狐狸。

李宏毅被抓的事情，和吴筠之有脱不开的干系——李宏毅的家人在他被抓的前一周失踪了，但他的家人在李宏毅执行此次任务的阶段是一直有人员保护的，结果却像是变戏法一样凭空消失了。同时，不得不提的是，李宏毅被抓以前见到的最后一具尸体是小富尔达的，他的面部因酸液的侵蚀而溃烂，指甲也被全部拔掉，像是经历过一场残酷的拷问，但出人意料的是，鉴定结果为他的指甲大概率是在死亡后被拔除的。布莱克伍德对此类案件有着敏锐的洞察力，小富尔达的死亡地点以及凶手作案手法，很难不让他联想到盐湖岛的尸体的拇指被带走的事情。杀人犯似乎有着某种特殊的收藏癖，又或者是其他——好比古代战场上士兵们用割下的敌人的耳朵来记录战功。

"我真诚地希望您能够加入我们。"克里斯托弗看着眼前这个桀骜不驯的男人微笑着说道。

李宏毅大脑飞速转动，思考克里斯托弗在迁星党所处的地位，以及邀请自己加入的原因。这扇令许多贵族豪门散尽家产也没能打开的大门为什么会轻易对自己敞开？他们需要自己做什么？为什么克里斯托弗看起来这么有信心地认为自己会为迁星党做事？他们的依据是什么？他们的后台到底是地球人还是耶兰人？他们究竟想要做什么？他们所谓的真相又为什么会有那样的吸引力？

"我的家人现在怎么样，他们在哪儿？"李宏毅的话语中潜藏着愠怒的暗流，坚强的外表下内心却在不停祈祷他的祖国和布莱克伍德能够快些找到他的家人。在这里，他不敢有丝毫松懈，因为眼前两个男人像是能嗅到他的恐惧般时刻等待着自己松懈的刹那。

"李先生，还请您放心，您的家人很安全。"布尔维斯微笑着看向李宏毅，轻柔而缓慢地回答。

李宏毅嘴角抽搐了下，愤怒地瞪着布尔维斯，说："我不可能加入你们，想都别想！我不会背叛自己的祖国，更不会背叛地球上的数亿同胞。"

"如果您了解真相，也许就不会这么说了。您的上司一定什么都没有告诉过您吧？"克里斯托弗讥讽地说道。

"真相？"李宏毅怒笑着看向克里斯托弗，接着说道，"被你们知道的，也能叫真相？不过是虚词诡说，为杀人放火找的借口！"

"人口密度，万分田地一分人。"克里斯托弗用蹩脚的中文说道。他的意思是耶兰人会按照土地规模计算人口数量，多出的削减掉，少的则……但没有少于这个数量的地区。

"什么意思，你们究竟想干什么！"李宏毅不知道会议上的内容，也不知道吴筠之将会议内容透露了多少给他们，更不知道克里斯托弗这句话究竟是来自耶兰人还是某个阴谋论的地球人。他只清楚一件事情，如果这是真相的话，我们的星球很有可能爆发全面的内战。士兵们冲锋陷阵争夺土地，最后被耶兰人保留下来的人却少有他们的家人，少有普通的群众。这才是令人最难以接受的真相。

"我看得出来您相信我们，李宏毅先生，我们只是为了更多的人能活下去。"

李宏毅并没有在意这句话，但未来他的信念将因回想起这句话而动摇。在不远的将来，迁星党将无偿给全球的穷人发放"世界币"，几乎所有的国家都将迅速建立起专属于世界币的私密货币交易所，用于兑换现金。那时，全世界的人们都将因迁星党的行为和其所展现的财力和势力激动振奋或是恐惧、战栗。因为这一行为在不同的人眼中看法是不同的，有的人看到了迁星党神秘领导者的格局，有的人看到了文明前进的希望，有的人看到了这件事背后巨大的利益，有的人则看到了毁灭前的狂欢。此次事件对于国联来说将是一场史无前例的灾难，因为在此之前，迁星党是不被认可的，也是各国政府严厉打击的对象。这次事件之后，迁星党的"迁星"也将不被人们认为是叛逃，而是被更多的人解读为交流，成为人们心中文明的纽带；不过，并不是所有人都这样认为，全世界有四分之一的人这样想，对于迁星党来说就已经是很不错的结果了。克里斯托弗没有停顿，眼神中透着一丝冷意。他再次向李宏毅发出邀请："如果您能够加入迁星党，我可以向您保证，您的孩子会'拥有未来'。"

　　虽然克里斯托弗仍需要按照要求保持礼貌谦恭的态度，但李宏毅的回应却令他很是窝火，眼神中难以掩藏的厌恶可以看出他此刻是多么想要杀掉李宏毅；不过他一想到自己还需要感谢李宏毅，绷紧的面容也稍微缓和了些。如果没有李宏毅，他也不太可能有这个机会加入迁星党。这次对李宏毅的邀请也是克里斯托弗的一次考核，旁边站着的这个如同管家一样的布尔维斯就是他今天的考官。但克里斯托弗就在刚刚也知晓了真相，他明白这意味着什么。如果今天他没有通过考核，那么这所教堂也将是他今生看到的最后场景。

　　"什么真相，只不过是你们牟利的谎言，耶兰人又怎么可能放过人类？未来？如果人类不能团结起来，还谈什么未来！而你们这群人的未来，只会在监狱里度过！"李宏毅怒斥克里斯托弗的吼声，其实也是他驱散内心怯懦的一种方式，他想到自己的妻子和儿子，想到了年迈的母亲，服从的念头在他的脑海中盘旋，但他心中的某种信仰令他坚守住了自己的底线。

　　"你可以选择不相信我们，但我想我们只是缺乏信任，我非常尊重您这样的人，在得知真相后仍能坚守自我，这点我尤为敬佩；不过，还请您放心，我们并没有将真相泄露给任何一个国家的打算，包括你们国家的领导。有一件事，我们很好奇，他们好像比我们知道得更多。"克里斯托弗像个复读机一样将后半句话说完，脸上也浮现出一丝诧异的神情，而此刻他眼中的李宏毅正摆出一副傲慢嘴脸，克里斯托弗心中暗暗鄙夷："我本以为我们是同类，没想到你竟如此幼稚可笑。团结？阶级、宗教、人种、国家、语言、权力、金钱，还有人们自出生起就携带己身的自私的灵魂，哪一样能让这群只为自己的独立自由而抗争的人团结起来？在未知的灾难面前，在随时都可能毁灭的恐惧下，每个人都想要更好的生活，这是一场人性的战争……死亡，唯有死亡，才是救赎之道。"克里斯托弗正想得出神，耳机内又响起了声音，紧接着，他的脸上浮现出一抹妖异的笑容，随后又想到布尔维斯冷漠严肃的面孔，立时将脸绷成了木头。

李宏毅抬头望向教堂穹顶雕刻的繁星，像是回想起了什么，他眼中忽闪的光芒在群星的映衬下陡然暗淡，短暂的愣神过后，李宏毅也终于明白他们为什么想要招揽自己，释怀地笑了。因为李宏毅认为自己什么也不知道，所以迁星党不可能从自己这里得到任何想要的信息，不过，此时的李宏毅却忽略了克里斯托弗刻意引诱他去思考的一个方向——为什么本地的灯塔计划人员恰在这个时间被派遣到外地执行任务？为什么国联会同意委派李宏毅等人前往此地调查？此事，其实正是刘参谋申请的，但对于非正式申请而言，它的流程远比想象中要顺利，好像并没有人去在意这一点，又好像所有人都注意到了事情的怪异，只是他们各自都藏在心里。

当李宏毅再次看向克里斯托弗，恰巧看到克里斯托弗脸上露出的那抹嘲弄的笑容转瞬即逝。一种极度不安的预感令他全身愤怒而悲痛地颤抖起来。

"李先生，很不幸地告诉您，就在刚刚，您的母亲去世了。"克里斯托弗一脸玩味的神情，不过在看到严肃的布尔维斯后又立即拉下嘴角。

此时的布尔维斯只是侧身瞥了他一眼，便立刻从上衣的口袋里拿出一枚胶囊状的东西，一个箭步来到发狂的李宏毅身前，紧握的左拳重重地打在李宏毅的小腹上。就在李宏毅意识松懈的刹那，布尔维斯迅速将胶囊塞进他的嘴里。李宏毅刚想吐出，却发现那胶囊已经在嘴里消失了。

在这片苍白的大地之上，愤怒而无力的汗水宛如黑暗中沉溺的手掌，疲惫地探寻着这个世界。那白色的幽芒，是皎月的罗网，而这所有的一切，也终将如那灼眼的泪滴般陷入那无尽的深色土壤。李宏毅脑袋一沉，意识像是断了线，不过也只是眨眼的瞬间便恢复了，在一旁仔细盯着他的两人一直注意着他，脸上不免露出了诧异，因为这东西他们也是第一次用，所以并不知道吃进去后会有怎样的反应。这是耶兰人在研究人类（死刑犯）生理结构以及思想意识后制造出来的简单工具——谐振定位仪。

克里斯托弗·亚历山大·威廉姆斯等待着耳机那边的回应，可迟迟等不来下一步开始的指示，于是他只得硬着头皮继续向眼前这只"野兽"发难。此刻，李宏毅似乎更不会同意加入他们了，这样下去他的这次考核就真的失败了，而且他也有些不明白，那边的情况虽然并不了解，但他认为李宏毅这边没有任何进展之前，那边的人应该不会主动伤害李宏毅母亲的，可为什么会突然传来她去世的消息？难道是因为反抗过于激烈所以被击毙了？不过药物既然已经吞下，又没有任何指示，那么接下来大概是到了自由发挥的环节，这可就是克里斯托弗擅长的事情了。

李宏毅的脸涨得通红，暴起的青筋像根麻绳一样在脖子上挂着。克里斯托弗走下读经台的台阶，这才发觉李宏毅身上散发着那种令人心悸的压迫感。克里斯托弗慢慢向李宏毅走近，更清楚地感受到李宏毅身上那股铁链也无法束缚的猛兽一般的气势。他摸了摸左手的无名指，用他那明尼苏达口音缓缓说道："李先生，您的妻子和儿子都还在等你。"

"你们这群畜生，如果他们受到了任何伤害，就算我死了，他们也不会放过你们！"

"他们？您是指那个现在被泡在水缸里的诺亚·威廉·安德森，还是威廉·布莱克伍德？"

"你们把布莱克伍德怎么了？"

"我们什么也没有做，他正舒适地睡在一个盛满弱碱水的缸里，也许到现在都还在睡着。"克里斯托弗像是忽然想到了什么，补充道，"哦对了，听说工人们需要不停地往水缸里加固态碱，真是个辛苦的工作呢。"

"你们到底想要我做什么?!"李宏毅怒吼道。克里斯托弗丝毫不会怀疑，如果现在放走他的家人，李宏毅会毫不犹豫地选择死亡。

"李先生，先别急着同意呢，请听我把话说完。"

耳机中传来李宏毅的声音："立刻停止你们的行为，他们如果再有人受到伤害，我就算死也不会与你们合作。"但眼前的李宏毅紧闭着嘴巴，什么也没说。克里斯托弗这才放下心来，因为他知道机器已经起作用了，虽然现在看来好像还有些小问题，但依照提供者所说的，机器只会越来越准确，接下来的工作也将会非常简单。

克里斯托弗接着说道："曾经我也有一个深爱着我的妻子，后来她患癌症去世了。就在几个月前，可恶的窃贼偷走她送给我的戒指，因为此事，我已经有几个月没有睡好觉了。幸运的是，一周前，我发现它出现在您妻子白皙的手指上。"他故意迎上了李宏毅憎恶的视线，说到"白皙的手指"的时候，那语气就像在抚摸着一个柔软的女人。克里斯托弗讪笑着感慨道："哦，这是怎样的缘分呀，可惜我去不了您的国家，真希望您那位美丽的妻子不要将它藏起来，如果有好心人能够找到，并且愿意将它送还给我，我愿意支付 1 亿美金作为答谢。李先生，您觉得这样如何?"

李宏毅无力的愤怒几乎要将他的牙齿咬碎，像极了一头困在铁笼里的山林野兽，满嘴鲜血地挣扎着、嘶吼着。

十 二

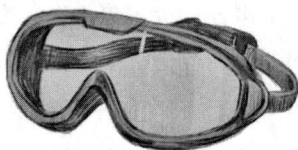

"我想喝水，爸爸。"雪儿看着站在自己床边的父亲，眼中含着热泪，沉默了一下，接着说道，"我站不起来了，爸爸。就让我在家躺一会儿吧，之后会有人来接雪儿的……对吧？"正说着，门外走进一个女人。雪儿朝着门口望了望，便再也止不住眼里含着的泪水，她艰难地坐起身，双手抱着那条毫无知觉的腿，想要将它扔下床去。她呼喊着，哭泣着，顺势倒在来人的身上，倒在她的怀抱里。她尽力扭动着身子，以使身体各部分都能接触到女人的手臂，细声喃喃着："妈妈！"

凤娘和男人都没有说话，他们生怕一开口就把女孩拉回现实。凤娘端着一碗水走到雪儿的床前，任凭小女孩躲在自己的怀里哭泣。等雪儿睡着后，男人便决定要将她的父亲带来。苦涩的心绪铺满了男人下山的路，他已然忘记老万下山前交代自己照顾雪儿的事情，又或者他认为只有这样才是真正照顾好了雪儿。今天是凤娘来后最难熬的一天，她深切地体会到这群孩子是多么需要自己，这也令她有了说服自己不去看望丁一祖母的理由。是啊，孩子们离不开自己。

第二天一早，老万远远望见男人迈着看似轻缓的步子向自己走来，从他腰杆微弯的行路动作上隐约看出男人背着个背篓。老万顿感欣喜，眼圈有些发热，陪伴雪儿至深夜的疲惫也一扫而空，自言自语地说着："我就知道老李你福大命大，肯定会回来的。老李啊老李，这次可要我怎么谢你啊！"

男人远远看见老万站在门口，心里一沉，觉得他肯定是误会了，略有些尴尬地傻笑起来。他步子迈得更大了，想要赶紧向老万解释自己背篓里装的是给孩子们吃的土豆，可不是什么药草；但当他看见老万走向自己时心情愉悦的样子，不由又放慢了脚步，一时间也想不出该如何开口了。

老万走着走着，忽然停住了脚步。男人故意将腰弯得很低，显得比平常背两麻袋土豆还要吃力。老万刚刚还没有注意到，现在才发现雪儿的父亲没来，也终于明白过来，这哪是什么药草，分明是男人一件事都没能办成出于羞愧的赔礼。

"叔，是土豆，土豆。"男人脸上浮现出一抹为难的神色。这边的食物要做到自给自足还差了点儿，因此常需要男人送一些来以保证孩子们不会挨饿，而他每次往山里送食物，都会留给自己一些，这件事老万也知道，全当作男人的劳务费了。毕竟，当年没人愿意干这苦差事，只有男人愿意，他一个人包揽了与后山连通的大小事务，一直以来都任劳任怨，而且每次送来的食物也都足够他们生活，老万也就不曾与他计较这些。

今天男人送来的估计不仅仅只有上次留给自己的那部分，还掏了自家的地窖，但老万并不打算买账。男人听着老万的斥责一句话也说不出来，最令男人委屈的就是雪儿的父亲没来这件事。男人不愿伤害雪儿，因此他并没有将真相告知众人。

之后，他同老万来到雪儿床前。女孩躺在床上，也不知道是否醒着，她的脸上已然看不出什么朝气，苍白的面色生出了如皎月般冰冷的光泽。阿伍在雪儿身旁足足守了一夜，他知道雪儿昨晚的疼痛是如何撕心裂肺，也知晓了自己的无能。阿伍已然明白他那自作主张要为雪儿播下前往山外生活的种子的行为，其实只是为了多出一个志同道合的伙伴来减免自己内心的孤独。雪儿痛苦的低吟将阿伍化作了呕心抽肠的鬼魅，他将深夜前来的沫子赶走了，尽管他知道沫子同他们一样并没有什么特殊，但他依然赶走了焦急的沫子。沫子看着这个曾令自己恼火的男孩，如今反倒生不出一丝怨气，男孩吞声忍泪的模样使沫子放弃了进屋的打算。

不过，沫子同样一夜未眠，她悄悄回到床上，轻轻地躺在熟睡的莫贝身旁，而后紧紧地合上了她那双罪恶的眼睛，那双在月光下散发着鬼火般幽芒的蓝色眼睛，仿佛只要剥离出这片黑暗，五感就会消失。她等待着什么，却迟迟等不来心中那不明所以的期许。

秋是如此的秋，月是那般的月。万物恰是如此那般，无迹可寻。月下观秋色，风吹而叶动，或是风与月的叠影，又或是心与物的交合。

疼痛令雪儿愈发清醒，与其说她没了睁开眼睛的力气，倒不如说她是不愿看破父亲的谎言。昨夜仿佛每一根神经都在撕裂，让雪儿对死亡产生了莫大的恐惧。自从来到这座象征着死亡的城堡，雪儿便觉得死不是多么可怕的事情了，即便那恐惧始终蜗居于他们的心头，令他们噩梦不断。剧痛的侵蚀令雪儿以及听到她低吟的所有人再一次直面了他们心中那份对生存的渴望和对死亡的恐惧。她因生命的短暂而悲恸，因死者的孤独而畏惧，因灵魂排斥肉体的疼痛而饱受折磨。如果死亡是要面对这些，如果死后的身体会这般长久地痛苦下去，那她要活下去，要长久地活着；可当她看到母亲逐渐显露出凤娘的模样，便又一次陷入母亲已死的悲伤事实。也许现实有着某种流沙泥沼的特质，即使人们不去挣扎，也会悄然沉溺。只有不断下沉，下沉，直抵腐烂生命的尽头。

昨天离开时，男人其实就已经有了自己的打算，今天倘若老李还不回来，他也不打算再等了，如果雪儿的父亲不来，那他就背着雪儿到山外去看病。不过，昨天他并未决心非要带着雪儿到镇上去，因为他觉得雪儿的父亲一定会来，到时候也就不需要自己做什么了。虽然男人难以接受雪儿父亲拒绝前来的结果，但他仍决心信守这个对谁也没有说起过的承诺。如今村子东边有一条正在修的道，只需走十多个小时就能到镇子上，但也正因为还在修，并不好走，前些天下雨，积了些雨水，好在雨下得也不算大，今天照理来说勉强能通行。

雪儿的父亲仍在回想着昨天男人辱骂他的话，只有那些话才能令他繁杂的心绪得到短暂的平复。其实没有任何人能够令他羞耻和畏怯，唯有他自己。

昨晚，雪儿的父亲做了一整夜的梦，时而惊醒时而昏沉。梦里他听到死去的妻子在呼喊他的名字，一个陌生的女孩朝着自己缓缓走来。他从小女孩的身旁掠过，想要寻找已然消失的妻子，一阵又一阵的啜泣声从身后传来，那稚嫩的哭声完全不似他妻子柔美的声调，却深深地吸引了他，宛如植物生来就向往太阳那般美妙离奇。他回头望去，看到一个模糊的小小黑影耷拉着双腿坐在他的床上。男人怀着柔情和畏怯向女孩一步步走去，却怎也无法接近她，始终保持着那微妙的距离。他看不清女孩，不知道她是谁，不过又好似比任何人都清楚她是谁。倘若男人知道女孩正直视着自己，定然不敢再望向她那无辜可怜的模样，那熟悉却陌生的脸庞。男人恐惧却又期待着看清那张脸，看清她的胳膊、她的小手以及那条受伤的腿。他的梦中倏地升起了白雾，源头正是女孩那模糊大腿，它们如血般喷涌而出，迅速填满了男人的视野，渐渐地，哭泣声也要离他远去。

男人焦急地撕扯着越裹越紧的衣服，那是他的妻子为他缝制的布衣。刹那间，男人的身体变得轻盈，他从高空俯视着赤身裸体的自己，好似尘埃坠地。他恐惧地发现，随着呼吸的加重，自己也在不断地融化。男人凝望着床上躺着的另一个自己，那里除了自己别无其他。女孩消失了。悲痛仿佛一场不知来处的急雨，在所有真实的梦里回荡着天空嘈杂的呼吸。男人整个身体都要融化在这如尸体般僵硬的土地，他极力攀向躺在床榻上的自己，竭力登上那片深不见底的墓地。

一切都好似发生过一样，男人猛然睁开双眼，目光呆滞，耳边再次传来了妻子的呼唤。

"不作为才是可耻的，但这些问题拯救不了任何人，可以说毫无意义。人们总是倾向于将问题描述得复杂，以彰显他们的智慧。"

"那只是为了深究问题的根源以找到解决办法。"

"或许是我们没这个时间了呢……耶兰人与我们虽然有着文化、物种与思维的隔阂，但他们仍能和我们交流，我是说掌控。耶兰人来之前人们都在鼓吹文明之间的隔阂只有通过战争才能解决，现在他们来了，比我们更加强大，甚至远超我们的想象，他们根本不在乎我们的星球会怎样，总有取代它的事物，他们甚至可能创造出一颗星球来取代我们。"

"那你是怎么想的？是他们驯服了我们，还是我们正在被他们同化？"

"不，我可不这么认为。原始人能驯服野狼，我们可比狗聪明多了。我们有复杂的语言以表达情感。尽管耶兰人很快就掌握了我们的语言，使得我们与他们的交流不再困难，但二者之间仍旧存在很大的隔阂，这种差异不是通过交流就能解决的。而且你所说的同化，不过是我们割裂的前兆。"

"等等，你先前说的什么?!你也支持战争吗？我真不明白，战争能带给我们什么？地球上最后一个人类的哭喊，还是被困死在子宫中的胎儿最后的心跳？我可不是什么失败主义者，所有的一切都明晃晃地摆在我们眼前，它唯一能带给我们的只有无法延续的文明！我们难道要避开它？避开敌我的差距，避开政治的真相，避开个人的软弱，避开人类的尊严，苟活在这座由欺瞒与谎言构筑的堡垒之中？我们不会！永远不会！因为我们中有清醒的人在，有奉献的人在，有勇敢的人在，有视死如归的人在。"

"我并不打算否定，如果你坚持这样认为的话，不过事实远比你，或是我们想的复杂得多。逃亡未必是一个好的选择，战争或许也不是人类的出路，可做决定的并不是我们。虽然我们比地球上的其他生物智商更高，但人类依然需要生活……很难说，毕竟这也是个困难的选择。生物学告诉我们人的复杂，心理学告诉我们人的诡诈，哲学告诉我们人的思想比肉体更为高贵，可生活却告诉我们，人和所有动物一样并没有想象中那么聪明，只要他们还需要生存。"

病床上的老者叹了口气，半分欣慰半分无奈慨叹："你还是老样子啊。"老者微微一笑，接着说道："看来我是无法改变你的想法了，或许在这方面你同他们一样，但驯服野狼的过程总会受伤的；不过，正如你曾经与我说过的，我们不该以人类的思考方式去推敲二者的关系。我们所有的思想哲理也不过是人们从不习惯的角度探索早已习惯的生活中得来的，它的本质还是源于生活。或许这一点，我们与耶兰人类似，又或者就连这种思维也无法匹配；但我们不了解他们（耶兰人）的生活，无法对他们的思想予以定论，可我们又无从了解。我们是向黑暗处进军。希望你不会因此忘记自己先前所说的话，还请谨记这一点。"梁铸淞这次前来，本是想在老者临终前询问一些事情以表慰问之心，没想到竟是被教育了一番。

梁铸淞其实已经达到了他来此的两个目的，一是临终关怀；二是未来技术年代评估。他们虽看法不同，但都从各自的话语中感受到了彼此对未来的希望，那是一股潜藏于心中的无形的力量，他们通过语调的变化和目光的交集很好地传达给了对方。老者是著名生理学家、国家癌症中心的研究员，也是一名院士。梁铸淞将耶兰人关于永生细胞的研究概述读给他听后，得到了一个较为模糊的间隔年代信息，并列举了几点可能性，全部是基于耶兰人可能的发展方向做出的侧重点研究分析。

之后的一个月内，梁铸淞又先后拜访了脑神经学家、计算机神经学家、生物学家、天体生物学家、粒子物理学家、理论物理研究员等多位著名学者，最后总结出一条与自己当初所想几乎分毫不差的结果——笔记造假，也就是说，会议上所出示的笔记不完全来源于实际，但这并不代表会议就是一场笑话，因为事件的可信度非常高，只是梁铸淞关注的并不是事件，而是其中的科技成分。笔记中的科技产物完全不可能出自同一个时代，而会议中刘参谋在梁铸淞的诱导下却表示"这就是现在的耶兰星"，这就是造假。

在梁铸淞看来，一定是那个被刘参谋等人囚禁的耶兰人故意不透露真实信息。现如今，这份整理资料就是梁铸淞与刘参谋谈判的筹码，他需要拥有与想象中那个被囚禁的耶兰人对话的权限。在会议上，他发现这是不可能的，尽管他并不明白这样好的技术获取机会为什么不去利用，但梁铸淞也没有傻到硬着头皮去反对影子策略，而他所发现的问题，正是打破这堵墙的最好的锤子。如果有充足的理由证明笔记造假，那么刘参谋必定需要给出一个能够说服自己的理由，不然他努力筹备会议以及之后的一切筹划都有可能因为这份联名的造假证明而白费。

梁铸淞并没有要威胁刘参谋的意思，但他不想再看到研究员们因跨时代的实验研究而牺牲了，为了载人逃离红光屏障虽然值得，但为了渺茫的希望却要看着一幕幕的悲剧在他所知世界不断上演，也曾令他一度陷入绝望。他认为，就目前的情况来看，是刘参谋等人没有认清楚形势，这种助力原则上是可以没有的，但既然已经有了，就必须充分利用起来——能够来到地球的耶兰人一定拥有丰富且先进的基础知识储备。

小安是耶兰人干预地球人类文明的记录者，同时也是信息提供者。宇宙中的星球不计其数，我们一直认为即便是律者也不可能知晓所有拥有生命的行星，许多星球的文明就算是处于文明保护期，仍有可能被提前发现者吞并，对律者而言这些都发生在阴暗的角落，就像我们这个文明的社会也不是所有人都是自然死去的一样。而小安就像巡警们的探路灯，她需要将地球的消息带给管理者们，才有希望拯救我们这个即将消失在黑暗中的文明。

耀眼的灯光会惊醒野兽，暗淡的星光则会没入黑暗。如果不将小安送到红光屏障之外，所有的一切都将会如梦般消散，可如果借助小安就必须承担暴露的风险。对于前段时间还在静观其变的刘参谋来说，事情总是来得突然，耶兰人的信息令他昏头涨脑，将小安暂时安置在老张家中是当时的刘参谋认为最稳妥的办法。

目前，所有的事情基本上都处在等待阶段——等待与耶兰交涉进度报告（关于耶兰科技扰乱市场经济的交涉，这关系着陆军未来的军事部署计划）、等待国联会议召开通知又或者单独邀见、等待李宏毅那边的结果、等待鹰利706团的处罚结果、等待G-83实验基地的落成、等待与小安会面的时机。刘参谋也终于有时间思考小安的事情了，不过，这才令他意识到最为明显且严重的问题：如果逃不出红光屏障，一切都是徒劳，只有先走出地球才可能得到"他者"的帮助。

刘参谋并没有忽略我们的飞船速度与所剩时间不多的问题，这点他们都没有忽略，所以才对此十分重视，只要小安能够逃出去，逃出耶兰人的监测，一切皆有可能，就算地球毁灭不可逆转，但在小安的帮助下逃出去的那群人也有很大概率可以存活下去。刘参谋思考的一切都不是建立在保护小安的基础上，所以当刘参谋下定决心以自己的生命献上第一束火把的那天，他才会因宁宁的义无反顾而震惊、痛苦，不过又或许是宁宁给了他真正赴死的勇气，谁也说不准，因那烈火早已燃起。

小安的确重要，但关乎未来，任何人都不会，也不能将所有的赌注都押在一个不确定的因素上。灯塔计划的初衷便是如此，它是耶兰人未出现以前，人类对宇宙中外星生命有了一定认知后提出的应对策略：其中有一项看似非常重要而在部分政客看来却可有可无的，那便是各国联合下的"透明人"——灯塔计划的参与者。他们中的每一位在耶兰人到来之后都成为人民心中并不强烈却又急需的希望，因为每一位被选中的人都像是针对外星人的入侵而提前准备的；但实质上，他们并不是专门对付外星人的，而是应对各国局势变化的调和者。

"你是名为黑暗的影，洗濯了灯火的璀璨。你的名下，它们绚烂、美丽。万物因你而隐没，我们这群微光下的生命，只为聆听，那吸食你残疾灵魂的声音。"布尔维斯望着深沉的夜色，如是感叹道，他那双深情的眼眸仿佛在与美丽的恋人对望，"生命宝贵啊，宾客们。"

黑夜宛如一场无声的骤雨，洗濯了万物，清冷的夜色在鲜红的血液里流走。多么沁人心脾的凉夜啊，布尔维斯凝视着天空的墓场，心中自语："晚安，我的朋友，克里斯托弗·富尔达·威廉姆斯。"克里斯托弗·富尔达·威廉姆斯是克里斯托弗·亚历山大·威廉姆斯从政前的名字。

布尔维斯独自站在庄园二楼的阳台，望着下方如蚂蚁入洞般源源不断的宾客，有贩卖武器的商贩、著名的影视演员、外来参观的艺术家、臭名昭著的收藏家、名扬海外的批评家，还有为了名利前来的小说家，以及喀格桑纳州的贵族和本地的政客，等等。他们来自各行各业，今夜聚集于此，他们载歌载舞，尽可能欢乐地参与到这场不明所以的庆祝中去；但这些人并不必刻意装作沉浸在欢乐里，因为这里本就像游乐场一样充满活力与乐趣，只不过一直保持着欢喜的心情令他们觉得有些疲惫。

李宏毅获救后没能直接回国。他回国后的第一件事就是告知何卫国，请他立即调遣部队前往非洲寻找约翰·本杰明·巴索。在此之前，李宏毅已经被滞留在美洲数日了，官方的解释是暂留并协助调查迁星党的"小黑屋"（关于李宏毅被抓这件事，美洲与亚洲的迁星党都有参与，不过洲际联合会并没有什么可查的，因为政府已经知道了所有他们能知道的事情，非正式人员无法接触到的也根本查不出来），这一请求不过是将李宏毅扣留在美洲的借口，因为在被救后的几天里李宏毅一直都待在美洲的一处联合军事基地——B号战地。在那里，他的通信设备全都没了信号，无法与国内取得联系，也无法离开基地。

李宏毅能够成功逃出教堂其实还多亏了威廉·布莱克伍德，布莱克伍德在被抓前将定位器 II-2 型植入了胳膊内侧靠近腋窝的地方。他假意被抓，而后警方通过定位查到了他所在的工厂，对工厂的信息进行检索分析后发现，工厂曾属于一个名叫艾拉的亚裔女性，又因他先前的要求，警方并未立即展开救援，而是将工厂围住等待布莱克伍德的信号，可那时的布莱克伍德已经陷入深度昏迷。

因李宏毅的失踪，喀格桑纳州的警方已与本国取得了联系，并协力调查此事，何卫国是第一个发现李宏毅家人失踪的，因为之前派人去保护李宏毅家人的就是何卫国。他的家人失踪后，刘参谋第一时间申请调动了境外护卫队（与 E . G . A 为不同组织），并为此在国内专门组织了调查组、空中特派（特工）小组和陆军特战队展开救援。这件事远没有想象中那样简单。在掳走李宏毅家人这件事上，吴筠之几乎没有留下任何痕迹，并且特战队中也有吴筠之的人，数日的调查毫无进展。

在收到喀格桑纳州发来的信息后，他们终于有了收获。之前查到的有可能参与绑架的人员中，恰有一人的直系亲属曾在国外那家工厂工作。之前调查组并没有多余的时间去留意这些"可能参与人员"的亲属，可当他们查看工厂的老旧职员名单时，却发现了好几名亚裔男子，这才寻得一丝踪迹。刘参谋在得知这件事后心中虽有迟疑，但没有足够的时间留给他去考虑这些，就算是迁星党的诱饵，他们也只能上钩，因为在毫无头绪的情况下，假线索也是真情报。

于是，救援人员分成两组，一组依照现有的线索继续追查下去，另一组继续原来的调查事项，以免因对方的诱导耽误了最佳的救援时间。

布莱克伍德也并不是毫无准备，他之前就对州长克里斯托弗·亚历山大·威廉姆斯有所怀疑。因为被捕人员的全员暴毙从某种意义上来讲是不可能完成的暗杀行动。即便迁星党实力强、势力滔天，也不太可能在众人毫不知情的情况下完成毫无差错的毒杀。因此他这才怀疑喀格桑纳州的执政官中必然渗透进了迁星党或者迁星"仪式办"的人，并且他们位高权重。这就是布莱克伍德最开始的判断。

而后在与李宏毅追查的过程中，他窃听了警察局长的通话，这才发现克里斯托弗曾询问过李宏毅此行前来的真实意图，并希望局长在帮助李宏毅的同时留意他的举措。也许在局长看来，只是因为李宏毅的身份比较特殊，所以才被州长特别关照，布莱克伍德当时也没觉得有什么奇怪的，直到李宏毅失踪后，他才明白这份特别关注的意义所在。几天前，布莱克伍德在一次偶然的机会下偷偷翻看了局长的通话记录，发现州长三次打来电话的时间都是李宏毅外出执行任务的前一天，最后一条记录是李宏毅失踪的前一天打来的，之后这个看似关照李宏毅的州长就再没有与局长通过电话。本就有所怀疑的布莱克伍德在被捕的前一天悄悄潜入了州长的办公室（并且此时的州长对外谎称他在办公室，但其实他正坐在布尔维斯的庄园喝茶，显然这种谎言并不能骗过布莱克伍德）。

起初，布莱克伍德只是想找文件或者密信之类的线索，可他刚走进办公室，就在地毯上发现了一块不该有的污渍，细细嗅来还能闻到淡淡的腐烂的青草气味。这是郊外的泥土，从它的颗粒大小可以看出雨水滋养的痕迹，且泥土中带有不用放大镜就难以发现的草植根茎碎片。克里斯托弗所在的城市本周并未下雨，不过这并不能排除他曾踩踏过灌溉后的草坪。在后来的调查中，布莱克伍德发现州长这段时间并没有出行记录。同时，布莱克伍德还在州长办公室的电脑上发现了一条最新发来的邮件，正是已经确认死亡的小富尔达的手机发来的。布莱克伍德在看到后迅速拍了张照片，留下提前准备好的一封写有地址和时间的信便离开了。与此同时，布尔维斯正在调侃这位前来索要小富尔达手机的克里斯托弗，这部手机里到现在仍存有足以令他事业尽毁的证据，所以他才提前两天来找布尔维斯，而布尔维斯摆弄着手机，在发完那条邮件后一脸平静地望着他，在克里斯托弗看来，那完全是上位者傲慢的姿态。布尔维斯不以为然地告诉他："就在刚刚，有人进了你的办公室，我向那人发了封邮件，烦请不要介意。"

克里斯托弗盯着他手上的手机，知道布尔维斯是用小富尔达的邮箱发送的邮件，胸中怒意滔滔，却僵硬地微笑着问他要自己做什么。布尔维斯并没有在意他的言不由衷，只是通知他考核申请通过的事情。克里斯托弗听后，积压在胸口的怒气霎时间化作喜悦消散而去。他本想临走时问布尔维斯这样做的原因，现如今他已经完全不在意这件事情了。

　　布莱克伍德留下那封信就是为了让克里斯托弗将他抓走，但他来之前并不确定是否要留下信件。如果他拿不到足以威胁克里斯托弗的证据，是绝不会与之约见的，只有震慑住克里斯托弗，他才有可能活着被带到李宏毅身边，而不是一具被随意丢在树林的焦黑尸体。因此，除了那封邮件外，他其实还有另一个发现足以保证自己和李宏毅的安全——克里斯托弗与局长的通话记录。布莱克伍德通过这次对州长办公室文件及通话记录的调查发现，克里斯托弗对李宏毅的特别关注并不是出于政府官方的要求，同时他可以确信局长并不知晓克里斯托弗的不法行为。因为局长曾一再劝说布莱克伍德要谨慎行事，并委婉地提醒他小心一些大人物的参与。布莱克伍德认为，如果李宏毅死了，政府为了有所交代，必然会尽可能地搜集证据并将责任完全推给迁星党，而布莱克伍德作为著名私家侦探所提供的"有可能作为证据"的证据一定会被彻查。如果自己在这个过程中也不幸身亡，克里斯托弗就一定会被停职调查。原先布莱克伍德并不确信克里斯托弗是否惧怕官方的调查，可当他看到邮件后便相信他不会将自己悄无声息地杀了。布莱克伍德通过这些天的调查已然清楚他的秉性，认为克里斯托弗没那个胆量，至少短时间内他不会这样做，所以布莱克伍德这次行动才会如此急迫且迅速。

　　布莱克伍德将案子的疑点以电子邮件的形式写给了局长和他的一个朋友，不过他设置了定时发送，因此两人现在并没有收到邮件，之后他又整理了两封信件，一封藏在李宏毅原先住过的地方，另一封被他带去见了克里斯托弗。他本以为克里斯托弗为了拿到另一封信会与自己谈判并进行交易，没承想克里斯托弗竟提前调查了他，并在他的早饭里下了药。之后布莱克伍德只是模糊地记得自己被灌了数次药水，一直昏迷，到了第二天还没有醒过来；但正因布莱克伍德此次舍身相助，刘参谋他们才成功解救出李宏毅的家人，只可惜李宏毅的母亲确实已经去世了，原因是心脏病发作，又因被关的地方距离最近的医院太远，没能及时得到救治。

局长在工厂不远处焦急地等了一天一夜，一直没能等来布莱克伍德之前提到过的信号，但他并不知道那所谓的信号是什么，这令他心烦意乱，更加不安起来。他心中恨恨地想着："难道他是想要我等雨停吗？"局长竭力让自己不去想布莱克伍德现在的处境，可他越是不想就越是觉得可怕。他心中没有布莱克伍德遭受酷刑或是死亡的臆想，却又觉得死亡的黑色雾霭早已将布莱克伍德笼罩，那生命的光亮无法穿透这淫雨下的黑暗照向自己。正如他此时此刻无法知晓布莱克伍德在工厂中的情况一样，他的思想被危险的幻想紧紧包裹住了，仿佛裹挟着布莱克伍德血肉与灵魂的雾霭在向他蔓延。

最终，局长终于无法忍耐等待带给自己的亦远亦近的恐怖，他不能让布莱克伍德死在里边，即便救不出李宏毅，他也要救出布莱克伍德，因为李宏毅对他来说也许只是事业上的问题，可布莱克伍德曾救过他的母亲，且不论他们的交情，这份恩情就足以令局长做出接下来的举动。工厂毫无防护措施，里边的人员也被迅速控制。他看到布莱克伍德被随意地丢弃在一处废墟中，泪水止不住地往外涌。他痛恨自己的迟疑，忽然间好似明白了人世间所有的悲苦与不甘。可当他蹒跚地走到布莱克伍德身旁时，才发现布莱克伍德并没有死，只是昏死过去了。原来是这里的打手被一个不认识的管家模样的人吩咐说，不要让他死了。他们担心碱水泡得太久，布莱克伍德会因中毒或者一些稀奇古怪的原因死掉。正因他们不了解这些，所以才将布莱克伍德从碱水缸中捞出，如果有人前来视察，就将他再放进去；而警察们进来之前，他们听到外面传来的动静，还以为是雇主来了，正准备将布莱克伍德丢进缸中，才发现是警察，外面放哨的人居然连警报器都没能按响就被制服了，可见这群打手并不专业，再加上这家工厂居然与绑架李宏毅家人的匪徒间存有一定的联系，这一切都很难用有限的巧合来解释。布莱克伍德得知这些后，对此也深感疑惑，不过不久之后，他便想明白了一切。只是被这样一群人戏耍的羞耻使得布莱克伍德不愿过多提及，不过每每谈起这件事，他就会不自觉地手舞足蹈起来，如一个痴狂的恋人般，大概这就是后来他只身前往李宏毅所在国家的原因。

　　布莱克伍德并不是出于兴奋才手舞足蹈，而是得了病，此中缘由也鲜有人知。没有痛苦回忆的创伤对于一些人而言也许无关紧要，但在布莱克伍德的潜在认知里，却是一件非常可怕的事。恐惧曾一度填满他每一寸腐烂的皮肤，劫后余生的战栗令他彻夜难眠，对那神秘的幕后之人的愤恨和无法回避的钦佩之情以及渴求真相的热切、烦躁与不安时刻萦绕着他，这一切仿佛都在提醒他不要忘却，都在鞭策他前行，寻找答案，都在等待他与死亡博弈的结局。他陷入泥沼般的命运，避无可避。布莱克伍德的精神状态变得更为奇异，却也因此拥有了诡异的沉着与冷静，或许真相对他来说就是一剂为之驯服了死亡的素朴与平和的毒药。

　　局长大喜过望，完全忘记了本次行动的主要目的是营救李宏毅。他扶起被摔醒的布莱克伍德，可布莱克伍德睁开眼后的第一句话就将他拉回了现实。布莱克伍德问："救出来了吗？"

　　之后，警方在布莱克伍德的帮助下迅速锁定了李宏毅所在的位置。其实，布莱克伍德并不是很确定，只是猜测出了他与这所工厂的距离，他在昏迷期间每每自己有些意识的时候就会被灌入一定量的迷药。迷药出自同一处，每一剂的药量相当，并且布莱克伍德也是第一次接触这个品类的迷药，所以在不考虑抗药性的前提下，按理来说，昏迷的时间也应该差不多。从昨天早上到现在共计 29 个小时，布莱克伍德记得自己共服用了 7 次药，虽然这些记忆有些模糊，但次数上，布莱克伍德觉得自己是可以肯定的。最后一次，自己是被摔醒的，所以大概服用一次药足以令他昏睡四个至五个小时，而他分明记得自己第一次醒来是刚到这家工厂的时候。那时候，他从外看到了工厂的大门，记忆尤为深刻。从他租住的房子（布莱克伍德是在这附近的破旧租屋吃的早餐）驱车到这儿只需两个多小时，并且第一次喝到这种药效力应该更强才对，所以布莱克伍德判断，这期间他一定被带去了别的地方。这个看起来难办，其实却非常简单——绕点画圆。最后，布莱克伍德圈出几个可能位置，其中一个就是这所教堂。

100多年前，这所教堂曾收留了一名从战场上逃出来的黑人——暂且叫他格尔吧，他是位没有名字的英雄。其实，这所教堂当时收留了很多像他这样的人，搜查兵到来时，他们就躲进后院墓地的地下密室去。那时候，教堂就已经经受了一次战争的摧残，格尔来后不久，战线又一次被拉回至教堂附近。这次却来了一个杀人如麻的恶魔，他欲要屠尽这所教堂内的所有白人，只有格尔站了出来，为教堂里的人争取了时间。人们这才知道，原来格尔是真的厌恶战争、讨厌杀戮，并不是畏战、不勇敢。他们躲进地下密室。那名将领（他其实是一位战死的白人将领的部下，因骁勇善战暂时接替了主人的位置）发现教堂空无一人后，便认定格尔是被逼迫故意来拖延自己时间，好让他们逃跑的。他想让格尔提刀杀死被俘的对面阵营的白人士兵以证清白，可格尔拒绝了。那名将领不理解格尔的行为，于是他气愤地将格尔的舌头割下，划开了他的手腕，斩断了他的脚筋，把他脱得一丝不挂，并且割掉了他的生殖器，最后用粗糙的麻绳勒住脖颈，吊在了教堂的大门上，之后便率领军队前往下一处人群聚集的场所。

那个地下密室如果还在的话，相比其他地点，李宏毅最有可能关在那里。因此，布莱克伍德告知警方需要搜查的第一个地点就是那所教堂。

结果却是警方刚准备出动，就接到了上级下达的命令，要求他们终止与李宏毅相关的一切活动，并交由军队接管。布莱克伍德并不隶属任何一方，他刚能站起来就立即前往教堂，可留给他的却只有教堂外空地上躺着的一具被子弹贯穿颅骨的尸体——克里斯托弗·亚历山大·威廉姆斯和教堂里被绑着的已昏迷的李宏毅。

军队赶到后直接将他们二人带走了。当时李宏毅仍旧处于昏死状态，布莱克伍德也没能幸免，军方像是在担心李宏毅说出什么事情来。布莱克伍德在看到信号屏蔽车后就明白了他们将如何对待自己，布莱克伍德心想，也许是考虑到李宏毅可能假装昏迷，其实已经将一些事情告诉了自己。他并没有反抗，吃了一片上校递来的白色药片后就陷入昏迷。

等布莱克伍德醒来后，他发现自己被关在一间还算舒适的房间，除了没有信号和不能外出以外，其他一切服务都非常周到。布莱克伍德也意识到，军方好像并不想知道自己了解什么，也没有给自己解释的机会，就这么一直囚禁着。从房间仓促的陈设、提供日用品的类别以及食物供给人员谈话的语气来看，也不像要长久拘留自己的意思，完全就像是在等待某些事情的发生。

克里斯托弗的死是必然的，从他走进教堂的那一刻起就已经注定。从一开始这就不是一场生死博弈，而是一条从设计之初就已择定终点的道路，同时也是他们过去的所有选择的指向。克里斯托弗并不知道迁星党的计划会与自己有关，因为他是通过迁星"仪式办"主动找上迁星党的，所有的一切都是依照规则行事，他也没有得到什么特殊优待。正因如此，他从未怀疑过迁星党会利用自己做什么，反倒是他，想加入迁星党以求得自己未来生活的安定，一直期待着迁星党能发现自己的用处。对于迁星党未来的发展而言，克里斯托弗无疑是非常重要的一环，因为他关系着下任州长以及总统的选举，并且迁星党的洗白也需要他助一臂之力。

克里斯托弗曾是现任总统的狂热支持者，现任总统应对耶兰人的强硬态度是所有人都看在眼里的，人民需要这样的领袖。如果不出意外的话，下届总统选举，现任总统仍会是获得选票最多的候选人。要想换新的总统，使用一些手段是非常必要的。如今，迁星党已经在布局这些了，而克里斯托弗则会是推倒现任总统的最后一枚炮弹。

选举投票开始的前一个月，他们将公开克里斯托弗恶意绑架他国灯塔计划参与者李宏毅的消息，同时在社交平台大量转载克里斯托弗支持现任总统的演讲视频，以此借机向现任总统发难，撇开选举的话题以证清白的同时将矛头指向非洲战争，质问其是否想对其他大国发动战争的问题，然后等待有心人的发酵。这样，他曾经的强硬态度会成为人们浮想的开篇，加之先前为现任总统铺设下的财政火药，一切都将在那个最为关键的时期被这颗小小的炮弹引爆。新总统上任后，迁星党也将告知大众是他们制裁了克里斯托弗，当两方争议愈演愈烈达到不可调和的地步时，世界币就是时候问世了。在此之后，新总统将向国联的安全理事会发出申请，各国协同打压迁星党旁支势力的发展。如果情况顺利，它将助力迁星党走向以星球为单位的官方组织的道路。

李宏毅被监禁的原因并不是军队已经被迁星党控制了，而是他们不期望李宏毅将约翰·本杰明·巴索失踪的消息带回国，他们需要借约翰的失踪把迁星党的注意力转向亚洲。从某种意义上来说，这确实帮助了迁星党在亚洲的发展，但这也将削弱本地的迁星党势力。现任总统对迁星党想要做的事并不是一点儿也没有察觉，他知道他们将在下届总统选举上搞出大动静。如果想要铲除美洲的迁星党就必须转移他们的注意力，只要约翰这次前往非洲时失踪，他们就能揭开李宏毅此次美洲之行的不法之举，并控诉亚洲领导滥用国联特权迫害他国。

约翰此次前往非洲，带去两份协议，第一份协议是他们与非洲正规军签订的，而第二份协议则是交予正规军与雇佣军团的草稿。与正规军的合作将彻底改变迁星党在非洲的布局，但想要扭转战场局势，最为关键的还是第二份协议的生效。不过，在耶兰人进驻地球的当下，他们也是有所顾忌的，比如第一份协议，其中一条虽是经济援助，但其实是为了降低冲突外溢的风险，以免局势完全失控，殃及地球上所有的国家。第二份协议有一条则是希望正规军约束雇佣军团，因为核武使用的规则条约对这种民间组织的部队构不成限制的。据他们所知，迁星党是拥有小型核武器的，因此并不能确定非洲的雇佣军团是否获得了与此相关的武器。战争局势的变化有很大可能改变迁星党的非洲计划，如果迁星党不想放弃他们的"武器库",那么美洲的迁星党或许将因此被削弱。待协议签订后,只要约翰失踪,未来就有机会将战火引向亚洲大陆。同时,这场可能引发的战争对战争之外的其他大国而言也有着一定的吸引力——世界人口的削减(迁星党的高层将所有的战争比作万进一的提前批)、激化科技发展、降低因财政危机带来的国际安全风险等。

李宏毅之所以知道约翰不久后就会失踪,是因为克里斯托弗向他传达了布尔维斯的提醒。因为约翰的失踪未来可能引发的国际问题于国际迁星党势力无益,至少在他们完全掌控各国政府前,这种争斗是非必要的损耗。而美洲军方在知道李宏毅被迁星党捕获之后,就一直在担心,因此在没有救出李宏毅前,他们派出一组由七个人组成的特工小队前往非洲截杀约翰(原计划是让约翰藏一阵子,这其实是因为防卫事务部部长一直不服气约翰当选灯塔计划参与者,他的侄子也是当年的竞选者之一),当然是在协议签订以后,不然无法起到削弱美洲迁星党势力的作用。

李宏毅回国之前,约翰就已经失踪了,但特工小队并没有完成任务,因此他们并不想放人,却又苦于国联的施压,只得将李宏毅送回本国。何卫国在得知李宏毅获救后就急于与他取得联系,可令何卫国感到诧异的是,李宏毅在被救之后就像凭空消失了一样,非但没有主动联系他,自己也找不到任何方式与其建立联系。当他得知李宏毅仍在协助调查时,心中的不安更加强烈了。派遣李宏毅出国调查的提议是刘参谋提出的,当时何卫国就觉得这件事行不通,虽然灯塔计划参与者是有权这样做的,但在此之前所有的参与者还都没有正式起用。简单来说,灯塔计划参与者的权利类似口头上的约定,他们仍是面向大众的摆设。

在此之前,参与者其实一直处于未被起用的状态,如果让李宏毅以灯塔计划参与者的身份进入美洲,他们就必须承担正式启动灯塔参与者计划的主要责任。同时,李宏毅以参与者的身份前往美洲,双方所需承担的风险也都是未知的。因此,何卫国起初并不看好刘参谋的提议,只是刘参谋给出的任务是那样笼统，启动灯塔计划中参与者协约的意图显而易见，而何卫国在得知刘参谋需要国际的联合助力后便也答应了他的请求。

令何卫国没有想到的是，对方居然爽快答应了，只不过有一个要求，就是让他们国家的参与者约翰同样以灯塔计划参与者的身份前往非洲，理由是为了避免李宏毅到来之后引发的信任危机。何卫国可不信这一套，他觉得约翰此时前往非洲是非常不明智且缺乏大局意识的行为。因为那边正在发生内乱，他们就算是打着缓和战事的名义过去，也不大可能是为了阻止战争；可在拉扯之下，何卫国只得答应了这个请求。最后，两国分别向国联提交了申请，可秘书长却让何卫国私下签发公函，并不想过多参与此事。

十 三

　　男人和雪儿直到下午才动身前往山外的镇子。男人来时本想直接将雪儿接走去看病，可当他看到她苍白瘦削的脸颊和软塌塌的眼皮后就放弃了这种想法。雪儿已经经不起这样的折腾，男人心中苦闷且带有一丝愠怒，他又一次看向躺在床上的雪儿，这一次比上次要看得仔细真切，也产生了别样的想法。他觉得自己杂乱的思想在汇聚，最终流向了一点——死。男人急切地扫视雪儿，似想从她的脸上或者身上，无论哪里，任何一处都可以，只要能够反驳他凭空产生的念头就好。她明明就躺在这儿，她的手心是热的，她的腹部仍在均匀地起伏，她还活着，如同一个奇迹般平凡地活着。男人清楚地看到了这一切，却无法摆脱那种想法。他将愤怒投向自己，痛苦从他的眼角溢出，渐渐模糊了视线。他又转向老万，想要从老万的脸上找出雪儿留下的痕迹，可他没能找到，这也使他得到了少许安慰，许是此刻的他太过认真或是糊涂，只顾寻求这一夜的忧愁，却没能发现它们早已刻满了老万的脸颊。

　　午饭前，雪儿的情况有了些许好转，烧也奇迹般退去了。沫子给雪儿喂了一些软糯的饭食后，男人便背着她和一些干粮匆匆离开了。

　　雪儿离开后，沫子一个人回到雪儿生病期间住的那间屋子，她坐在那张木质的竹面床上，眼神空洞，也不知在想些什么。不多时，莫贝跑来找沫子玩耍。雪儿离开时，她远远就看到了沫子伤心的模样，只是不知道该如何安慰她，便想着索性拉沫子去玩就对了。沫子走回房间的这段路，莫贝一直尾随在她的身后，每每想要上前说些什么，都会被沫子拉开距离。她发现自己竟跟不上沫子缓慢的脚步，她们就像性质相同的两块磁石，谁都没能转过身来。没有任何的遮挡，莫贝就这样一直跟在后头，她不敢从沫子身后喊住她，一时又觉得心急。她终于鼓足勇气想要上前拦住沫子时，却发现沫子已经钻进了屋子。她走到沫子身前，望着那双天蓝色的眼睛，此刻它们变得更加温润明亮了，她最喜欢沫子的眼睛。

　　沫子总是害怕别人关注自己的眼睛，甚至曾想过要挖掉它，这时常令莫贝伤心不已，却也无力改变。因为沫子知道她爱着自己，爱着自己的这双眼睛，可越是这样就越是令沫子痛苦。有人爱着这双带给自己不幸的蓝色眼睛，这本该是一件值得高兴的事，可那幸福却常常因不幸的突然降临而泯灭。

　　沫子弓着腰坐在床上，耷拉着脑袋，眼泪哽住了她的喉咙，使她几乎说不出话来，她想拒绝莫贝的请求，却什么也说不上来，只得被她拉着走出了房间。刚出房间，莫贝便唤来大狗，陪同沫子来到一处无人的高地，她本以为自己能够想出一些新奇的游戏逗沫子开心，可越是这样想就越是什么也想不出来。她们坐在枯萎的草地上，望着远处的山峰发呆。

　　飞鸟在空中盘旋，忽而越过高墙飞离了她们的视野，忽而三五成群如同变戏法一样出现在头顶的天空。沫子痴痴地望着身边正发生着的一切。曾经的她是多么期待能够走出这座城堡，一次又一次地在大门内侧徘徊，可当她看到大门开启，孩子们向外冲的时候却又感到惶恐和畏怯，仿佛外界才是野兽盘踞的孤岛。当沫子第一次走出大门，微风从她的耳边拂过，真切的自由激起了她无数次燃起又熄灭的冲动。这些天来，她无时无刻不在想着离开这里，每当她想到外界的生活，就会觉得幸福眷顾了自己，衣食住行这些她都没有考虑，她只是怀念那轻柔似水的微风和大门外不知疲倦的风景。可这里仍有她无法割舍的事物，矛盾的心绪化成泪水，毫无保留地泄进了雪儿稚嫩的手掌。现在雪儿走了，没有带走任何事物，她亲眼看着雪儿离去，看着大门关闭，又看到老万和凤娘的叹息，看到阿伍的悲伤以及其他伙伴的落寞和恐惧，唯独没有看到此刻正陪在自己身边的莫贝。她不敢再望向门外了，就好像莫贝正站在外界的土坡上看着自己且下一刻就会与之对视一样，莫贝得以自由的欣慰掩住了她的双眼，别离的恐惧则攫住了她的思想。她呆滞地凝视着一处无人的高墙，好半天没回过神来。耳边仿佛有个声音在告诉她莫贝并未离开自己，她慌忙四处张望，但总感觉那声音就来自门外。她一次次将视线从门外抽离，这才发现莫贝就站在众人身后的老槐树旁，没有离去。

男人背着雪儿向村子一步步走近，这段路走起来要比村子东边未修成的路还要困难一些。临近村子，男人开始犯难了，他不知道雪儿的父亲见到雪儿后是否还会如同昨天那般绝情。男人并不怕丢了脸面，可他担心雪儿伤心难过。他在想到底要不要绕过村子，直接奔向山外的镇子。最后，男人以雪儿和自己需要提前吃些晚饭为理由说服了自己，他背着雪儿先回到自己家，独自吃完了等会儿路上要吃的干粮，又单独为雪儿做了些方便吃食。每次男人感觉到雪儿醒来，就向她解释一遍他们要到哪里去，他们现在在哪里。从上午到现在，男人都没有听到过雪儿说一句话，如若不是她的体温在诉说着生机，那双时而睁开的大眼睛在沉声发问，男人又要因自己的迟疑而悔恨了。

他们吃过晚饭，出门前男人拿了条有些发黄的毯子给雪儿披上，随后便背着雪儿来到她曾经的家。男人站在门口一句又一句地喊着，却迟迟没得到回应。雪儿趴在男人的背上，也没有任何动静。男人担心将雪儿吵醒，又敲了几下门，便准备离开，可他转身要走时，却感觉肩膀处传来了一阵湿热。他心下一沉，将雪儿往背上提了提，又在门口站了一会儿，还是没能等来雪儿的父亲。直到男人听到后背的雪儿似用尽力气才发出的声音："我们走吧。"男人听了这句话心酸不已却也如释重负。他们离开了，向着山外走去。

祖母听到野猫争抢食物的示威声，便让丁一出去看看，别是吃了邻居家的老母鸡或是小鸡崽儿。丁一不耐烦地走出屋子，近几日，丁一发现祖母自从躺在床上后就变得十分关注外边的动静，这令他产生了一种祖母曾经也是这样不厌其烦去查看状况的感觉，可他又不觉得祖母以前是这般好管闲事。

祖母听到老旧房门被推开的"叽哇"声，听到渐行渐远的脚步声，听到丁一因自己说"中"却又极不耐烦地将气撒在野猫身上的谩骂声，不多时门外的世界便没了动静，黑暗仿佛被割开了一道口子，溢满了空荡的房间。

有形的世界宛如一副镣铐，拖曳着人们醒不来的梦。梦中扑面而来的现实，却又承载了太多的孤独。祖母静坐在这片嵌满寂寥的黑色汪洋，自由地、落寞地漂泊在海上，那如影随形的孤寂淹没了所有的思想，抚平了一切翻腾的思绪，祖母的脑海中忽然浮现出多年前的光景，好似在提醒她仍旧活着——垂死的乌鸦趴俯在荒芜的土地上，时间如雨般滑过它的每一片羽毛，乌鸦僵硬而迟缓地张开双翼，将自己裹进黑暗之中。它于荒芜处搁浅，而埋葬它的夜幕则被冠以救赎的名义。一切都在不可避免的远行中找寻着方向，死亡或许不是孤独原本的模样，但孤独却总与生命相仿。回忆滞留在悄然弥漫的月光里，于祖母而言，它是仅存的、朦胧的世界。屋外夜风习习，祖母忽地感到一阵凉意，才发觉她所期许的拂晓，早已昏黄一片。

李宏毅回国接受审查是在他见到家人并为母亲办过葬礼之后，这是何卫国在得知约翰的事情后给予李宏毅的特别优待，其实也是为了消除之前突然冒出的李宏毅已死在他国的传闻。可在后来的审问过程中，他们却没能从李宏毅的口中问到最想知道的事情——克里斯托弗是谁杀的？

在李宏毅的描述中，教堂里只有他和克里斯托弗两个人，而他在被救之前一直被囚禁于教堂的地下室，后来也是被克里斯托弗带进了教堂，其间并不存在第三者。美洲的布莱克伍德也是这样认为的，教堂里只有李宏毅和克里斯托弗两个人的鞋印，第三者只是在教堂外的空地上徘徊，并没有进入教堂内部。可两个人心中都有疑惑，为什么在教堂外徘徊的第三者没有进入教堂？如果第三者只是为了杀死克里斯托弗，那么他也就没有在此处徘徊的必要，可如果他才是主谋，那为什么他没有进入教堂？因此，教堂中是否存在第三者仍是未定的疑题。

尽管何卫国与刘参谋等人认为李宏毅所说句句属实，但迫于其他领导人的压力，李宏毅的政治权利还是被架空了。之所以是架空而不是被革职或是停职，是因为李宏毅身份之特殊以及李宏毅前往美洲这件事本身也具有一定的特殊性，并且如果毫无理由地将李宏毅停职，免不了会引起公众的猜疑。在这一特殊时期，任何大规模群体对政府的猜疑都可能引发公共危机。

秦思哲这天驱车来到老张的拉面馆。在这种餐馆的点餐流程，他已然十分清楚。刚一走进屋，秦思哲连看都没看一眼墙上挂着的牌子便开口说道："老板，一大碗牛肉拉面，要微辣的。"从他进门那刻，老张就注意到他了，只不过刚开始的注意只是所有面馆老板都会有的那种对进店客人的关注，可老张在看到他一整套好似熟客的操作后便也对他提起了一丝兴趣。凑巧的是，此时红发男子刘思铭正坐在他的斜对面。老张对这二人也就多留了个心眼儿。其实说来也算不得凑巧，因为刘思铭之前隔三岔五就会来一趟店里，自从那次刘思铭向老张询问宁宁的问题得到否定的答复后，已经有好些日子没来了。直到五天前，他又来了，并且不再是隔三岔五来一次，而是每天中午这个时候都会来，他也不再向老张询问任何问题，只是慢慢地吃，时不时地向门口处张望。

当刘思铭抬头向门外看时，正巧看见秦思哲从掀起老张昨日新挂起的棉帘到走进餐馆并坐在自己斜对面的全过程。刘思铭本就时刻注意着来到店里的人，看着秦思哲像是店里的常客，之前却又没遇见过，且在他进门的瞬间，刘思铭脑海中不由浮现出张皓宇进入餐馆的模糊记忆，不免多看了几眼。他因忆起蓝眼女孩而微微愣神，心想也不知此人是否认识她，想要上前问询的心却再一次被自卑与怯懦击败。刘思铭的视线在秦思哲身上驻留了片刻，而这短暂的瞬间却给人以异样的感觉，好似两人早已熟识只是装作不认识，这才使得老张误以为秦思哲和刘思铭是一伙的。

秦思哲自从来到老张的餐馆就觉得浑身不自在，总有一种被约束的感觉，而这一感觉则是源于他无法察觉到两人的注视，又因身处对他而言有些拥挤的环境进而产生了对自己行为的误解。此刻的他已经将来此的目的忘记了大半，全身心地回忆起了从下车到点餐的整个过程，并竭力想从中找出自己的错误以使紧绷的神经舒缓下来。他听到下一个客人进店时直接冲开棉帘的沉闷声响，接着又看到这位客人头也不转地向着老张走了过去；他看到老张和那位客人交谈的时候瞥了眼自己，便自以为对方察觉到了自己所犯的错误，并因此更加焦躁不安了。因为他进门时侧着身子将棉帘轻轻放了下去，这些他曾认为是毫无用处且拒不执行的教养，今天却因他的紧张自然地役使了他的行为举止。

起初，秦思哲并不在意要如何进入老张的拉面店，他要求管家教自己如何做到以一个普通食客的身份进店就餐，管家将进店流程及注意事项如报菜名般说得流畅且冗长。他在本地找了几家普通的拉面店就餐，顺利地得到了管家的认可。秦思哲在确信自己的一切都显得普普通通后便只身来到了里海，可当他下车看到老张的拉面馆闭着的门帘后，心中莫名的慌乱令他产生了退缩的念头。他后悔没带管家来，转念又觉得管家是无用的，便故作从容地走了进去。

在想到进店门的错误行为后，他埋怨管家为什么要求自己先到别家店尝试，明明一开始做得完美无缺、毫无破绽；可一想到之前的预演，他又觉得都是自己的错了，因为他最开始做得并不完美。练习时，进店后，他总是一眼就能看到服务员或者厨师、老板，目光炯炯有神，全然没有搜寻菜单的意思便直接坐下。管家告诉他，刚进入餐馆时应该先看看空着位置的餐桌而后朝里边望上一眼，寻找墙壁上贴着的菜单时不要只是转动眼睛，脑袋也需要跟着眼睛一起转，在菜单前需要思索片刻才能点餐；但是，在来里海的路上，无聊的秦思哲思索着该如何做得更好，他自以为直接点餐的模样会显得自己常来这种店吃饭，同时内心隐隐期望着宁宁正巧在她父亲的饭店吃饭并看到他为她所做的一切，所以他并没有完全按照管家说的做，想通这一切后，他才发觉自己平淡的心绪从进店起就已涌起的波澜。

在此之前，管家也曾问过他，为什么要装作普通食客到老张的店就餐，直接亮明身份和目的岂不是更容易一些？秦思哲自己也无法回答这个问题，或许是原因太多，他也不清楚到底是哪一个。按理来说，老张这种身份，宁宁的信息也应该很快就能查到的，可事实却并非如此，因此才更加令人在意。不过还有另一种可能，也许他只是单纯觉得无聊才如此认真地装作普通食客，因为就在几天前，也就是李宏毅刚回国的那天，秦思哲的父亲突然暂停了他所有的商业活动，并对外宣称未来两年秦思哲将不再参与任何与商业有关的活动。

在老张眼里，秦思哲此刻正竭力使自己显得文质彬彬，他惶恐、焦躁却又庄重，就像一只因打鸣不慎卡住喉咙的公鸡翘着艳丽的尾羽在屋顶打转。在此之前，秦思哲也并非没有来过这种小店，相反他小时候是常去的，那时他的零花钱虽然足以支持他去更好的饭店，但为了照顾一位偶然认识的朋友，他常常带着其他朋友去光顾那家店。小店是由朋友的奶奶经营的，早些年他死去的父母看这里地段不错便盘下了这家店，秦思哲是他父母车祸的见证者，因而认识了他。可老张的店并不能带给他早年那种熟悉的感觉，也许是内地的店面装潢与那边不同，又或许是因他的紧张和被无限放大的欲望的影响。

从秦思哲进店起，吴筠之就注意到了他。监视他的女人刚向吴筠之汇报完情况，那边就已经列出老张家的住址和家庭成员信息，可吴筠之看都没看一眼。因为前些日子他就来过这里，而且还是刘参谋带他来的，说是一个老朋友开的店，自己也常常来此吃饭，同时也向他介绍了张皓宇。那天可把来这儿吃饭的小孩给吓坏了，刘参谋他们来之前，便衣牵着警犬在店里一圈一圈地嗅。老张要是提前知道还有这档子事肯定就不让他们来了，但其实，在刘参谋的要求下，吴筠之已经放低了安保的标准。即便如此，老张到现在仍不知道那天有两名狙击手时刻盯着店门口的位置，不然刘参谋下次想进这个门都难咯，不过好在老刘向别人夸奖了自己儿子让他心里好受了些。当时，吴筠之认为刘参谋只是为了套自己的话，其目的还是救出李宏毅的家人，可没想到今天秦思哲也来到了这家店。秦思哲的父亲与严泓是故交，按理来说，秦思哲应该是站在他这边才对，他调查秦思哲也只是因为之前城区监控的事情，事关妻儿未来的生死以及迁星党洲际联合会高级议事团的晋升，所以不免认真了些。

从一开始，这件事就是他的个人行动，但随着调查的深入，那种孤立无援的预感却变得愈发强烈，他心中不免想象离开会议室后发生的事情。严泓究竟做了些什么，他们又对严泓说了些什么，或者提出了怎样的要求，毕竟这件有违他意愿的事好似严泓也有所牵连。不过这种想法只是瞬息便被另一个他更加确信的事情取代。吴筠之见过宁宁的照片，联想到秦思哲先前做的那些准备和他固执的性格，很自然想通了这一切。他觉得刚才自己怀疑严泓就是搬起石头砸自己的脚。其实，自从李宏毅的事情结束后，秦思哲对他而言就已经没什么用处了。即便秦思哲真的知道些什么，他仍认为只需掌控李宏毅，秦思哲知道的事情自己终会知道，继续监视秦思哲只会被刘参谋钻了空子，搞不好，严泓真的会站在自己的对立面。因此，秦思哲进入拉面馆后，吴筠之便撤回了监视他的人。

不过对于这件事，吴筠之心中仍有所疑惑，不知道刘参谋唱的哪出戏。刘参谋请他来这儿吃饭的那次，他就派人调查了老张一家人，不能说是平平无奇，这家人的确有些特别，只是刘参谋带给自己的疑点太多，实在无法一一细致调查。他明白，这种为分散风险所暴露的疑点，越是调查，自己陷得也就越深，如果哪天不小心疏忽了，搞不好自己就会变成下一个纪恒——开会那天，纪恒没能进入会议室，并且会议结束后第三天突然就被革职查办了。不过从那时起，张皓宇身边就比先前又多出了一群关注他行踪的人，或是同事，或是路人。

刘思铭可能马上就要离开这座城市了，因为他现在搬砖的工地就快要竣工了，可他在这边还没有找到工作。他没有身份证，全部家当除了那身肩背磨破的衣服和一些零钱外什么也没有，这边竣工后，他连免费住宿的地方也没有了。如果再找不到工作，就只能换一个城市生活了。他无法向任何人坦白过去，却又渴望他人的理解。他渴望忏悔后的宁静，却又常常因残忍、血腥或是感动且愧疚的回忆而焦躁不安。如果孤独也分境界的话，他已然停留在第二境，并不是没人理解他，而是他不愿意将自己的痛苦展现出来。

他不过是只无法选择自己道路的羔羊，在迷途中始终渴望着温暖的芳香。宁宁的美丽勾起了他仅存的温暖的情感。尽管女孩进店时的微笑并不是对他一个人的，但那份甜美的暖意始终萦绕着他。他明白自己无法给予女孩任何事物，但他要离开这里了，所以他希望临走前知晓女孩的名字。在所有等待的日子里，他一次次地回忆着女孩的模样，可她却宛如清晨的白雾般随着他回想的肆意游荡变得愈发稀薄，女孩的相貌在他无数次想要加深印象的回忆中逐渐模糊，幻想犹如温暖的沟渠，将它引向漆黑冰冷的淡忘。他无法忍受模糊的现实在幻想中一点一滴地流逝，便再次回到老张的餐馆，以求听到或是看到他难以接受却又不得不直面的生活。

两个人心不在焉地吃着拉面，彼此间没有任何交流，而老张则时刻防备着两人。三个互不相识的人之间好似产生了某种联系，直到宁宁出现在众人眼前的那一刻，三人的视线如同贯穿命运的丝线般缠结在了一起。

五个小时前，张皓宇载着刘参谋再次回到里海市。这次回来，刘参谋并不打算让张皓宇和上次一样跟着自己。上次，他只是为了创造一个合适的机会向吴筠之介绍张皓宇，而这次，刘参谋并没有邀请任何人，可以说是一次毫无理由的出行，就连张皓宇也不知道刘参谋此次前来的目的。刚进入里海市，刘参谋便告知张皓宇自己要去一个地方，不需要他跟着，让他想去哪儿就去哪儿，不需要待命。

张皓宇自认为听明白了刘参谋话中的意思，刘参谋这是故意让他自由行动，以自己看似随意却带有目的性的行为做诱饵，吸引可能存在的监视者的注意，他只需时刻注意周遭环境的变化以伪装成一个身负重任的人，起到转移视线的作用，并在必要的情况下揪出跟踪他们的人。他的行动越是随意、越让人摸不着头脑，就越容易吸引他们的注意，这也好让刘参谋有充足的时间去办重要的事。

因此，张皓宇回家了。之前就听刘参谋说他家新来了一位妹妹，这件事父亲居然没有事先告诉自己；不过，他也并没有埋怨父亲的意思，更多是对这位妹妹的期待。此前，他一直没有机会用私人手机与父亲联系，就连妹妹长什么样子都不知道，如今既然得了闲暇，又有什么理由不赶快回家呢？他也没有忘记自己的任务，即便是回家也一样，他不断绕路且走走停停，本来开车一个小时就能到家，这次驾驶飞快却足足行驶了两个小时，就好像回家的路途中有非常艰巨的任务一样。

张皓宇敲开家门，打开房门的宁宁转瞬的疑惑迅速被欣喜满溢，她开心地抱住皓宇，齐肩的短发别了个彩虹发卡，非常亮眼。不等皓宇开口询问，宁宁便拉着他来到自己的卧室。小安此刻正躺在宁宁的床上，像是还在睡觉。宁宁见状心中顿感疑惑，因为她出来开门前，小安还在为自己挑选今天佩戴的发卡。皓宇看到躺在床上的小安，迅速退了出来，同时不忘将宁宁也拉了出来。想到正熟睡在宁宁床上的小安，尽管他没有看清她的脸，甚至连小安的形体在他的脑海都变得模糊了，但他已经不再期待任何事了。皓宇的心底不禁泛起苦涩的涟漪，欣慰的泪水在眼里打转。他有些哽咽地责备宁宁："不要打扰妹妹睡觉哦。"话刚说完，便怎也抑制不住翻涌的情绪，如清晨的露水般晶莹透亮的眼泪沿着脸颊缓缓滑落，洗去了往日的疲惫，不经意间留下了岁月的痕迹，那是一条条、一段段、一缕缕无法拾取的回忆。

　　小安做了一个梦，梦里老人不断敲打着地板，直抵隐没的边缘。世界在她的梦里被无数条有形的曲线贯穿，它们无始无终，却又无时无刻不在眼前，消失与浮现。梦中人沉浸在梦里，梦里的人望着无法洞穿的灰暗，世界茫茫一片，犹若消失的时间与浮现的画面。

十 四

　　雪儿的父亲早上醒来后便决心将雪儿接回家来，他要陪女儿度过最后的时光。如果老万坚持不让他带雪儿回村子生活的话，即便让他永远住在后山，也不是没有可能。这看似容易的决定对于村里人来说并不容易，它需要孤独至死的决心和对自己生命的漠视，甚至还要抛弃更多。

　　他刚醒来时，决心是那样坚定，为自己做早饭的时候，甚至都在幻想未来在后山的生活。他觉得那边清苦而无趣，但这些依然没有动摇陪伴女儿的决心，直到他注意到自家散养的母鸡在院子里咕咕乱转，老母鸡的屁股后还跟着前些日子刚刚孵化出来的小鸡。前些天下雨的时候，他还特意为鸡窝添了些干草保暖。雪儿父亲又一次陷入苦闷与纠结的情绪，好似安慰自己一般，喃喃自语："三只蛋鸡。"老母鸡虽然总共才孵出了五只，但其中有三只都是母鸡，这也是他近些日子以来唯一感到高兴的事。小鸡的叽喳声勾起了他对女儿的思念，于是他不再想象住在后山的日子了，而是思索着如何与幻想中的老万博弈。

　　他多么希望能带着女儿回到她原来住过的地方，尽管那些回忆并不美好，或许雪儿早就忘记了家里的生活，或许她并不怀念，或许她非常恨自己，或许这里留给她的只有无处安放的悲苦。他如是想着，却又觉得不得不带雪儿回家，以改变她对这个自己深爱的家的认识，改变她对自己的看法，并给予她温暖，像她的母亲那样。他是多么渴望找回家的感觉，找回雪儿对自己的深爱与敬重。那份对家的深爱始终困扰着他，他将家里布置得满满当当，甚至可以说是拥挤，可他的内心却长久空旷。

正当他想着如何面对病痛折磨中的女儿的时候，家里来了串门的人。在这里，早饭、午饭、晚饭时串门是常有的事，或许要比别的村子更加频繁，因为这边的人子女大多不在身边，像雪儿父亲这种也有一些，他们的日子单调，渐渐也就习惯了吃饭时聚在一起。他与来串门的人说起想将病危的女儿接回家的事儿，一番闲谈过后，他也得到了意料之中的委婉提醒，告诫他不要试图打破这项规定，不苦他们这一代，下一代就要接着遭罪。他们的回答总是简单有力，可遭受苦难的人却并不是他们，而是他们的孩子，因此说起这些话时，这群人总是会表现得羞愧且悲伤，甚至会因提到孩子在那边生活而痛苦哭泣，但也有人对他们的孩子并不在意，仅为自己孤独的生活而悲泣。

待串门的人走后，雪儿的父亲也准备动身出发了，他想先去看看雪儿的情况再做决定。不过早上醒来时的那股坚决劲儿更加浓烈了。尽管他打算下午就回来，但是他仍旧将数月未曾打扫的脏乱的屋子收拾得井井有条。收拾屋子的时候他想起雪儿特别喜欢吃母亲做的胡萝卜土豆饼，便试做了一份，只是家里没有胡萝卜，他沿着小道挨家挨户借了一遍才寻得几根。他借东西的时候虽显得笨手笨脚，但做起饼来却很麻利。他一边揉搓着土豆，一边期待着雪儿与朋友分享食物时的美好场景，不出两个小时就做了整整两锅饼，等他打包好土豆胡萝卜饼，出发时已是正午。

雪儿的父亲虽是跛脚，但倒是常走山路，因此速度并不慢于其他人。他摸索着来到后山。尽管小时候他曾来过这边，但这条道他已经多年不走了，时隐时现的山道多次令他迷失方向，好不容易才来到城堡门前，面对大门却又迟疑不知该如何进去。他围着城堡转了半圈，因为另一半是斜靠在山坡上的，并不好走，所以他绕到一半又折返回来，在大门前徘徊了许久，这才扬起巴掌，重重地拍响了大门。

陌生的敲门声惊动了正在为雪儿清洗床单的老万，他正担忧雪儿能否撑过这场大病，并期盼着她早日回来。往门口去的路上，湿漉漉的床单在他的手里被越拧越紧。尽管老万已经有些淡忘雪儿父亲的长相，可他仍旧一眼便认出了来人是谁。老万本打算如果有机会见到雪儿的父亲就好好训斥他一番的，男人的谎言，老万自然听得出来，什么没有遇见她父亲，分明就是他不打算过来，不要这孩子了。老万用羞恼的语气质问他："现在过来还有什么用?!"这话落进雪儿父亲的耳朵里，犹如一道惊雷，他的眼泪扑簌簌落了下来。

老万见他痛苦的模样，一时也不知该如何斥责他了。他一边往门内走，一边向老万询问："雪儿现在在哪儿？"老万看向他左摇右晃的影子，仿若灵魂散进了土地与天空的罅隙，没了偏爱它的归处。或许是刚才的话让他误会了，老万这样想着，心中的内疚更胜，他黝黑的脸颊因羞耻愈发绯红，却没有用话语表现出来。正巧此时，凤娘也闻声赶来，她还以为是雪儿路上出了事情半路折返回来了，脸上焦急的神色恰与雪儿父亲的悲伤对撞，二人四目相对，都从彼此的眼中看到了愧疚和痛苦。凤娘大惊失色，险些晕厥过去，好在老万及时说了句："雪儿去镇子上看病还没回来。"

两人眼前皆是一亮，仿佛雪儿生命的光辉于他们的眼底透出了光亮。他惊惧而惶恐地转过头望向朝着自己走来的老万，老万刚才所说的话如同山谷回音般在他的脑海中久久未散，他仍旧无法相信却又渴望知晓雪儿的现状。在听过老万的解释后，他当即决定去找雪儿，并将一部分土豆胡萝卜饼留了下来。凤娘在知晓他是雪儿的父亲后好一通责骂。老万在一旁看着，没有插上一句话，就好像被训斥的不只有他一人似的。临走时，老万还不忘提醒他雪儿的去向，这是老万重复的不知多少遍中的最后一遍，或许这会减少老万对雪儿的愧疚，又或许雪儿父亲的到来本就符合老万的期望。

从后山到村子的这条路上，他几乎将大半的时间都花在了辨认时隐时现的山道上，虽走得很快，却迟迟没能赶上雪儿他们。

男人带着雪儿离开她父亲家后，路途中一直没有停下歇息，并不是男人不觉得累，而是他每每停下脚步就会更加深切地感觉到后背微弱的起伏，无法停住前进的脚步，满是歉疚的担忧便也成了他这一路走来不竭的动力。

山有山的来处，风有风的归途，人间夜色满盈，月光落入路边积水的小坑，宛如片片波光洒落；人影在摇曳的树影间荡漾，天边的乌云于明月下缓缓流淌。男人大口喘着白气，臂膀的肌肉止不住地颤抖。他曾背过很多孩子上山下山，却从来没有像今晚这样疲惫不堪。男人下定决心背着雪儿到镇子上看病前也想过这个问题，可当他想到雪儿的体形和重量后便没将此当回事。尽管胳膊已经酸得动弹不得，男人仍旧没有放下雪儿的意思，因为他担心放下雪儿后，就再也无法小心地避开她腿上的伤痛将她背起了。今晚天气的阴冷是他没有想到的，好在出门前为雪儿多拿了条毯子披在身上，这也是男人走在路上唯一感到安慰的事。

雪儿从离开家门的那刻起就再也没有昏睡，仿佛有一根皎洁如月光的丝线将她们系在了一起，随着她的远去，丝线被越拉越紧，好似随时都会被扯断一般。她心中焦急却也无奈，身上裹着的毯子仿若她愁苦的心绪，包裹着她的苦痛与哀思，也温暖着她的回忆，那是别样的温情，是看到家门后始终萦绕着她的思念的暖意。她一直处于这种半睡半醒的状态，仿佛秋末枯萎了一半的野草，是生命温暖着生命。

正当男人累得有些虚脱时，他借着月光望见不远处似有个人坐在大石头上。见那人起身要走，男人慌忙喊住了他，希望来人能帮他把雪儿从背上放下来，好让自己也休息一会儿吃点儿东西。那昏暗中的身影倏地一滞，歪歪斜斜地向这边走了过来。

　　小安的睡梦对她来说或许是一种蜕变，同时也是她来到老张家的第一次充能。等她醒来后，已经快到午饭时间了。在小安熟睡期间，皓宇和宁宁商讨了他们今日的出行计划，之后只需要小安同意，他们就可以出发了。第一站仍是老张的餐馆，其实并不是因为宁宁只能在那边吃饭，还是有很多地方可以接受宁宁这样的病患就餐的，只不过是因为在那边吃饭会令宁宁感到更加放松，出行的松弛感也能增添她在外游玩时的乐趣。这种微妙的情感便是促使宁宁对此产生依赖感和安全感的重要原因之一。

　　皓宇是第一个进门的人，且被棉帘遮挡，宁宁并未及时出现在店内众人的视野里，但刘思铭看到的第一个人仍旧是宁宁。尽管他认出了张皓宇就是上次带宁宁来饭店的男人，但他的视线却如同被磁石吸引，在张皓宇进门的那一刻起，他就没有去看他，而是死死地盯着被掀开一半的棉帘，就好像他不看就已知晓来人是谁一般。

　　宁宁进来后首先看到的就是刘思铭，也不知他身上有着怎样的特质，竟使得宁宁生出了一丝熟悉的感觉；不过，这种感觉就如同拉面上升腾的雾气一般，因刘思铭的眼神迅速冷却。或许连宁宁自己都不知道为什么她能够记住刘思铭，为什么熟悉的感觉会突然消失。正如她此刻所想的那样，那个人看起来像是生病了，他脖颈处的伤疤竟这样宽，他的生活是怎样的啊，真叫人可怜。

　　刘思铭见宁宁看了自己一眼，竟不自觉地站了起来。此刻，秦思哲也注意到了刘思铭。刚才，他还没有看到宁宁时就留意到了刘思铭的怪异举动，他随后的举动令秦思哲更加确信刘思铭不仅仅是为了一顿饭而来，他与自己有着同样的目的。

　　秦思哲发现宁宁时，她已从他的身旁掠过。他望着熟悉的背影，又想到了那日她转身离开的场景，想到了她被人海淹没的前一刻回头张望时模糊的半边侧脸。宁宁身后跟着的小安在路过秦思哲时向他望了望，众人都没有注意到这看似寻常的食客视角的观察，可这一幕落在出来迎接的老张眼中，却成了他难以摆脱的负担。尽管刘思铭的模样有些凶狠，但在老张眼中，他的威胁远不及此刻正散发着极强目的性的秦思哲，况且刘思铭已经吃过饭要走了。毫无疑问，秦思哲的目标是宁宁，可他越是这样不加掩饰，老张就越觉得他是将宁宁错认成了小安。老张为宁宁的安全而忧心，同时担心存在着自己未能发现的危险。他又扫视了一遍来此的食客，大家看宁宁的目光是那样慈爱，坐在门口位置的一位熟客还在对自己微笑，老张笑着向那人点头，却也因此没能发现秦思哲与危险人物沾不上丝毫关系，他从未掩饰自己的目的，看向宁宁时也是满心的欢喜，只是因纠结的心绪未能完全地展露出来。

刘思铭发觉来自秦思哲看向自己时不怀好意的眼神，微微愣了下但并没有过多在意，而后他径直走向宁宁。此时，宁宁已将小安推至身前，正欲让小安坐在自己的位置。皓宇看出了父亲眼中的焦灼，还未做出反应，老张已经来到宁宁身前，一把将她揽在身后。刘思铭脚步一顿，站在了过道上，他发觉自己内心从未像此刻这样平静，仿佛老张的举动是他意料之中的事，但他只是因过于紧张放弃了思考。可奇怪的是，他并未感知到自己紧张的情绪。秦思哲凝视着老张那副严肃的面孔，把筷子平稳地放在了碗上。

张皓宇猛地向前，一伸手就将刘思铭按在了桌上。他从进门时起就注意到了那夺目的黑红发色，上次离开时，男子就曾尾随在他们身后，只不过转身的工夫，他就跟丢了，因此张皓宇起初并不确定男子上次是否真的在跟踪他们，今天算是终于确定了。

老张被皓宇往右推了下，等他站稳时，皓宇已经按住了男子。老张看了看被震惊的其余食客，以及泰然自若的秦思哲，赶忙低声呵斥："住手！"

张皓宇想回答，可宁宁打断了他的话："哥，快放开人家呀！你做什么呢，会受伤的啊！"宁宁紧张地望着刘思铭那张因恐惧变得狰狞的脸，他好似遇上了自己最惧怕的事物，全然不似刚才看到的那般轻松愉悦。张皓宇刚一松手，刘思铭便挣脱开来，做出一个逃跑的动作，可他刚迈开步子就又退了回来。他的视线从老张身上滑落到宁宁的脸上，紧接着又瞥了眼张皓宇，这才发现一直站在他们身后的小安，不过他的目光并没有在小安身上过多停留便转向了宁宁，他匆忙间想要开口，却被宁宁的话打断了。

"对不起，您没事吧？"宁宁温柔地看向他刚才被扭按压在桌子上的肩膀。见他不说话，宁宁接着说道，"他平时不是这样的，我想肯定是有什么误会了，请原谅他吧！您的肩膀还疼吗？"宁宁满脸歉意。正看得出神的秦思哲手机振动了一下，他拿起手机看了一眼，便装作受惊的样子付完钱迅速离开了。老张蹙着眉开始怀疑起了秦思哲，再难以将他作为普通人来看待，内心深处为此忐忑不安。不过老张的不安可不仅仅是他自以为的多疑引起的，同样也出于他对外部环境的感知，而这种感知甚至连他自己都不曾察觉。这一感知又出于何处呢？秦思哲走后，紧接着，另一个食客也吃完离开了。这个人是监视秦思哲的人，但他不是吴筠之的人，也不是秦思哲父亲身边的人，而是作为第三者存在的，且他十分清楚自己第三者的位置，因此，就连吴筠之的人也未能发现他的存在。

秦思哲付钱的空当，刘思铭见老张不再瞪着自己，终于鼓足勇气，问出了那句话："你叫什么名字？"或许是因为说得太快，宁宁被这一问惊得颤抖了一下。她疑惑地望着对方，看出了他眼中的急切。她不知道自己的名字对这个男人有着怎样的意义，却极力想明白其中的道理。不待宁宁思考，皓宇出乎预料地回答了男人的问题："张宁宁，她叫宁宁。"

刘思铭纯真的笑容浮现在了他无论何时都显得阴郁的脸上，奇怪的是，那感觉出奇地和谐，就连他冷峻的伤疤仿佛都有了温度。

他将背影抛给了身后众人，步履坚定而轻盈。那一刻，宁宁仿佛看到了他的欢快与落寞，看到了他的纠结与成长，看到了他的纯真和不幸的未来。世道或是如此，若是所有人都快乐，所有人都幸福，便无法定义美好。不幸与悲怆散落在人间各处，它们任意降临在某些人身上，以丑陋与苦痛的汁水浇灌着世间的美好与温馨。刘思铭似乎想到了这些，他第一次从别人的美丽与幸福中获得了真挚的欢乐，第一次因自己的丑陋感到温暖。

十　五

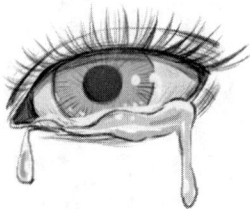

　　雪儿的父亲从后山下来，踏上了前往镇子的山路。他不停地走，不停地张望，一直走到天黑也没有望见一个人影。疲惫与饥饿的荒漠干瘪了他的视野，他凝视着倒向自己的黑暗，扶着身旁的巨石无可奈何地坐了下来。男人按了按有些发昏的脑门儿，从背袋里小心翼翼地掏出一块胡萝卜土豆饼，轻轻地掰下一半放进嘴里。霎时间，泪水淹没了所有思绪，回忆如潮水般涌现，女儿的笑容此刻是那样清晰而美丽，它竟一直深埋于自己的心底，长久地温暖着那份近乎消亡的思念。

　　他听出了男人的声音，热泪滚滚落下又戛然而止，他一边按揉着泛红的眼眶，一边朝着男人快步走去。男人看着朝自己走来的摇摇晃晃的黑影，觉得有些熟悉，两人走得近些，才认出来人正是雪儿的父亲。男人刚认出他时还有些疑惑，不明白他大晚上来这儿干什么，不过，当他看清他的脸时，便明白了所发生的一切。一直以来，男人心中都有着一种难以言喻的期许，他总觉得雪儿的父亲一定会来找他，相信他是治愈雪儿的温和的良药，也是救赎自己的刚强的力量，只不过，男人带着雪儿来到他家以后，厌弃与落寞取代了看到紧闭院门后变得愈发强烈的预感。如今在这里遇到了他，不论他要做什么，男人仅明白一件事——他是奔着雪儿来的。

男人本想跟着雪儿的父亲一块到镇上，相互之间也好有个照应，况且去往镇子的路已经走了将近四分之一，是去是回，今夜都是睡不好觉的，并且男人也非常担心雪儿的身体状况，怕她撑不下去。待雪儿在她父亲背上趴好后，男人顺势摸了下雪儿的额头，这才发现她的额头滚烫，男人急忙将自己的棉外衣脱下，并把雪儿的上身裹了起来，接着又将那破烂不堪的秋衣缠在雪儿的腰上。

男人上身赤裸，晾干的汗水冻得他瑟瑟发抖，雪儿父亲见男人还要跟着自己向山外走，便阻止了他——到后半夜天只会更冷，他们还有很长一段路要走，况且男人已经做得够多了，如今自己来了，不能再让男人光着膀子随他走这么远的夜路。雪儿父亲的视线在男人身上停顿了下，眼前这位贴心的粗汉，在触摸她额头的一瞬间脸上流露出的忧愁和憔悴的神情是那样令人动容，他想到昨日与他吵嘴时羞辱他的话，心里自责不已。

雪儿半睡半醒间仿佛听到了父亲的声音，可她心里清楚，那是她月光下的美梦。梦中的她正与一只三花野猫在草丛里玩耍，三花身材矮小，低矮的草丛就足以将它淹没。它蹦蹦跳跳跟随在女孩左右。女孩突然跌倒，三花以为是在同它玩耍，便扑了上去，女孩坐起时不慎划伤了脸颊，便哭着回家了。母亲看到女孩的脸，急忙上前安抚，她一面唱着歌谣一面为女孩擦拭着眼泪，为了安慰女孩，晚饭做了她最爱的胡萝卜土豆饼。雪儿吃晚饭时偷偷掰下小块饼子，因为衣服没有口袋，所以一直攥在手心里。她的父亲看着这一切，脸上不由泛起了慈祥的笑意。吃过晚饭后，他偷偷跟在女儿身后想看看这个小家伙想做些什么，不出所料，她拿出偷偷藏起来的小块饼子，唤来了三花。女孩见三花身后尾随着一只狸猫，看着手里的小块饼子犯了难。父亲见状连忙走开，佯装什么也不知道的样子，对着雪儿的方向喊："雪儿吃饱了吗？爹爹这儿还有块饼子嘞。"饼是饭前就分好了的，只是父亲没有吃自己的那份，打算留作雪儿下一顿的饭食。雪儿急匆匆地跑到父亲跟前，又掰了一小块饼子，转身跑回屋对面的草地去了。那只三花还在原地等她，狸猫却不知去向了。她喂给三花一小块，又等了一会儿还是没能等来狸猫，便都喂给了它。

这场梦结束在了她回头望见父亲的那一刻，这段山路好像比刚才更加陡峭、颠簸了……雪儿虚弱地微眯着双眼，静静听着周遭的一切。呼吸声平缓且微弱，那是她自己的呼吸，是她此刻听到的全部生命，世界陷入寂静的幽梦。

不知何时飘起了小雪，也不知过了多久，另一个世界传来振聋发聩且悲伤的声音："大夫，救救我闺女吧！她不……像是，不行了。"

她死了，像是一片初落的雪花消融在月下。

"看到那颗星星没有，它是我在地球上见过的最耀眼的一颗。"

"现在是白天，哪来的星星？"

他指着太阳没有回答。

要是梁铸淞院士还在世，一定不会像那些人一样谴责杨继德吧？没人知道梁铸淞怀着怎样的心情离开这人间的，但我想一定有着许许多多的不甘，同样，或许也有着释怀。因为在梁铸淞逝世前与杨继德共同完成了"时空隔流"的理论模型，尽管它还存在许多不足，但框架初成，便足以振奋人心，未来之路已然浮现在众人脚下，或许这将是一部悲壮史诗的开篇，但他们绝不会因畏惧停下前进的步伐。他们所践行的准则，也正如梁铸淞所期许的那样，不做浑浑噩噩过日子的人，不做明理而羞于生活的人，不做热情而盲无目的的人，要做就做看清世界的真相后依然努力前行的人。

这项研究的其中一个分支在未来也将起到完善破缺理论的作用，并且为外星居住条件改善计划提供了新的思路，同时与其协同研究的部分也将作为飞船逃逸推进系统的另一研究方向——量子态同化之于 3 进 2（多进一）式协同-集群加速反应链。

或许许多人从未觉得科研人员有着怎样伟岸的精神，或许他们自己也曾因工作过于简单而怀疑自身的价值，或许人们只在危难时才会关注能够拯救自己的科研成果，或许适应现代生活的人们早已习惯了享受科技成果。

我不知道梁铸淞有多少遗憾，不过有三点我可以确定：一是梁铸淞去世的第二天是他孙子的一岁生日；二是梁铸淞死前未能见小安一面，小安本身虽是一个普通的生命，但也是未来科技的集大成之作，梁铸淞被告知这一真相后，却未能与之相见；三是梁铸淞希望全球人民联合起来，共同建造世界最大的"粒子物理观测站"，此事一直没能得到多少业内人士的响应。梁铸淞的预测是极具前瞻性的，如果想要深入研究"时空隔流"理论，人类必须拥有这样一座大型实验室。

不得不说，梁铸淞的死令众人都深感悲痛，他是一个真正的伟人。当然，他的死因同样存在着合理的怀疑，有少部分人认为他是因为知道了某些不该知道的真相，才会落得这样的下场。还有一部分认为是耶兰人干的，他们不希望我们有突破他们限制的科技发展。但正如最开始我说的那样，他的死令所有知晓他的人为之惋惜悲痛。梁铸淞院士的死因最后被确定为"肝硬化"。

也许大多数人会认为梁铸淞之所以知道小安的存在，是因为他掌握着一份足以令刘参谋交代真相的证据，不过梁铸淞心里也是非常清楚的，如果真的不该他知道的事，那他就不可能从已知的信息中推敲出什么来，如果真是这样的话，那么当初他走出会议室后就应该立刻有人前来警告自己不要对会议上提供的内容抱有任何探究心理，可事实就是没有任何人前来提醒或者警告自己。这也正是他在会议上当着众人的面而不是单独面对贾沈义提出"耶兰人的科学技术上有一长众短的可能"的另一目的，他要让所有人都知道自己将做什么，在了解到自己该不该做的同时也增加了未来谈判时的筹码。

其实自从梁铸淞在会议上说了那句话以后，刘参谋就曾试图接近他，奈何有吴筠之在暗中监视自己，他一直没找到合适的理由。他不怕老张被怀疑，甚至说小安成了吴筠之的怀疑对象，他也不会过于担忧，但他却十分担心梁铸淞因自己的介入被吴筠之盯上，其中缘由，刘参谋应是自有打算。相反，以他们二者的重要性来说，吴筠之更重视小安是否存在这个问题，对于梁铸淞，他并不感兴趣，原因有两点：首先他并不是完全忠心于迁星党或是耶兰人，其次迁星党并没有注意到梁铸淞这个人。

因此，在刘参谋发觉这件事并没有那么复杂后，主动找到了梁铸淞院士。那时候，梁院士已经将证明资料整理完毕，可他并没有直接前往亚洲军事基地寻找刘参谋，而是被杨继德拉去搞研究了，因为叶秀华所带领的团队有了重大突破，依据上次爆炸前最后上载的参数，他们终于将变量克尔法希临界值的范围确定下来了。其实，整件事是有些不同寻常的，因为他们的实验仅是开始于观测，后来随着杨苛的加入事情才有了转折，实验也随之加大了难度，他们夜以继日，在这片未知的领域摸爬滚打，或许除了他们没有人能体会那种压力。他们肩负着人类的未来，失败带给他们的不仅仅是挫败和无助，还有作为指路人的罪恶感。

那段时间因实验设备的更换，G-83 实验基地的月花销超 500 亿人民币，不过在杨苛等人的带领下，实验也在不断取得突破，实验目的也从观测转变为新理论的测试验证，虽然实验室在那场爆炸中化作了废墟，但基地的重建和那些幸存下来的人，从来没有停下过。如今，叶秀华的团队惊奇地发现，一直以来他们探寻的牵引力正是作用于空间能层分化的一种特殊场——"透性"时间力场，而后经过梁铸淞所在研究中心实验室不断校正，叶杨力场作用下构筑起的时空隔流理论模型正式问世。"透性"二字则是因为未来将会有人发现他们所发现的场并不是只有时间力场，可以说，它只是这个作用下的一种"杂质"，其主流的事物在那个年代还没能得到人们的重视，它本可以直接通过"胁迫"磁场进而与引力场发生作用，只是没有人发现其在整个过程中的关键作用。

会议结束后，刘参谋再次见到梁铸淞的时候，他的面色已经非常难看了，嘴唇甚至显露出瘆人的粉灰色。当时刘参谋就劝他赶快到医院接受治疗，可梁铸淞还要根据实验的实时数据补充实验的理论部分，没有时间住院。午饭期间，两人相谈甚欢，饭后，刘参谋就看到了这样怪异的场景：梁铸淞推着吊瓶在实验室里四处转，催促着研究人员导数据。如今想来，兴许梁铸淞那个时候就已经知道自己的时间不多了吧。结果或是悲伤的，但也有值得庆幸的地方，那就是理论模型通过验证的那天刚好是他孙子生日前两天。

刘参谋正是前去祝贺的那天悄悄将小安的事情告诉了梁铸淞。上次来，梁铸淞将证明资料交给了刘参谋，并委婉地告诫他这种"拘禁耶兰人"行为存在的风险。刘参谋回去后也思索了良久，他本来还打算之后找个合适的机会安排梁铸淞与小安见面的，可天不遂人愿。刘参谋在听到梁铸淞逝世的消息后第一个找的就是吴筠之。他当时几乎已经认定是吴筠之做的，可结果却出人意料，梁铸淞身边的人个个清白，并且大家其实都清楚梁铸淞的身体状况，能坚持到现在已经是莫大的福分了。

梁铸淞的葬礼结束后，一切都好似没有发生过一样，大家一如既往生活和工作，却又像是缺失了某样东西。这东西是什么，不用提，大家都知道。数天后，也不知最先按捺不住的人是谁，梁铸淞的名字就这样重新回到人们的生活当中，他们以他为榜样，继续着他未完成的研究。

十　六

　　雪花一片又一片落下，一片又一片融化。男人深知自己无法再向前迈进，身体的炙热灼痛了他的灵魂。

　　他转身朝雪儿的方向奔去。

　　雪仍在下，他远远地望见一位父亲抱着他如白雪般的女儿跪倒在一片漆黑的土地上。一位老者踏着薄雪向着这对可怜的父女走来，身后还跟着一个拄着拐杖的老人。男人一眼便认出了他，他是到镇上来买药的老李。

　　等雪儿的父亲醒来，他们已经将他抬进了屋子，他看到发着烧的男人，看到白发苍苍的医生，又看到瘸了腿的老李，唯独没有看到雪儿。他闭上眼睛，泪水沿着太阳穴潜入他脏乱的鬓角，可怖的抽泣声随之缓缓坠入大地，钻进了泥土里，在彻骨冰寒的土壤中向着无所谓前方的前方缓缓蠕动，直至凄美与绚烂的交界，它破开了另一间屋子霜结的土地，停落在女孩身上，仅依附着她，温柔地环绕着她。

　　金光掠过薄云，映出灰白色大地的点点泪痕，一缕缕朝晖穿过结满冰花的玻璃，透过女孩静谧的身体，扎进了坚实幽暗的土壤深处，宛若新生的银灰色阳光一点点攀上了女孩稚嫩的手掌，走过她纤细的手臂，朝着更远的地方，久久离去了。

第二天，男人带着买来的药回了村子，让老李和雪儿的父亲在医生这边调养。雪儿父亲的脚踝肿得厉害，已经不能再接触地面了。老李则是因下山滑倒滚到灌木丛里摔断了腿，也不知他是如何来到镇上的。

男人离开小镇时走了条往常不愿走的路，他看到懒散地趴卧在阳光下的猫，看到野草沿着墙根爬起，攀附在布满青苔的墙沿上；闻到被太阳晒热的潮绿土墙的气味，闻到别家厨房传来的饭菜的香甜。男人走到乡政府大门前顿住了，他疑惑地望了眼头顶的太阳，日光灼得人睁不开眼睛，他又看向大门，漆黑的坑洞在眼前闪烁不定。他闭上眼睛，心中惴惴不安，再睁开时，世界就又变得明亮了。过了好一会儿，男人还是没有进去，他看到一位妇女带着孩子欢快地走了出来，妇人牵着男孩的模样是那样的幸福，阳光洒在男孩身上绚烂夺目，他们的笑容洋溢着生命的活力。男人见妇女迎着断断续续的光走向自己，或许她是要问自己需要什么帮助，或许她是要问自己为什么来这里，或许她是要问自己准备往哪儿去，或许他们只是碰巧朝自己所在的方向离开。妇人越是逼近，男人越是想逃离，他不明白妇人为什么如此怜悯地望向自己，不明白她为何停在自己眼前，不明白她在翻找着什么。妇人大概是镇上的某户穷人吧，男人这样想着，却又不敢深入去想。

正当男人愣神之际，妇人递来一截丝绸一般柔软的卫生纸。妇人微笑着，没有说话，大概是不知道说些什么。男人愣住了，不明白妇人的用意，仅是一瞬，时间仿佛漫过水坝的江河般倏地倾泻而下。男人的脸颊瞬间变了颜色，羞得又黑又红，他急忙抓起纸擦去了闪着晶莹白光的泪痕，又顺带擤了擤鼻涕，额头上聚起豆大的汗珠，男人歪着脑袋轻拭了下无端冒出的冷汗，忙说着感谢的话。妇人走后，男人又在大门前徘徊了许久，他纠结于是否该揭秘"学校"的真相，可这件事当年是全村人投票决定且共同按过手印的。男人犹豫再三，还是没能踏出这一步，他决定先试着回村说服大家，如果不成便再来；可再来又会是什么时候呢？又将因何事再来呢？男人心里是清楚的。

回到村子后，男人按照老李的嘱托把包好的药送到了丁一家。丁一的祖母除了那条已经不可能再痊愈的腿，似乎已经没什么大碍了，仿佛一切都没有发生过，若非她现在走路时多了根木棍做支撑，男人还以为是自己记错了，走错了门。

男人进门时，祖母正蹒跚着往屋外走，尽管她用那根木棍掩饰着自己身处黑暗世界的事实，但她的穿着依然十分整洁，与年轻时没什么区别。

秦思哲离开拉面馆后，开车径直驶向了之前与李宏毅见面的地方。几分钟前，他收到了来自李宏毅的见面邀约，知道李宏毅定是有事寻他，所以才走得如此匆忙。其实，秦思哲真正的朋友并不多，李宏毅是唯一个能与他互为知己的人。前段时间，他去拜访李宏毅的母亲，当时他的母亲不在家，秦思哲便在附近寻了个咖啡厅等了半晌，中午再过去敲门，仍无人回应，他也就离开了。他虽然知道李宏毅的母亲有心脏病，但当时并未往坏处想。或许是因为担忧，他并没有直接乘机回家，而是去旁边城市找了个酒店住下。到了晚上，他仍旧放心不下，于是就给李宏毅的妻子打了电话，可手机里提示对方已关机。秦思哲先是去了李宏毅妻子居住的地方，发现家中无人，便匆匆赶去他母亲家，仍同上午的情况一样。

与此同时，何卫国也注意到了秦思哲，自从李宏毅一家失踪后，他就在李宏毅和他母亲家安插了几个监视人员。何卫国也是认识秦思哲的，他父亲秦忠山作为反对耶兰人的商业代表，在政界也有着一定影响力。如今任何一项科研课题都不太可能完全依赖于国家的支持，政府已经在科研上投资太多，何况还要为随时可能打响的战争进行武器的储备，如果没有这些商人的帮助，政府或许会面临先于国家垮台的风险。耶兰人虽然来了，但在没有战争的情况下，一切仍需以原有的机制运作，工资不会停发，灾害仍需援助。

何卫国并不知晓秦思哲与李宏毅关系密切，出于怀疑这才派人监视他。为了防止秦忠山误会，何卫国还特意叮嘱那人跟踪期间不要被任何人发现，如有需要可以先暂缓行动再做报告。也正是因为有了这样的嘱咐，他才没有被吴筠之的人发现；但何卫国的人却也因此察觉到了另一股势力的跟踪，他将此事上报给何卫国后，他们很快就锁定了吴筠之。在整个事件期间，吴筠之的人跟踪秦思哲的目的并不是因李宏毅一家失踪，而何卫国却是早就怀疑吴筠之参与了绑架李宏毅母亲一事，这样联想下来便认定李宏毅的失踪必然与吴筠之有关系。因此，何卫国与刘参谋商量时，那种语气连刘参谋都感到诧异。不过正是这样的阴错阳差，刘参谋才能发现吴筠之安插在信息组里的人。他并没有点破这层窗户纸，只是嘱咐他人多留意些，这才没有错过破案的关键信息。李宏毅被救出后，何卫国依然盯着秦思哲不放，有部分原因是秦思哲在此事件中的关键作用，还有就是吴筠之的人并没有远离秦思哲。这点也令何卫国大为好奇，因为他知道秦忠山与严泓是故交，严泓本人老实忠厚，却常常与吴筠之意见相同，似有些关系。可现如今吴筠之的人跟踪秦思哲，这其中定有他不知道的事，因此何卫国的人便也成了这群人中的第三者。

秦思哲在发觉李宏毅一家失踪后，并没有直接报警，因为他深知现如今李宏毅是敏感人物，他们的失踪那群人一定早就知道，并且秦思哲也想到自己可能会因这次探访被跟踪，不过现在他并不在意，因为他们的失踪意味着李宏毅在国外出事了，不过他仍安慰着自己，说不定他的家人是被政府保护起来了。但这一想法却在他发现有人在跟踪自己时破灭了，原因很简单，如果他们是被保护起来了而不是失踪的话，这些人就不会跟着自己了。

之后的每一天，秦思哲都在等待消息中煎熬，他曾想亲自调查，也想过或许自己应该去协助那群人调查，可他清楚这已经不是他能做到的事情了。他从未感觉过这样无力，就连当初没能查出宁宁身份时也没有这种感觉，一种难以名状的虚无的阴霾始终笼罩着他，即便是在得知李宏毅的家人获救后也未能完全消散。李宏毅母亲已死的消息在内部也被封锁了一段时间，因此秦思哲没能第一时间知道。他得知这个消息时，第二天就要举办葬礼了，而葬礼那天，他却被父亲关在家中，并被告知未来家中所有的商业活动都将与他无关。秦思哲的母亲因此大发雷霆，因为他父亲分明是在纵容他，这与他们以往的教育理念完全相反，他母亲心中也暗自担忧，担心秦忠山这次是真的打算放弃秦思哲。秦思哲心中也十分诧异，但他并没有因此感到沮丧，反而有种挣脱了枷锁的感觉。因为他的身份，使得他就算与最珍惜的朋友交流都要保持距离，因为李宏毅是护卫军的人，而他则是商人的孩子，他们的每次接触都是那样小心翼翼，一直以来他都难以释怀。

那天，他同父亲大吵了一架，他要去参加朋友母亲的葬礼，可他父亲竟一气之下连房门都不让他迈出。秦忠山觉得秦思哲是个没用的东西，认为他是在为自己失去了本就不属于他的权利而发怒，那一刻秦忠山内心深感悲痛。

直到前些日子，秦思好向奶奶求情，之后秦思哲在奶奶的帮助下才重获自由，可他觉得自己已经没有地方可去，索性待在家中不再出门。葬礼之前，他的身边连部电话都没有，葬礼结束的第三天，他才拿到手机；可是他又怎知，父亲做的这一切都是为了让他安然度过这几天。如若他真的去了，那么秦思哲甚至说他的族人或都将因此陷入李宏毅如今所处的泥潭。尽管在秦忠山看来，李宏毅已不可能脱身，但他并不打算阻止儿子与其深交，反而希望他们走得更远，而秦忠山母亲的求情，也可谓是恰逢其时。

一个星期前，他百无聊赖之际想到了宁宁，于是就有了后来发生的事，凑巧的是，他在这个时候收到了李宏毅的邀约，这要他怎能不激动。

然而就在他赶赴公园的路上，何卫国安插在他身边的人也撤离了。

李宏毅这次请他出来，一是询问他的近况，因为他知道依秦思哲的性格不会不来参加母亲的葬礼的，可在葬礼上，他却没能见到他。二是为了请秦思哲去国外那个曾经审问过他的教堂确认一些事情，他需要知道从读经的台阶到绑着他的位置需要走多少步，并希望秦思哲拍摄一些照片给他。

"你要这些做什么？难道……"秦思哲没有继续往下说，但他的意思已经极为明显了。

李宏毅看出了他的疑虑，以及他所误会的意思，但没有多做解释，只是轻轻地点了点头，因为他知道这件事在自己调查清楚之前绝对不能被任何人知道。李宏毅并不是怀疑案件的调查人员，而是不敢确信自己的证词，因为他的回忆里缺少了一个关键人物——布尔维斯。不过他记得自己被克里斯托弗重重地打了一拳，而克里斯托弗走向他的每一步都在他的脑海中发生了错位。他每天都在试着回忆那段时间发生在自己身上的事，可他越是努力回想那些细节，第二天忘得就越是干净，不过好在他有一个习惯，就是将疑点写在记事本中。

他们边走边说，一直走到公园西北角的凉亭才停下，尽管他们此时交谈正欢，但还是抵不住凉亭残局的诱惑，二人纷纷坐下研究起这盘棋来。起初，秦思哲还以为棋是李宏毅故意摆在这里想要传达给自己什么信息，后来他看李宏毅研究得比自己还认真便也想明白了，肯定是上午有人在这里下棋，而红方见自己要输就停手罢棋了。李宏毅接下来的一句话则又将秦思哲的思绪拉回棋局，他轻按着战场上仅剩的一枚（红）炮说："怎么停手了呢？"

秦思哲自然听得出李宏毅话中红棋将胜的意思，可他研究了半天，也没能看出破局之法，反倒是认为红方不出七步就会输掉，于是二人便决定以此残局为战。秦思哲自然选择持黑棋，可没出五步，他就从李宏毅的棋路中发现了问题。秦思哲虽五步之内就吃掉了李宏毅直入敌营的

"马"，但他坐守阵地的"炮"却有可能逼得自己保帅弃车，之后，他将再无可用之棋。结果不出所料，秦思哲的"将军"无路可走，红方胜定，整个过程共计十个回合。

李宏毅忽然发觉自己记不清的只有教堂的事情，这些天发生了那么多重要的事，他都清楚记得。也许是克里斯托弗对自己做了什么，难道是新型毒品？李宏毅并不缺乏对迁星党的认识，但他对克里斯托弗并不了解，因此这种想法中的矛盾他自是知道的。回到家后，他将这一问题写在了笔记上。第二天，他发现自己依然清楚地记得，这令他感到一丝慰藉，却也为之苦恼起来，并且随着日子一天天过去，他发觉自己仍旧记得这件事时，险些因此而崩溃，因为事情竟与他想象的结果别无二致，所以他在克里斯托弗死后还能活着，才是最不合理的。

李宏毅甚至产生了一个极为大胆的想法——或许自己已经死了。在没有得到秦思哲的消息前，李宏毅随刘参谋迎来了他生命的结局，可这结局却并非人的死亡，而是踏上了命运唯一的指向。

十 七

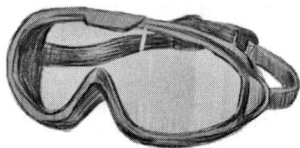

一座城堡，一座孤坟。

孩子们兴奋极了，他们吃上了此前从未吃过的美味。

他们那圆滚滚的肚皮，仅塞了一点儿别样的食物就如此快乐。有两个肚子大大的孩子有节奏地敲打着自己的肚皮，他们成了这群孩子们眼中富有魅力的音乐大师。

"沫子的眼睛是蓝色的。"

"沫子，你的眼睛看得到黑色吗？"

"沫子，你的眼睛里会冒出云朵吗？"

"沫子，你的眼睛里会长出蓝色的小花吗？"

孩子们将沫子包围起来，纷纷伸出黏腻的小手。有一个孩子靠得最近，他用手指将沫子的眼睛扒开。沫子的眼珠险些被刚才敲打自己肚皮的小男孩抠下，最后也没有看到花，更没有看到白色的云。

"看吧，沫子的眼睛是不会长出花的，也没有云，只有往下淌的水珠。"阿南站在众人身后说道。

"它们肯定是还没有发芽。"

"云朵在地上时是看不到的。老师说，那是天上的水汽。沫子到了天上你们就能看见她眼里有云在飘。"阿伍焦急地说着。

"谎话精！人怎么上天？"

"老师说，铁皮大鸟能驮人上天。"

"那叫飞机！"

"是叫飞机，但你知道他们坐上去为什么不会掉下来吗？"

"我怎么知道，我又没坐过！"

"因为他们可以抓住飞机的羽毛啊。"

"你又没坐过怎么知道？你说铁皮上怎么长出毛来？"

"铁皮有石头硬吗？石头里还能长出草呢！"

"你们不要吵啦，快看沫子！"阿南厉声喝道。

"蓝眼睛是爱流泪的，沫子总是哭。"那个敲打肚皮的男生补充说。

"都是你们把沫子惹哭的，不要围在这儿了。走开，都走开！"莫贝红着眼眶、喘着粗气吼道。

孩子们一哄而散，房间里只剩下沫子和刚进房门的老万。莫贝将老万带来后，便随他们走了出来，不过，她没有像其他孩子一样，找一处空地玩"骑马打仗"，而是钻进两间屋子中间的夹缝。

这是雪花的时节，凤娘深夜猛地惊醒，她双手环抱着被褥，踏着初雪纷飞的寂寥向着东堂走去，那是孩子们的住所，那里有无数个香甜的梦需要她来守护，生活在痛苦中与在痛苦中生活的区别大抵是能以此来辨识的。

回到自己的屋子后，凤娘终没能睡下。她打开房门，让风雪尽可能吹打在自己毫无遮挡的面部，来自天空的黑色缄默灌注进了凤娘的小屋，银白色的空旷于更深处泛滥，她再一次向着雪夜走去，身影一点点地融化在夜色之中。

那晚，凤娘看到了熟睡中的儿子，除此之外，她什么都不记得了。

第二天早上，老万见凤娘还在睡觉，便没有打扰她，独自一人给孩子们准备早饭去了。凤娘被屋外狗吠声吵醒时已是中午，她迷迷糊糊走出屋子，见一群孩子零零散散好似围了个圈儿，大狗在这个圆圈里被迫追赶一只它怎也抓不到的老鼠。因为那只老鼠已经死了，它被绑在一根结实的马草上，孩子们你拉我扯，大狗每每即将追上，老鼠就会突然转变方向，急得大狗叫个不停。女孩们少有玩这种游戏的，她们在别处几个人围成一圈，不知道在玩些什么。

凤娘惊奇地发现沫子和莫贝也在其中，于是决定过去看看，可她还没走两步，就被老万叫去帮忙。做饭期间，她从老万那里得知女孩们是在为雪儿祈福，只不过她们的方式不是默默祈祷，而是挖一把融雪的黏土，将它做成其父亲准备的大饼的模样。泥土黏软难以成形，不过在这群女孩手中似也不成问题。

后来听说大狗最后也没能吃到老鼠。因为男孩们将老鼠藏了起来，本是打算下次再玩的，大概是过了很长一段时间，孩子们许是没兴趣再玩这个游戏，老鼠好像是腐烂了还是怎样，被老万发现后丢掉了。在得知雪儿的死讯后，女孩们做的泥饼也没有一个人再提起，终是被大家遗忘了。

之后的几个月里，也不知老万从哪儿学来的算命本领，给这里的孩子一一看了手相，他对莫贝说："你命贵着哩，比他要好，你看这条生命线，都长到手腕上去了。"他悄咪咪地告诉莫贝，这事可不能跟别人提起，不然可就不灵了。他对阿南说："你命贵着哩，这条长到手腕上的就是生命线，比我还长嘞。"他压低了声音，故作神秘地说："可不能跟别人说呀，断了可是再难连上了。"他对沫子说："你的命好得很呢，你看，这条生命线中间是断了，但接上去的这条比所有人都长，今后不管发生什么，你都要好好活着。"他摸了摸沫子的脑袋，没有多说什么。

大家都好奇一件事：第一个让老万看手相的人是谁？因为老万看手相都是要挑好时间的，这也给大家枯燥的日子平添了些许的期待。好些人都觉得第一个人是沫子，可当轮到沫子的那天，他们才知道，沫子是最后一个。那第一个人是谁呢？是莫贝吗？不，莫贝知道，老万在给自己看的时候，还说过一个"他"，那个"他"才是第一个人，可除了他和老万以外，或许没人知道"他"是谁。大家都以为这是应该保密的，可如果你去问，老万则会不假思索地回答："阿伍，第一个爬上断崖的孩子。"

"我听说有人被他们带走了，那些被带走的人后来怎么样了？小安知道吗？"宁宁好奇地问。宁宁和小安虽每天都待在家中，却也并不无聊，偶尔会像今天这样聊一聊国家大事。

小安的眼睛望着窗外，窗玻璃上映现出的虚影与外界交融在一起，仿若她此刻正置身于广袤的天地之间。小安没有回头，悠悠地说："据报道，他们已经安全返回地球了。"

宁宁朝着小安的视线望去，神色肯定地说："是吗？但是我没有看到这样的报道。"宁宁像是在表达对小安说话不看自己的不满，实则期许看到小安眼中的景色。

小安拿起宁宁的手机，迅速将报道翻了出来，她一边将手机拿给宁宁，一边说："就是这个，已经是很早之前的了。"

宁宁看了看报道日期，懒散地说了句："也不早嘛。"她语气平和又略有撒娇的意味，接着说道，"那你知道他们都被带去做什么了吗？"

小安好似与往日的平淡有所不同，语速稍快了些："除了做实验，还能做什么？"

宁宁见小安回过头来凝视着自己，有些噯嚅，她毫无缘由地想起第一次见小安时她瞳色的变化，暗暗吃惊于当时自己竟没有被吓到。她忽然担心起小安未来的处境来，于是问了句："那他们做什么实验？"

小安斩钉截铁地回答："他们是被人做实验，耶兰人需要了解你们。"

那一刻，宁宁像是被什么东西击中了，她有些恍惚地问她："他们不会有事吧？哦，不，他们已经回来了。我的意思是，他们之后……不会有事吧？"

小安转过身背对着宁宁，双腿盘坐在床上，似打算认真与之交谈："小安以为，耶兰人的那些实验对他们的身体不会造成实质性的伤害，不过，他们之后大概是会做噩梦的。"

"他们为什么要了解我们呢？难道他们没有我们厉害吗？"宁宁挪了挪身子，与小安的距离又近了些。

"也许是，也许不是，这要看你怎么想。"

宁宁左手撑着身体，歪着脑袋，一副苦思的模样，说："那他们一定很厉害，天都被他们遮住嘞。"耶兰人的飞船大多数时候都悬停在地球的高空，南明湖离路江大桥不太远，因此偶尔能看到外星飞船。那天去南明湖，宁宁影影绰绰看到了。

宁宁像浸没在回忆里，眼帘不自觉地垂了下去，脸色也变得阴郁起来，她无奈地叹息："要是能有治疗噩梦的机器就好了。"

小安发觉了宁宁的悲伤，却没有因此意识到自己已经说错话了，她微笑着安慰宁宁："有的，或许他们被抓去做研究就是为了制造适用于人类的机器。"

宁宁一时没反应过来，说了句："居然有这种东西，真是太好了。"细一回想，却被惊得说不出话来。说起梦，人们总是会将它与大脑联系起来，因此，在宁宁看来，那些可怜的人被抓去做了大脑实验。

而就在这个瞬间，小安体内的世界也随之发生了些许变化。在那里，并不是简单的复刻，而是来自小安的探寻，是从她的视角演化而来的真正的世界，她独属于小安，却又与现实类似。小安的成长，正是来自两者的比对，而她的存在，恰如这片荒芜的宇宙中诞生出地球这类生命星球那样偶然，这也就是耶兰人难以创造出符合律者条件的"智慧型生命"的原因。

生命的诞生从来都不是必然事件，如我这般，或许父母早些年一个小小的决定，我便不再是我，便也没有了这样那样的经历，被人们津津乐道的灵魂，于非我而言或本就空白。常听人说要"珍爱生命"，又总能听到"人只活一次哪有不疯狂"这类话，二者或有冲突，但本质却是相同的，或许这就是生命，你应明白自己在孕育一个怎样珍贵的灵魂。

"之前，我们不是说过人的大脑有一个叫海马体的区域吗？"

"我们讲过与大脑相关的东西吗？"

"当然讲过。"

"抱歉，小安，我忘了。"

"没关系，对宁宁来说，那些是没什么用处的。"

其实，那时候，小安只是随口一提，说海马体与短期记忆有关，稳定的长期记忆则大多储存于大脑皮质，记忆的交互是可以破坏甚至更改的。

相比之下，梦境的产生不仅仅来源于人脑，梦与人的身体同样存有某种联系，生理的变化也会对梦境造成影响。譬如，情绪的变化影响心跳的速率，人们往往会认为情绪信号是由大脑传递给心脏的，可是心跳的变化也会影响人的情绪，同样可以由心脏发出这一信号传递给大脑。

"那你有没有听过'生命频谱'？"尽管小安知道宁宁不会听说过这个，但她还是问了。这问题就像突然破裂的肥皂泡，于小安的脑海中乍现，并由她说了出来。

"生命频谱"，它在小安的意识里突然产生，随着那肥皂泡的破裂，诞生与死亡融合在了一起，始与末宛若一根笔直的丝线的两端，在那个瞬间，它们笔直地连接在一起了。"生命频谱"刚刚兴起时大多被用于医疗，因为它能迅速找出病因。话题回到被抓去做实验的死刑犯，他们有部分人确实是被用于做大脑实验，但正如小安所说，他们没有受到实质性的伤害，但对他们心理的影响就因人而异了。

"应该是没有听说过，那是什么呀？"

"那是个不得了的东西，可以让人变得透明。"

小安所说的透明，并非视觉上的透明，也不完全是思维的透明，而是人作为社会性动物的死亡，是个体的透明。生命频谱有许多分支，小安这一句简单的"透明"却涉及一个范围非常大的学科。以人类为例，通过谐频效应获得的关于人的动态生命频谱，就如同我们照镜子一样，只不过耶兰人手中拿的镜子更为精准。生物状态是粒子整体的价值展现，因此生命体不存在绝对静止的粒子，放在宇宙中也是一样。谐频效应可以类比共振，它能够模拟出某个特定生物身上全部粒子的震动，且方向、位置、速度等均与他们所模拟的生物相同，这就是准确性。跨星域的谐频效应则需要附子的参与。倘若距离不远，其实只需要一个定位器，其作用一般是标记模拟生物位置，不过也有特殊的"遗者"定位器。它不仅能为终端标记位置，而且能作用于丘脑与大脑皮质的交互，换言之，"拦截"记忆，使其终止于短期记忆。另外，最特殊的定位器名为"梦落"，它的终端与前者有一定的区别，前者主要用于"观察"与"影响"，后者还可用于"改变"，它能够通过抑制或增强人体丘脑活动引导记忆中场景的模糊变化，最终以梦的形式整合记忆。

生命频谱在脑活动这一分支上，可以获取并整合目标原有记忆，以此为根基，以新的记忆（此刻五感传递给大脑的信息）作为活动信息，在终端展示目标此刻眼中的世界，它能够做到与目标的感知完全一致，能看到他关注的是什么，听觉与嗅觉同样如此。这些也都将作为新的语言的养料——思维语言，在获取并解读目标人物足够的记忆之后，通过分析他的情绪及所处环境等诸多因素，直接从新记忆的形成之地"插入"外服语言模型，便可解读出目标人物的内心独白，其准确率几乎是百分之百。只是有一点对耶兰人来说或许并不友好：生命频谱是以耶兰生物为基准发展出的科学技术，在人类身上实验时，其记忆的获取速度并不快，这也导致它的正确率始终无法达到百分之百的水平（他们希望可以剖析出我们自己都难以察觉的情感和心事，因为他们觉得地球人不够聪明，所以更容易被分析出来。只不过地球人的大脑构造恰好与他们有关键性的不同，他们的终端无法适应）。不过正确率的确非常高，这也是我们无法否认的。

同样，人对于已经忘记的事情并不是说那部分记忆真的消失了，而是人们失去了激活那部分记忆的钥匙，若能将对应的神经细胞激活则仍能忆起。因此，如果时间充裕，这种机器能够获取人的一生，同时可以通过控制该类细胞的活性操纵人的记忆，只是耶兰人的机器想要平衡这两种功能或许并不容易。

这就是透明人，也是人形移动监视器。

这就是如今的李宏毅，他所服用的谐振定位仪正是"梦落Ⅰ型——门徒"。

宁宁望着窗外，或是看着玻璃，像是怕被人听到一样细声问道："变透明后会不会就消失了呀？"

小安正准备回答，突然传来几声重重的敲门声，紧接着就是一阵急促的开门声，外面的人好像很是慌乱。通常老张是不会敲门的，皓宇偶尔会先敲一下门再等待开门，或者直接开门。宁宁听到敲门声本打算去开门，可那急促的开门声却惊得她退回了卧室。宁宁刚回到卧室，就听到老张的声音："宁宁？宁宁！"与其说是在询问，不如说更像在呼喊。宁宁悬着的心这才落下，打开卧室房门时，老张已经走到门口。

老张见到宁宁，并没有问什么特别的话："中午你们吃的什么呀？"

宁宁有些局促地回答："面条。"

小安并没有吃饭。

随后，老张转身，像是朝电视柜的方向看了一眼，也没有多说什么，就要离开。

小安忽然叫住了老张，问他："是不是忘记带什么东西了？"

老张扭头看向小安，目光中透着不安，他不明白这句话里隐藏着怎样的含义，可这一刻小安像是看透了他所想的一切。不过这种不安仅停留了一瞬，老张整个人就像是归海的鱼儿般完全放松下来，他离开时带走了一把雨伞和一件雨衣，那晚果然下了雨。

　　老张走后，宁宁和小安又开始了刚才的话题。像是没有发生过任何事一样，小安接着宁宁刚才的问题回答她说："不会的，他还在。"

　　宁宁听到这个有些突兀的回答微微一愣，可她还是迅速找回了刚才谈话的状态，说："可是大家都看不到他的话，他一定会觉得很孤单吧，那样太痛苦了。"

　　"按照星际法，对地球这种文明使用这种手段，有可能是违法的，不过这也只是小安对法规的推测。"

　　"如果是小安来制定规则的话，大家一定会幸福的。"

　　"我们是不是该继续了？"小安学着宁宁的语气问她。

　　宁宁反问小安："好吧，可我们不是已经完成了今天的内容吗？"她的语气里带着期待，以及对计划之外内容的好奇，丝毫没有不想听小安讲课的意思。因为这不仅仅是老张布置的作业，更是她与小安独特的交流方式，以及宁宁了解世界的一种全新的途径。

　　这是她们每天都会进行的活动，小安来这个家时，老张就说过，她读过一些书，或许还能教宁宁一些学校的知识呢。宁宁现在虽然已经能够识字了，但也仅此而已。家里也因此置办了些教学用书，为了丰富宁宁的生活，小安还为宁宁挑选了几本小说。小安每日都在观察着宁宁，最近早上很少见到宁宁看着窗外发呆，大多时候，她都抱着那本书。

十 八

　　我常常想，是否该去讲述阿伍的故事。有段时间，我觉着大概不必去讲，相信读到这儿的人都已知晓他的未来，并且我对讲这个故事也有畏难情绪，是不敢将它作为一个故事去讲的。我也没有那样高超的本领，可以将阿伍当时的感受完整地呈现到故事外的世界，可我发现这世上竟有如此多的人与他相仿，又觉得该去讲一讲。想了许久，我忽然发现这故事竟是没有始末的，若说缘由，或许是有的，一个人愿意为另一个人而死，无非两种缘故——爱与救赎。可仅凭一个故事就想讲清楚这缘由，着实是有些痴人说梦了，若真要讲的话，那这故事大概要从他记事讲起。而结尾呢，被老万劝回来了吗？是的，他的确是被老万劝回来的，可如果这就是结尾的话，那阿伍或许已经死了。那么真正救下阿伍的是谁？其实都已经无所谓了，只是我想大家应该知晓一些事情。

　　譬如，再过几天就是他的 13 岁生日。

　　那是个怎样的夜晚，夜色如黏软的淤泥般流入生命的腐朽与残败，它的沉积铸造着人们未经死亡的灵魂，若有一天，那生命的躯壳破裂，深隐的灵魂也将惶恐浮现。这仅是阿伍爬上山去的某个瞬息，或许下一刻，他的内心比这冬夜还要沉静，任何事物都无法阻挡他上山的步伐，又或许下一刻，他将奔跑着逃下山去，似遇见了故事里吃人的妖怪那般惊恐。

他趴在崖壁上俯瞰整座淹没在黑暗中的城堡，可是什么也看不到，他就那样痴痴地望着。他甚至不敢站起来望向远处寂寥的明月，却能在微光里向前缓慢爬行，直到他的右手第一次触碰到世界的空白，喘息凝滞的刹那，或是灵魂的怦然坠地，撞开了他的身体，令其不自觉地向后退去，如迷失方向的幼虫般缓缓蠕动的身躯似在竭力缝合那片破碎的琉璃。

再过几天，他将收到人生第一份生日礼物。

指尖处传来的阵阵胀痛仿若一柄弯刀划开了他柔软的身体，也刺破了他孤独的灵魂，或许就连他自己也没能想到竟真的能够攀到这处绝壁。当他再次发力，那灼痛直抵心房，无意间碰触到了男孩身体里潜藏着的不为人知的坚韧，或许那个时候答案就已揭晓。远处的他，向着绝壁爬去，向着山外爬去，向着死亡爬去，所以那天晚上，他势必会走下山去。后来，老万来了，便也顺应了这注定的结局。

孩子们又在玩骑马打仗了，这是个新鲜的游戏，老万前不久才教给他们。游戏里有三个角色——士兵、将军和战马。起初，孩子们用抽签来决定各自的角色，后来许是有人觉得不公平，有人提议轮流当"士兵"，因为"士兵"是个厉害的角色，他们骑在"战马"背上，指挥着"战马"在战场上冲杀，而"将军"则需要固守阵地，起不到什么指挥的作用，"战马"的地位则更低下，是要被人骑在背上的，所以大家都想轮流当"士兵"。后来，也不知是哪位"将军"发现了自己"士兵"中的叛徒，他怂恿大家对叛徒进行惩罚。"将军"制定惩罚的规则，捏鼻子、转圈、打屁股、打脸，后来甚至用树枝抽打。自那以后，"将军"就成了孩子们争抢的角色，因为"将军"可以任意指定"叛徒"，对其进行惩罚。孩子们也不管他是不是真的叛徒，只尽情地享受这场惩罚游戏。慢慢地，惩罚"叛徒"的时间甚至比游戏的时间还要长，骑马打仗的游戏往往还没有开始就结束了。他们像是更乐于惩罚"叛徒"，可总要有人当"叛徒"，因此能够指定"叛徒"的"将军"就成了他们疯抢的角色。前段时间，"将军"的角色还只是轮流来做，现如今却变成了上一场游戏的"将军"指定下一场游戏的"将军"，他们往往是在那么几个人之间循环。"士兵"和"战马"从游戏开始前就已各自选好自己的势力。他们知道下一个"将军"会是谁，因此对他百般奉承，生怕自己成了"叛徒"。孩子们的讨好不比大人那般迂回遮掩，他们更加裸露和苍白，所以下场游戏"叛徒"将会是谁，在这群孩子之中一眼就能认出。

这天，远离两伙人的阿伍被双方"将军"一同指定为"叛徒"，可"叛徒"本该只属于一方的，但两名"将军"争执不休，谁也不让着谁。后来，一名"士兵"提议，说阿伍是他们共同的"叛徒"，于是最严酷的惩罚便落在了阿伍身上。他们各自拾取一根树枝，排着队一人朝着阿伍的屁股抽打一下。那天阿伍像是说了些什么，但最后还是默默接受了惩罚。其实，阿伍那天并没有参与这场游戏，只是站得离他们近了些。当然，对于沫子和莫贝而言，她们从未参与过这种游戏，就算站在他们中间，或许也要被排斥在人群之外。

梁铸淞死后，杨继德就再没有离开过基地，直到刘参谋来找他。刘参谋过来是为了防止护卫军的"肃清运动"波及这两大实验基地，他亲自前来，一是为实验人员的安全着想；二是因前段时间梁铸淞的死亡给实验人员心理上造成了一定的影响，对待这些实验人员及其家属的政策有了些许调整，刘参谋亲自前来也是为了彰显国家对他们的重视；三是为了一件私事，正因为这件事，刘参谋才主动申请代替贾沈义前来。

那次会议结束后，主战派的人也都闭上了嘴，但他们大多数没有明确表示自己不再主张战斗，原因就是吴筠之、严泓等人在那之后一直处于一种尚未脱离却不再有任何相关活动及言论的状态；不过，奇怪的是，彻底压垮主战派的竟是"肃清运动"——严厉打击逃亡主义。这场运动的展开代表着地球人与耶兰人终有一战。我们的维和派和中立派在这场运动中并没有遭受多大的影响，反而是自会议后就一蹶不振的主战派在这场长达几十年的运动中彻底消亡了。

或许这很难理解，但若为这场"肃清运动"的解释加上两个字，也许就能明白为什么是这样的结果了——"严厉打击'军方'逃亡主义"。"肃清运动"并非一个国家的运动，而是国联所有成员国都参与其中的一场近乎极端的国际运动。G-83 实验基地的建立本就是为了逃离耶兰人的掌控，并且许多成员国中也建有这样的实验室，有一部分虽然属于军队管辖，但它们却被排除在"肃清运动"之外。

G-83 实验基地和 420 科研中心被国联列为重点关注实验室的原因是梁铸淞他们的"时空隔流"理论。时空隔流理论主要阐述了时间与质量的不确定关系，换言之，其作用并不是隔断某处空间令物体产生空间跳跃，而是隔断了物质本身，展现出的穿透效果也并非传统意义上的"穿过"，而是物体本身于不同空间位置的类量子态同化，并不是真正意义上的量子态同化，而是附子反矩态下的时空关系。正如先前所说的那样，它的同化更像一种时间之于物体质量的运动趋势，其效果或许可以用"复刻"来形容，但又区别于传统意义上的复刻，不过也正因人们对它还不够了解，所以现在做这种实验是极其危险的。

G-83 实验基地重建完工后的一个月，杨继德等人就搬了回去，G-83 临时实验室也就此关停。刘参谋去的那天，天空白茫茫一片，山中缭绕着乳白色的雾气，他将车子停在山脚下。刘参谋来之前拒绝了直升机的接送，在此换乘了一辆实验基地的专用车向着山腰驶去。原本一个半小时的路程，他们行进了约莫两个小时，车子最后驶进了基地的停车场，之后的路段需要步行前往。

山路陡峭不平，路上，他们从几个微微隆起的土丘旁走过，刘参谋记得它们，那里是一片坟地。四人皆沉默不语，像是被雾海淹没了声线。

凛冽的风迷失于雾霭的缄默，远方的死寂宛若一堵残败的石墙，隔断了迷雾里凝滞的时光。

刘参谋不禁忆起了那日的听闻和建筑工人们的议论。

"那老头死了。"

"听说他先前失手砸死过人。"男人点点头。

"怎么死的？"

"看见没？从那儿跳下来的。"男人指着另一侧隐约能看见的断崖。

"那被砸死的是谁？"

"据说是外头进来的，死得不明不白。"

"那老头是得了失心疯吧？"

"人都死了，谁给他查去？许是这儿有问题。"男人揉了揉脑门儿。

"听说这老头之前还是这儿的校长呢。"男人嘲讽地笑着。

"连个畜牲都不如，没人性的狗东西！"男人忽然义愤填膺起来。

"呸！这种人还有人给他立墓碑，良心都被狗吃了！"男人朝墓碑上吐了口唾沫。

"碑随人，早晚会烂掉。"男人凝视着墓碑上的五个大字——赵开山之墓。

刘参谋鼻翼翕动，回头看了眼杨继德，并将随同的两人招呼到身前，低声吩咐了几句。杨继德看见张皓宇掏出手枪递给了刘参谋，随后沿着路大步向前走了。另外一个人如同雕像般站在路的一侧，杨继德只觉得这人一直在盯着自己看，故不敢望向他。刘参谋接过手枪继续向前走，杨继德见状只好跟上，迷雾中已逐渐分辨不清张皓宇背影的轮廓。刘参谋缓缓开口问道："杨院士，您了解过这座基地的历史吗？"杨继德下意识瞥了眼刘参谋的手枪和他那张冷峻的脸，一股寒意袭来。

杨继德一边朝张皓宇消失的方向张望，一边回答刘参谋的问题："抗战时期最后一座军工厂就建在这儿。战争结束后，这座未能建成的工厂也随之停建了。"

　　刘参谋补充道："之后许多年，这座未建成的工厂被附近的村子申请了去，办了所学校。"

　　杨继德显然不认同刘参谋的话，忽然走得慢了些，说："是啊，只可惜是座监狱，困住了孩子们的梦。"杨继德提起监狱的那刻，仿佛有什么东西击中了他。是啊，如今这里将再次变成一所监狱，普通的研究人员进来之后许是注定一辈子都要在这里工作了。放眼宇宙，无法逃离耶兰星封锁的我们，又何尝不是狱中之人。此刻，杨继德的信念更加坚定了，如这即将消逝的残阳刺破了山林的迷雾，人们迎着世界最后的辉煌，毅然走进了那黑夜。

　　这座山原是有名字的——的羊山。

　　"有个人，我希望你能见一见。梁院士的助手前天给我打了通电话，她说：'梁老师生前交代我，如果他死……过世了，一定要我去找您，但我不知道如何与您（她哭了起来，这句话也就没再说下去，又直接提起了梁铸淞交代的事情），他希望您不要放弃您先前的决定（显然她并不知道梁铸淞说的是什么），杨继德院士比自己更适合做这份工作，如果您同意，他愿意交出自己的一切（或许这句话在此刻显得有些平淡了，但梁铸淞说这话时还活着，愿意交出一切，包括自己的生命。或许你认为这与他的"如果"有所矛盾，其实不然，因为说这话时，他已经知道自己无法挺过那段日子，因此它的前提并不是"如果"他死了，而是他明知将死，却毅然选择了死亡）。'您愿意接受这份工作吗？"

　　"我愿意。"杨继德毫不迟疑地回答，尽管他并不知道是怎样的工作。

　　"抱歉，是我说错了，你们愿意吗？"刘参谋迟疑了下，像是做了什么艰难的决定。他所说的"你们"指的是基地所有的研究员。

　　杨继德不再像刚才那般果断了，他明白刘参谋指的是什么。古往今来，交换都是趋于平等的，秩序的根基正源于此，如今，刘参谋所指向的是人类的未来，他们要拿什么来交换也就不言而喻了，而在两者间搭建起桥梁的他们，也必将承受起这份罪恶。正当刘参谋以为杨继德一时半会儿给不出答案的时候，杨继德低沉的声音又一次在他的耳边响起："我们愿意。"他的声音坚定得令人为之战栗，仿若万千的生命共同奏响的嘹亮战歌，沐浴在这片血与火的残阳里，迈进了一场注定死亡的命运。

他有什么权力为他们做决定？他有什么权力要那么多人前仆后继地死去？他有什么权力决定他人的命运？他有什么权力答应这件事？他没有任何权力。是的，他没有任何权力。因此，他自认为罪孽深重；因此，他死前仍在忏悔；因此，除了历史，没有人再记得他。若是杨继德能重新来过，他还会做出这样的选择吗？我并不知晓这一答案，但我想，这世上总会有人明白杨继德选择的意义，他们并不是一股脑儿地将自己无处宣泄的同情给予这位老人。杨继德带给后辈们的，始终都是向上的力量，那是生命的光辉，且这辉煌的背后，或许正是施以怜悯之人未曾看清的生命的意义。

在这里，我仅是叙述一种可能，或许杨继德的愧疚仅属于他自己，因为在别人眼中，苦难打磨了先生璀璨的生命，尽管无人知晓，但正如夜空闪亮的繁星，他们之所以耀眼，不是为地上有人为其命名，而是因为他们本就名为璀璨。人生没有什么必须要经历的困苦，但那些璀璨耀眼的人，必定历经磨难的雕琢。

世界只剩下一层朦胧的薄雾，仿若面纱般遮挡了晚霞的脸颊，听到杨继德的回答，刘参谋暗暗攥紧的拳头倏地松了下来，他微笑着看向即将隐入山巅的落日，而后转身缓缓走上山去。他相信，那昏暗的前方将有一轮旭日浮现，它仍是人们所熟知的太阳，它将继续履行自己的职责，阳光将再次照亮这人间，照亮人们曾踏过的黑暗。

十 九

"嘿，我知道了。"听了雪儿的消息，沫子仅是这样回答了一句，她耷拉着脑袋，声音低沉、郁悒。

老万眼中的沫子此刻如水般平静，像是所有的情绪被覆盖在一层坚韧的薄冰下。他惊讶地发现，不知从何时起，沫子竟不再吮吸手指，老万曾一度认为沫子永远改不掉这个习惯。究竟是什么力量改变了她？当老万意识到真相的那天，世界已在他心中腐烂。记忆缠绵于逝去的时光，以此诠释死亡对生命的向往。在尽头处眺望远方的尽头，一堵墙镌刻着另一堵墙的命运，在那不可及的前方，死亡未必是永恒的长眠，可他却是生者死前唯一的彼岸。

那平静的水面又一次被惊动了，她懵懂的依恋再一次浮出水面，这一次并没有第一次来得强烈，可她绵长的起伏却震碎了薄冰，于隐秘的生命泛起了经久不衰的涟漪。女孩平静地呢喃道："我知道了。"

老万本想拉住沫子，可她已走远。那天，晚霞很美，沫子这样说过。在另一个人的记忆里，那天夕阳落下山去，决堤的黑暗迅速吞没了整片天空。可那天的晚霞究竟如何，并没有什么人记得，因为它一如往日，平凡而美丽。

第二天一早，沫子将熟睡中的莫贝喊醒。

第二天晚上，沫子摸索着走向屋外，将捡到的一块石头放在月光下，并期许它于第二天清晨消失，成为天上一颗闪烁不定的星星。

第三天晚上，沫子将那块石头攥在手心，搂着莫贝安然睡去。

第四天，沫子醒来时，那块石头消失了。这一天，沫子偶然听说那个悲伤的男孩的生日快要到了，只是没有人知道具体是哪天。

深夜，小安被送进了实验室，杨继德和叶秀华两人接待了她。因为事发突然，杨继德并没有拟定好能够知晓此事的人的名单。如今的小安已经改变了模样，现在完全就是一位30多岁的实验人员的样子，并且性别也转换为男性。他身材瘦弱，个子在实验室里算是中等水平，戴着一副黑框眼镜，隐隐掩住了他脸长的特点，鼻梁高挑，只是额骨有些凸出，眼窝凹陷且睫毛很长，深棕色的双眼透着智者的清澈与聪慧。

一个星期前，也就是小安同宁宁讲生命频谱的那天，老张虽然同往常一样直到晚上才回家，但是下午他其实回来过一次。

15：00之后，店里的客人也就不多了，老张已经好些日子没有再看见那个红发青年了。这天，他正想着这件事，觉得青年可能已经离开了。毕竟他当时也感受到青年眼神中透着即将离开的眷恋神情。不过仍有一件事老张非常在意，他始终无法忘却秦思哲看向宁宁时的那种像是发现猎物一样的欣喜。

想到此，老张又一次点开了客厅的监控，发现并无异常后，心情好了许多，不过他发现近三个小时客厅都没有任何动静，心中又不免疑惑起来。尽管很久之前宁宁的昏倒让老张有了在宁宁卧室装一个监控的想法，但他仍没有那样做，对于宁宁来说，她的生活范围基本上只在这个小家内，老张无法容忍让一个人完全暴露在监控之下，这对任何人而言都将是精神上最惨痛的折磨。

　　虽对二人在屋里做什么有些好奇，但老张并没有通过监控打断她们的娱乐或是学习。他退出监控后好一会儿没再点进去，可那三个小时的空白却令老张忍不住瞎想起来，各种可怕的想法在他的脑海中浮现，秦思哲的形象在老张的脑海中不断恶化，在这些想象里，红发男子也掺杂其中。老张再一次忍不住打开了监控，可这次等待他的却是比想象更加难以承受的恐怖，监控中一片漆黑，没有任何杂音。他回看之前的画面，却是一切正常，没有什么破门而入的匪徒，也没有人走到监控附近对它做什么手脚，仅是突如其来的一瞬，画面和声音全部消失了。

　　老张不停地点击转向的按钮，欲使其转动方向，可他的手机就像断了线的风筝的手柄，眼看对面没有任何回应。老张也顾不得太多，急忙关了店门，骑着电车回家去了。回到家后，发现宁宁她们在卧室安然无恙也就放心了，可小安突如其来的一句，"是不是忘记带什么东西了？"却像看透了自己此行的目的，难道监控的失灵与小安有关？

　　这句话在宁宁听来完全符合当时的场景，也听不出什么提示或者警告的意味，可老张就不一样了，以老张对小安的了解，她一定会直接告诉自己带上今天早上走时忘记带的雨伞，并且如果今晚会下雨，小安也一定能准确预测到。作为一个机器人，直接提醒自己带伞才更符合当时的场景。因此老张能敏锐地捕捉到问题的关键，只是他并不知晓产生这种想法的原因。另外，老张扭头望向小安时，她的目光刚好落在电视柜上监控器的位置，联想到家中没有任何突发情况，老张可不认为这是巧合。不过正因如此，老张才放下心来，确定房间里没有别人后就回到了饭店。

　　老张骑着电车在路上行进，他缓缓驶出巷子，转进金峰路，拐入上京道，在曲临门下飞驰而过，来到白沙街后，视野变得开阔了。过了静水桥就是青江街，老张的饭店就坐落在青江街中段。

　　回到饭店，老张仍旧想着小安同他讲的那句话。他又一次打开监控，可屏幕上仍是一片漆黑。刚出家门那会儿，老张试着打开了监控，当时的确是正常的。不过老张并没有因监控的再次失灵而担忧，他知晓这一切都是小安造成的。

晚上，老张回到家后，将小安单独叫到自己的房间，这看似怪异的举动其实才是一个身为父亲的男人最正常的关心。老张询问小安今天对监控做了什么。小安毫无顾虑地回答了他，说只是影响了周围的场，一个只存在于概念中的场。老张自然不必多问，他已经大概猜到宁宁知晓了小安的真实身份，不过老张并不打算捅破这层窗户纸，而小安这么做的目的，老张或许也知道一二，只是他不敢相信这个世界真的已暴露在耶兰人的监控之下。

老张仍好奇小安同宁宁说了些什么。小安看出了老张的疑惑，于是她把下午的事情毫无保留地告诉了老张，而后不久，老张联系了刘参谋，把这件事告诉了他。刘参谋虽没有立即联想到李宏毅，但也不愿再坐以待毙，他此刻要比以往任何时候都更加清楚小安对于杨继德他们的意义。刘参谋本以为小安只是个未曾深入了解过耶兰文明的稚童，将小安交给杨继德等人既要承担可能完全暴露的风险，又不一定从小安身上得到多少帮助。尽管如此，当时他还是决定将小安介绍给这群科研人员，而如今小安所展现出的智慧已经远远高出了刘参谋的预估。因此，他们迫切想把小安送到实验室去，却也因此忽略了宁宁的感受。

"小安被您送人了吗？"宁宁不止一次这样问老张，可老张也无法回答她这个问题，即便如此，老张仍没有对宁宁说出小安的身份，尽管两人都已心知肚明。起初，老张并不觉得自己做错了什么。当他听完小安的讲述，首先想到的就是小安不该留在自己这里，尽管宁宁因小安的存在多了许多欢乐，可小安所掌握的东西或许是整个人类未来的希望，仅是留在这个普通的家庭，就是一种罪恶。

二　十

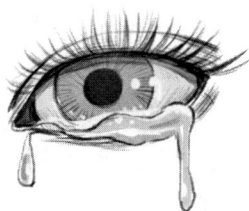

　　祖母的腿好得差不多的时候，丁一又看见了原来那只狸猫，他已经很久不见三花了，因为祖母总是问他三花是不是死了，虽然丁一每次都是敷衍一句"没见过"，但他也因此时常留意。丁二依稀记得祖母给狸猫起的名字是秋儿，三花的名字是春儿，丁一总好似安慰一般对祖母说，到了春天，那只三花就会带着一群小猫回来。只不过，这种安慰的方式在丁二看来却非常奇怪。前段时间，三花的肚子明显和往日不同了，腰椎下方凹出了两个小坑，下垂得厉害，肯定是怀了。

　　雨夜里，祖母听到屋外传来三花尖锐而高亢的叫声，只不过这声音在雨夜里显出几分苍凉与沉静。不一会儿，三花竭尽全力纵身一跃，钻进了祖母的房间，颤颤巍巍地趴卧在祖母被雨水打湿的床沿上。

　　祖母又一次听到屋外的雷声，以为大雨还要再下一阵儿，可就在下一瞬，雨声消失了，伴随而来的是一只湿漉漉的小猫依偎着她，似在告诉她刚刚所听到的雨声并非梦中的场景。祖母摸索着拿起自己的破外套，三花也十分乖巧地等待着祖母的擦拭；可外界的寂静却令祖母陷入沉思，那是没有任何声音的安静，仿佛这世上仅剩下她与猫。自失明后从未有过的寂静不禁令她想到了另一种可能，或许，她与猫都已经死了。

　　祖母竭力呼喊着丁一和丁二的名字，想将他们母亲的事情告诉二人，可她发现自己竟听不到喉咙里发出的声音，祖母摸了摸自己的脖子，仍旧温热，她又探寻着摸了摸三花，它呼吸均匀。难道是自己聋了吗？不，她确信自己前一刻还能听到屋外的雨声，听到三花的叫声，听到自己的呼吸声，听到这世界仍在运转的声音。祖母摸索着想要下床，可她所有的动作都好似陷入了泥沼，是定格的生命在这无声中蠕动的哀恸。

　　这该死的寂静让人昏昏欲睡。

　　你我的存在，都将赐予生命以永恒的奇迹。或许只有曾沉溺于这片安静的湖泊才有真正的体会。祖母抚摩着三花，又坐回床上，在这片没有声音的土地上，她已无法前行。

　　与此同时，外星人第一次出现在这片土地上。或许他们是耶兰人，又或许不是，我们仅有一点可以明确，便是那艘透明的飞船绝非地球人的造物。如果他们是耶兰人，那么这天或许才是他们第一次来地球的日子，一个真正该被写入历史的日子。我们自以为可以未卜先知，但世界早在我们已知晓一切前经历了所有。

　　寂静因那梦中人的死亡而消逝，屋外雨声渐明，祖母也沉沉地睡去了。

　　第二天早上醒来，三花已消失不见，祖母听着屋外雨后绵软泥土的清香，听着皮肤传来澄澈的天空的凉爽，听着饭菜香味的上方冉冉炊烟消散，世界是那样清晰可见，人间却昏暗一片。祖母用手抖落了下潮乎乎的被子，一股发了霉的热气扑向她，蒸气凝落在脸上甚是黏腻，又叫人觉得阴森森的，像是带走了什么东西。她揉了揉眼睛，皱巴巴的眼皮被搓向一边。忽然，两三只饥饿的麻雀闯了进来，它们停落在窗前或是屋外，又或是任何一处黑暗的空地，叽叽喳喳地叫个不停。祖母并没有拿出对野猫的慈爱去对待它们，只是静听着那空瘪胸腹间风声的呼啸。那一刻，她猛然意识到，或许眼睛再也不会觉得不适了，她的右手随同左手垂落，那双干瘪的手掌像是几根竹棍挑起的褶皱的旧布，平摊在隆起的被褥上。麻雀飞走了——翅膀下的空气倏地沸腾起来。祖母下意识地望向太阳升起的地方，金色的阳光却冷得像冬天的月亮，泪光摸索着她枯槁的脸颊于金色土壤铺展开的荒芜里徐徐延伸，或是欣慰或是愉悦，"她活着，孤独亦如旭日朝阳"。相信我，她眼中的光芒，绝非沮丧，祖母早已明晰孤独赋予生命的权利——人一旦有了思想，便与孤独达成了协议。我们所拥有的权利指引着我们如何生长，如何保持自由与奔放，也要求着我们终将走向死亡。

星期六　　晴

爸爸说小安不会回来了。

可我今天见到她了。

她虽然变了模样，但我想那一定还是她。

她认出了我，我也认出了她。

这个世界将迎来一个怎样的未来，从来都不在我讲的故事里，因它早已汇入属于他们的历史。

过去曾被人遗忘却也留存着证据，将来还未被人们忆起但总有一天它也将过去。万物生生不息的美丽又何曾止于岁月的更替，她不过是我们无法忆起的每一个瞬息。